Frewin Jones
Elfennacht
Die falsche Schwester

Frewin Jones

Die falsche Schwester
ELFENNACHT

Aus dem Englischen
von Ilse Rothfuss

Ravensburger Buchverlag

Bibliografische Information der Deutschen Nationalbibliothek

Die Deutsche Nationalbibliothek verzeichnet diese Publikation in der
Deutschen Nationalbibliografie; detaillierte bibliografische Daten sind
im Internet über http://dnb.d-nb.de abrufbar.

1 2 3 4 5   13 12 11 10 09

© der deutschsprachigen Ausgabe 2009
Ravensburger Buchverlag Otto Maier GmbH

Die Originalausgabe erschien 2008
unter dem Titel »*The Sorcerer King*«
bei Eos, an imprint of HarperCollins Publishers
Copyright © 2008 Working Partners Limited
Series created by Working Partners Limited

Umschlaggestaltung: Eva Bender
unter Verwendung eines Fotos von George Katsanakis (pulse)
und eines Fotos von Brian Chase (iStock)
Redaktion: Iris Praël
Printed in Germany

ISBN 978-3-473-35297-5

www.ravensburger.de

Für John, Jack, Eric, Alan und Michael

Ich danke Rob Rudderham dafür,
dass ich eine Zeile aus seinem Lied
»The Man in the Moon« zitieren durfte.

Elfen wandeln Elfenpfade,
unsterbliche Seelen, in zeitlosen Bernstein gebannt,
Sterbliche treiben im Strom der Zeit,
im Leben und Tod dem Schicksal geweiht.

Nur eine Seele, zwischen den Welten geboren,
ist zu unerhörten Taten erkoren.
Ein blitzendes Schwert in kühner Mädchenhand
heilt Zwist und Hader oder bringt Untergang.

Was bisher geschah ...

Am Abend vor Anita Palmers sechzehntem Geburtstag überraschte ihr Freund Evan Thomas sie mit einer Fahrt im Schnellboot über die Themse. Doch der Ausflug entwickelte sich zum Horrortrip, als die beiden plötzlich den Umriss einer unheimlichen Gestalt auf dem Fluss entdeckten und Evan wilde Ausweichmanöver vollführte, in deren Verlauf das Boot schließlich gegen eine Brücke prallte.

Anita erwachte im Krankenhaus. Sie hatte keine schweren Verletzungen davongetragen, aber Evan lag im Koma, obwohl ihm körperlich nichts fehlte.

Als Anitas Eltern ihre Tochter im Krankenhaus besuchten, brachten sie ihr ein seltsames Päckchen mit: ein Geburtstagsgeschenk ohne Absender. Es war ein altes Buch mit Ledereinband und leeren Seiten, die sich jedoch mysteriöserweise mit Worten füllten, als Anita den Band zum ersten Mal aufschlug.

In dem Buch stand, dass Prinzessin Tania, die siebte Tochter von Elfenkönig Oberon und Elfenkönigin Titania, am Vorabend ihrer Vermählung mit Lord Gabriel Drake spurlos aus dem Königspalast verschwunden war. Noch während Anita die Geschichte las, erfuhr sie, dass Evan unbemerkt das Krankenhaus verlassen hatte. Etwas später am selben Vormittag folgte Anita einem jungen Mann, der Renaissancekleider trug, ins Elfenreich. Dabei nahm sie zunächst an, dies alles sei nur ein Traum, den ihr das geheimnisvolle Buch eingegeben hatte.

Der junge Mann stellte sich ihr als Gabriel Drake vor und erzählte, dass Evan in Wirklichkeit sein Diener Edric Chanticleer sei, den er in die Welt der Sterblichen geschickt habe, damit er Anita zurückhole. Gabriel glaubte, dass Anita seine verschollene Braut sei, Prinzessin Tania – die siebte Tochter von Oberon und Titania, mit der einzigartigen Gabe, sich frei zwischen dem Elfenreich und der Welt der Sterblichen hin- und herzubewegen. Fünfhundert Jahre, nachdem Prinzessin Tania und wenig später ihre Mutter, Königin Titania, verschwunden waren, war das Elfenreich in ein trauriges, düsteres Dämmerlicht getaucht.

Als Gabriel Anita nun zu Oberon brachte, war der König überglücklich über die Heimkehr seiner verschollen geglaubten Tochter, und daraufhin kehrten Licht und Leben ins Elfenreich zurück. Bald lernte Anita die sechs Schwestern von Prinzessin Tania kennen, und je mehr sie nach und nach über diese seltsame Welt erfuhr und sich an Dinge erinnerte, die sie eigentlich gar nicht wissen konnte, desto mehr geriet ihre Überzeugung, dies alles sei bloß ein Traum, ins Wanken. Schließlich musste sie akzeptieren, dass sie wirklich und wahrhaftig Oberons Tochter war.

In ihrem Kummer über Edrics vermeintlichen Verrat freundete Tania sich mit Lord Gabriel an. Erst als Edric ihr den wahren Grund enthüllte, aus dem Gabriel sie in die Elfenwelt zurückgeholt hatte, konnte sie sich aus seinem

Bann lösen. Gabriel Drake wollte Tania unbedingt heiraten, weil er mit ihrer Hilfe an das gefürchtete Isenmort – von den Sterblichen »Eisen« oder »Metall« genannt – herankommen wollte, eine Substanz, die für Elfen absolut tödlich war. Verrat und Intrigen herrschten im Elfenpalast, und Tanias eigene Schwester, die dunkelhaarige Rathina, versuchte sie in die Gewalt Lord Gabriels zu locken, obwohl sie selbst unsterblich in ihn verliebt war.

Am Ende wurden Gabriels böse Pläne durchkreuzt, und Oberon verbannte ihn nach Ynis Maw, die Insel ohne Wiederkehr. Im Elfenreich kehrte wieder Frieden ein, aber Tania war fest davon überzeugt, dass Königin Titania noch lebte und in der Welt der Sterblichen gefangen war. Aus diesem Grund kehrte sie mit Edric nach London in ihr Zuhause zurück, um Titania zu suchen. Es war keine leichte Rückkehr. Tanias Eltern waren außer sich, weil ihre Tochter tagelang verschwunden gewesen war, und Tania fand es schrecklich, dass sie ihnen nicht die Wahrheit sagen konnte. Außerdem hatte sie Angst vor Gabriel, der sie ständig in ihren Träumen heimsuchte. Wer wusste, ob er ihr nicht in die Welt der Sterblichen gefolgt war, um sich an ihr zu rächen?

Nach langem Suchen stießen Tania und Edric auf eine Anwaltskanzlei, in der Königin Titania als Lilith Mariner arbeitete. Doch ihre Hoffnungen auf ein baldiges Wiedersehen wurden zunächst enttäuscht, weil Titania auf einer Geschäftsreise in China war.

Die Dinge nahmen eine düstere Wendung, als Tania plötzlich keinen Zugang mehr ins Elfenreich fand. Kurz darauf tauchten ihre drei Elfenschwestern Zara, Sancha und Cordelia in der Welt der Sterblichen auf und brachten schlimme Nachrichten: Prinzessin Rathina hatte den Hexenkönig von Lyonesse aus den Verliesen des Elfenpalasts befreit, wo Oberon ihn gefangen gehalten hatte. Nun ließ der Zauberer seine schreckenerregenden Grauen Ritter auf das Elfenreich los. Die drei Prinzessinnen hofften, mit Tanias und Titanias Hilfe ins Elfenreich zurückzukehren und den Hexenkönig zu besiegen.

Doch dann drang eine Horde von Grauen Rittern in die Welt der Sterblichen ein, mit Lord Gabriel als ihrem grausamen Anführer. Tania, Edric und die Elfenprinzessinnen schafften es mit letzter Kraft, den Rittern zu entkommen, und nachdem sie Titania endlich gefunden hatten, flüchteten sie ins Elfenreich zurück.

Der Palast

I

Tania starrte aus dem steinernen Bogenfenster in den weiten blauen Himmel des Elfenreichs, noch ganz benommen von dem ausgestandenen Schrecken. Sie konnte kaum glauben, dass sie alle am Leben waren – ihre Schwestern, ihre Mutter und Edric. Fürs Erste waren sie hier oben im Bonwyn Tyr in Sicherheit, dem braunen Turm, der zwischen den riesigen Wäldern von Esgarth und der königlichen Palastanlage aufragte.

Tanias Freude über die wundersame Rettung hielt allerdings nicht lange an, denn hier im Elfenreich musste etwas Schreckliches passiert sein.

»Weh uns, ein großes Unheil ist über das Land gekommen!«, murmelte Zara, die neben ihr stand. »Im Elfenreich müsste Hochsommer sein. Die Sommersonnenwende ist noch nicht vorüber und die Blätter welken an den Bäumen wie in einem verfrühten Herbst.«

Tania dachte an ihren Kurzaufenthalt im Elfenreich vor wenigen Tagen: Da waren die schlanken Espenbäume, die den Turm umgaben, noch dicht belaubt gewesen, das Gras hatte hoch und saftig gestanden auf dem Hang, der zum Palast hin abfiel. Aber jetzt gingen die Espen ein, der Boden war braun und das Gras vertrocknet wie nach einer langen

Sommerdürre. Die Wälder von Esgarth in der Ferne waren in Herbstfarben getaucht.

»Wer hat das getan?«, fragte Tania entsetzt.

»Es ist die Handschrift des Hexenkönigs«, sagte Titania grimmig und trat neben sie. »Krankheit und Tod folgen ihm auf dem Fuß. Uns bleibt nur zu hoffen, dass nicht das ganze Reich so schwer betroffen ist.« Mit funkelnden Augen fügte sie hinzu: »Doch solange das Königshaus überdauert, wird das Elfenreich nicht untergehen.«

Tania lehnte sich aus dem Fenster und spähte zu den verdorrten Espen hinunter. Ihr Herz klopfte schneller. »Da unten sind zwei Graue Ritter«, wisperte sie. »In den Bäumen.«

Edric fasste sie am Arm und zog sie zurück. »Sie dürfen dich nicht sehen, Tania.«

»Warum nicht?«, fuhr Cordelia trotzig dazwischen. »Es ist an der Zeit, dass wir gegen den Hexenkönig ins Feld ziehen. Je schneller wir diesem Pack den Garaus machen, desto besser.«

»Ich weiß nicht, ob es gut ist, wenn wir uns jetzt mit ihm anlegen«, wandte Tania ein. »Die Grauen Ritter wissen nicht, dass wir im Elfenreich sind, und das sollte auch möglichst lange so bleiben.«

»Tania hat Recht«, stimmte die Königin zu. »Wir müssen uns unbemerkt in den Palast schleichen. Wenn die Grauen Ritter uns entdecken, wird es noch schwerer für uns, Oberon zu finden. Aber lasst uns zuerst ein wenig rasten und unsere Wunden versorgen.« Stirnrunzelnd fügte sie hinzu: »Cordelia blutet am Arm.«

»Jetzt ist nicht die Zeit, unsere Wunden zu lecken«, protestierte Cordelia.

»Und doch, was würde es uns nützen, wenn du vor Schwäche und Blutverlust in Ohnmacht fielest, Schwester?«, sagte Sancha, die sich bückte und ein Stück von ihrem Rocksaum abriss. Widerstrebend ließ sich Cordelia die Wunde am linken Arm verbinden.

»Und jetzt fort von hier«, rief Zara, »geschwind!« Aber dann erstarrte sie. »Es gibt nur einen einzigen Weg aus dem Turm. Wie sollen wir unbemerkt an den Wachen vorbeikommen?«

»Nichts leichter als das – wir setzen ihnen eine andere Beute vor«, sagte Cordelia. »Kommt, ich zeige euch, wie wir entfliehen können.« Damit ging sie zu der steinernen Wendeltreppe, die auf das flache Turmdach hinaufführte, und starrte nach oben. »Wir müssen auf das Schlimmste gefasst sein«, sagte sie. »Es könnte sein, dass wir Eden tot vorfinden.«

Entsetztes Schweigen war die Antwort. Titania schlug sich die Hand vor den Mund, und ihre Augen weiteten sich vor Angst.

Eden hatte ihre drei Schwestern hierhergebracht und ihnen den Durchgang zur Welt der Sterblichen geöffnet, aber sie war ihnen nicht gefolgt. Niemand wusste, was mit ihr geschehen war. Vielleicht war sie tatsächlich den Grauen Rittern in die Hände gefallen und getötet worden.

»Wenn sie tot ist, müssen wir den Schmerz ertragen«, wisperte Sancha mit bebender Stimme. »Lasst uns beten, dass dem nicht so ist.«

Cordelia stieg die Treppe hinauf, gefolgt von Titania, die nur mit Mühe ihre Angst verbergen konnte. Tania und Edric gingen als Nächste, dann Sancha und Zara. Die Falltür zum Dach war aufgebrochen und zertrümmert, und Tania stellte sich schaudernd vor, wie die Grauen Ritter die Elfenprinzessinnen bis in den Bonwyn Tyr verfolgt hatten.

Mit angehaltenem Atem näherte sie sich der Falltür, doch als sie über die Luke spähte, sah sie, dass die flachen Steinplatten auf dem Dach leer waren. Nur ein Ring von hässlichen, geschwärzten Brandspuren deutete darauf hin, dass hier ein Kampf stattgefunden hatte.

»Eden ist hier nicht gestorben«, stellte Cordelia fest, während sie nacheinander auf das Dach kletterten.

»Und wenn sie gefangen genommen wurde?«, sagte Sancha. »Wäre es möglich, dass Eden eine Gefangene der Grauen Ritter ist?«

»Vielleicht ist sie ihnen ganz entkommen«, warf Zara ein. »Eden ist sehr mächtig.«

Edric berührte sanft Tanias Arm, und als sie sich umdrehte, starrte er mit schreckensbleichem Gesicht nach Süden. Titania war zur Südseite der hüfthohen Steinbalustrade gegangen, und dort stand sie wie vom Donner gerührt, die Hände zu Fäusten geballt, und starrte auf den Elfenpalast hinunter.

Tania schlug sich die Hand vor den Mund, als sie die Verwüstung sah. Die Schlossgärten, die sich zwischen dem Parkgelände und dem Palast erstreckten, waren völlig zerstört. Es war, als habe eine schreckliche Krankheit die kunstvoll angelegten Blumenbeete und Büsche dahingerafft, sodass nur ein paar vertrocknete Hülsen und die nackte braune Erde übrig geblieben waren. Die Brunnen waren versiegt, die meisten Marmorstatuen an den Wegen und Plätzen zertrümmert oder umgestürzt.

Jenseits der verwüsteten Gärten hing ein schmutzig grauer Dunst über dem Palast, und hier und da quollen dunklere Rauchschwaden aus rußgeschwärzten Fenstern und eingestürzten Dächern hervor. Die Palastanlage war riesig, vieles war unversehrt geblieben: Die hohen Backsteinmauern zahlreicher Türme und Gebäude ragten noch stolz am Flussufer auf, aber die königlichen Privatgemächer, die Tania von ihren Besuchen am besten kannte, waren vollkommen zerstört.

»Wie ist das nur möglich?«, murmelte Zara, die neben Tania trat. »Wie konnte der Hexenkönig in so kurzer Zeit eine solche Verwüstung anrichten? Es waren doch nur wenige Tage …«

»Ich wusste, dass er ein Meister der bösen Künste ist und uns mit dem größten Vergnügen vernichten würde«, sagte Sancha. »Aber das hier …«

»Die Menagerie ist verlassen«, stellte Cordelia fest, die ihre Augen beschirmte und in den betreffenden Teil des Gartens hinunterspähte. »Wenn er den Tieren etwas angetan hat, schneide ich ihm das Herz aus dem Leib, das schwöre ich.«

»Vielleicht sind sie entkommen«, sagte Tania. »Ich sehe keine toten Tiere …«

»Ich bete, dass du Recht hast.« Cordelia wandte sich ab. »Aber nun rasch ans Werk.« Sie ging zum anderen Ende des Dachs und stieß eine Reihe hoher melodischer Pfiffe aus.

Sofort flatterten zwei Krähen von den Bäumen auf und landeten auf Cordelias ausgestrecktem Arm. Cordelia redete kurz mit den Vögeln, die einmal zustimmend krächzten und dann eilig davonflogen.

»Es ist vollbracht!«, verkündete Cordelia. »Die Vögel werden für Ablenkung sorgen, sodass wir unbemerkt von hier fortkommen. Lasst uns zur Tür hinuntergehen und dort warten.«

Tania war froh, dass sie den traurigen Anblick des Elfenpalasts nicht länger ertragen musste. Als sie die Treppe hinunterstieg, sah sie im Geist die prächtigen Säle und Wohnräume und die Schlafgemächer der Prinzessinnen vor sich. All das sollte jetzt nicht mehr da sein? Diese ganze Schönheit, die sie gerade erst wiederentdeckt hatte, in wenigen Tagen sinnlos zerstört …

Sobald sie unten versammelt waren, öffnete Cordelia die Tür einen Spaltbreit. Tania stand neben ihr und spähte zu den Espen hinaus, wo zwei Graue Ritter auf ihren ausgemergelten Pferden Wache hielten. Edric trat neben Tania und ihre Blicke begegneten sich. Sie hatten nicht vergessen, dass sie diesen Kreaturen nur um Haaresbreite entkommen waren.

Plötzlich kreischten draußen Vögel und lautes Flügelschlagen war zu hören. Tania fuhr herum und sah, wie die hässlichen Lyonesse-Ritter von unzähligen Vögeln angegriffen wurden. Raben, Stare, Krähen und Elstern schossen wild durch die Luft, und die Pferde wieherten panisch, als die Vögel mit Schnäbeln und Klauen auf sie losgingen. Die Grauen Ritter zogen ihre Schwerter und hieben brüllend auf die Tiere ein. Die Pferde stiegen und bockten. Blitzende Klingen zerschnitten die Luft, stießen hierhin und dorthin. Dann stoben schwarze Federbüschel auf und immer mehr Vögel stürzten zu Boden.

»Es ist so weit!«, zischte Cordelia und stieß die Tür auf. »Bleibt dicht hinter mir.« Sie stürmte hinaus und Tania und die anderen rannten hinter ihr zwischen den kahlen Bäumen hindurch zum Palast.

Cordelias Augen funkelten vor Schmerz und Wut. »Verflucht soll er sein, dieser elende Hexenkönig, der mich zwingt, ein solches Opfer von anderen Lebewesen zu verlangen!«, stieß sie hervor und ballte drohend die Fäuste.

Dort, wo die Bäume endeten, hielt Cordelia an. Alle sammelten sich hinter ihr und spähten zu den Gebäuden hinüber. Das große nördliche Torhaus des Elfenpalasts ragte ungefähr eine Meile entfernt auf, und über dem hohen Turm wehte das Banner von Lyonesse, eine grob gezeichnete schwarze Schlange auf blutrotem Grund. Zwei berittene Wachen hüteten das Tor.

»Wie in aller Welt sollen wir dieses ganze offene Gelände überqueren?«, fragte Edric. »Wir werden doch sofort entdeckt.«

»Wir halten uns am Waldrand«, sagte Titania, »und wenden uns gen Osten, in Richtung der Obstplantagen und Weingärten. Dort finden wir genug Deckung, um ungesehen in den Palast hineinzukommen.« Ihre Stimme wurde hart. »Und wenn Oberon wieder frei ist, das schwöre ich, werden wir Rache nehmen, eine Rache, so furchtbar, dass die verfluchte Insel Lyonesse bis in ihre Grundmauern erbeben soll!«

Tania starrte ihre Elfenmutter gebannt an – dieses zugleich fremde und doch so vertraute Gesicht, das dem ihren glich wie ein Spiegelbild, mit den rauchgrünen Augen, den hohen Wangenknochen und wilden roten Locken. Titania hatte sich verändert: Schon hatte sie wieder die förmliche Ausdrucksweise der Elfen angenommen, als seien die fünfhundert Jahre Exil einfach von ihr abgefallen. In der Welt der Sterblichen hatte die Königin als erfolgreiche Anwältin gearbeitet. Hier zeigte sie sich in ihrer wahren Größe – als Königin des Elfenreichs, die vor nichts zurückschreckte, um ihren König und ihre Herrschaft zu retten.

»Und was geschieht, wenn wir im Palast sind?«, fragte Sancha. »Wo beginnen wir mit der Suche?«

»Wir müssen unverzüglich in die königlichen Gemächer gehen«, sagte Cordelia. »Und danach ins Verlies hinunter, denn dort muss unser Vater gefangen sein, wenn mich nicht alles täuscht.«

»Und Eden auch – betet, dass dem so ist!«, fügte Sancha hinzu.

»Dann lasst uns gehen«, sagte Titania. »Folgt mir und bleibt in Deckung.«

»Halt, Moment mal!«, protestierte Tania. »Wäre es nicht besser, wenn nur ein paar von uns vorausgingen, jedenfalls bis wir wissen, was uns erwartet? Es wäre doch Wahnsinn, wenn wir alle auf einmal gingen.« Mit einem Blick zu Titania fügte sie hinzu: »Und besonders du darfst nichts riskieren. Wie sollen wir Oberon befreien, wenn dir etwas passiert – selbst wenn wir ihn finden?«

»Du irrst dich, Tania, wenn du glaubst, dass ich über besondere Kräfte verfüge, um Oberon aus dem Bann des Hexenmeisters zu befreien«, erwiderte Titania grimmig. »Die Kraft, die Oberon und ich gemeinsam besitzen, reicht vielleicht aus, um Lyonesse zu besiegen, aber wir können diese Kraft erst einsetzen, wenn Oberon befreit ist. Solange das nicht geschieht, ist das Band zwischen uns durchtrennt und die Macht des Sonnenkönigs und der Mondkönigin gebrochen.«

»Dann ist es umso wichtiger, dass du vom Palast wegbleibst«, beharrte Tania. »Wer sagt denn, dass Oberon wirklich im Verlies ist, wie wir alle glauben? Und was ist, wenn wir ihn nicht gleich finden? Es gibt so vieles, was schiefgehen kann!«

»Eine kleinere Gruppe wäre unauffälliger, Euer Hoheit«, fügte Edric hinzu. »Wenn der König zu scharf bewacht wird, müssen wir vielleicht nach Anvis hinauf, in die Burg Ravensare, um Verstärkung zu holen.«

»Lasst uns hoffen, dass das nicht nötig sein wird«, sagte Titania. »Jede Sekunde, die wir verlieren, nützt nur dem Hexenkönig und hilft ihm, seine Macht über das Land zu vergrößern.« Nachdenklich blickte sie Tania an. »Du hast einen wachen Verstand, Tochter«, sagte sie und fügte seufzend hinzu: »Es zerreißt mir das Herz, meine Kinder der Gefahr auszuliefern, aber ich werde deinem Rat folgen und im Wald bleiben.«

»Nicht allein«, sagte Cordelia. »Ich bleibe bei unserer

Mutter, falls der Feind sie hinterrücks überfällt.« Entschlossen zog sie ihr Kristallschwert. »Ihr wird nichts geschehen, solange ich an ihrer Seite bin, dessen seid gewiss.«

Sancha nahm den Beutel, den sie über ihrer Schulter getragen hatte, herunter und reichte ihn Cordelia. »Du hütest Mutters Krone, bis wir zurück sind.«

Cordelia nahm den Beutel entgegen. »Das werde ich tun.«

»Wohlan, so sei es«, sagte Titania. »Edric, Sancha, Tania und Zara, ihr geht in den Palast, und ich warte hier und bete, dass ihr den König findet und heil zurückkehrt.«

»Wir sind zu viert und besitzen nur zwei Schwerter«, sagte Zara. »Wer von uns wird der Gefahr unbewaffnet entgegentreten?«

»Ich brauche vorerst keine Waffe«, antwortete Edric und gab sein Schwert Tania. »Mir ist es lieber, wenn du dich verteidigen kannst.«

»Auch ich kann meine Waffe entbehren«, sagte Sancha. »Lasst Tania und Zara unsere Schwertkämpferinnen sein.«

Tania starrte auf den rauchverhüllten Palast und das Schwert in ihrer Hand. Sie fragte sich, welche Gräuel sie an diesem traurigen Ort noch erwarteten. Doch dann richtete sie sich entschlossen auf und verdrängte ihre Angst. Für trübe Gedanken war jetzt keine Zeit.

»Bereit?«, fragte Edric leise.

Tania nickte und biss die Zähne zusammen. Was blieb ihr anderes übrig?

Sie wurde gebraucht im Elfenreich.

II

Tania und die anderen durchquerten lautlos die Obst- und Weingärten des Palastes. Auch hier war alles verwüstet: An den Bäumen faulten die Früchte, und die Trauben verschrumpelten am Rebstock, grau und pelzig vor Schimmel. Die gärenden, matschigen Früchte verbreiteten überall den Gestank von Fäulnis.

Endlich erreichten sie den Palast, an einer Stelle, die noch gut eine Meile von den königlichen Gemächern entfernt war.

»Ich gehe als Erste«, verkündete Tania, als sie den hohen Torbogen durchschritten. »Haltet euch dicht hinter mir, geht immer einer hinter dem anderen. Zara, du bildest die Nachhut. Ich kenne mich in diesem Teil des Palastes nicht so gut aus, Edric – wie kommen wir zum Verlies?«

»Das erkläre ich dir unterwegs«, erwiderte Edric.

Tania sah ihm kurz in die Augen, um Mut zu schöpfen für das, was vor ihr lag.

»Ich liebe dich«, flüsterte Edric.

»Ich dich auch«, sagte Tania lächelnd. »Lass uns gehn.«

Dann setzten sie sich in Bewegung, Tania lief an der Spitze, Edric dicht hinter ihr, Sancha und Zara bildeten den Schluss. An jeder Ecke, jeder Abzweigung, jedem Torbogen hielt Tania an und prüfte, ob die Luft rein war, ehe sie sich über den nächsten offenen Hof wagten.

Es war schrecklich, die Prunksäle und Bankettthallen so öde und verlassen zu sehen. Noch vor wenigen Tagen war hier alles voller Ausgelassenheit gewesen, jetzt herrschte Totenstille. Eine schreckliche Angst stieg in Tania auf und vergrößerte sich mit jedem weiteren Palasthof, der stumm und verlassen unter dem rauchigen Himmel lag.

Schließlich traten sie durch eine offene Tür in ein kleines Privatgemach, in dem die Spuren der Gewalt nicht zu übersehen waren: Ein Tisch lag umgestürzt am Boden, ein Fenster war zerschmettert, und im Türpfosten steckte ein Pfeil. Die kostbaren Wandbehänge waren mit dem Schwert zerfetzt worden.

»Meinst du, hier sind alle heil herausgekommen?«, flüsterte Tania Edric zu.

Edrics Gesicht verdüsterte sich. »Nein«, murmelte er. »Das glaube ich nicht.«

Tania schauderte. »Ich auch nicht.«

»Wenn es nicht unsere Aufgabe wäre, den König zu befreien«, zischte Zara, »so würde ich mich mit Freuden auf den Feind stürzen und ihm heimzahlen, was er uns angetan hat.«

»Ich auch«, sagte Tania grimmig. »Aber das dürfen wir nicht.«

»Nein«, warf Sancha ein. »Wie denn auch? Wir vier gegen eine ganze Armee von Grauen Rittern? Cordelia mag das für aussichtsreich halten, ich nicht.« Sie verstummte und spähte den langen gewundenen Flur entlang. »Wir sind in der Nähe der königlichen Gemächer, und mein Herz sagt mir, dass wir nur zu bald auf das verfluchte elende Pack von Lyonesse stoßen werden.«

Immer verstörender wurden die Spuren des brutalen Überfalls: dunkle Blutflecken, zerbrochene Elfenschwerter auf den kostbaren Teppichen, ein zerfetzter, blutgetränkter Umhang auf einer Treppe, ein Frauenschuh, der auf dem Parkettboden eines Ballsaals liegen geblieben war. Beklommen starrte Tania auf das verlorene Pantöffelchen, dessen Besitzerin wahrscheinlich tot war wie viele andere, und am liebsten wäre sie geflüchtet, weg von diesem Ort des Grauens.

Hier war wild gekämpft worden, so viel stand fest. Zwar lagen nirgends Tote, aber zwischen den umgestürzten Möbeln, den zerbrochenen Gefäßen und anderem Zierrat blitzten unbeschädigte Kristallschwerter hervor. Tanias Herz zog sich zusammen. Wie waren die Waffen hierhergekommen? Hatten die überrumpelten Elfenritter sie weggeworfen und sich ergeben oder waren sie ihnen aus den Händen gerissen worden? Schaudernd wandte sie sich ab. Von dem Saal gingen mehrere Türen ab. »Und wohin jetzt?«, fragte sie leise.

Edric zeigte auf eine offene Flügeltür am anderen Ende des Raums. »Hier entlang«, sagte er. »Wenn wir nach links gehen, kommen wir zu einer Treppe und dann in einen Hof, den du schon einmal gesehen hast.«

Tania erkannte den weitläufigen Rasenplatz sofort, als sie ins Freie hinaustraten. Das letzte Mal hatten dort Kinder gespielt – kleine Elfenkinder mit zarten durchsichtigen, schillernden Elfenflügelchen, die sie später einmal ablegen würden.

Jetzt türmten sich im Hof halb verkohlte Möbel, die noch vor sich hin schwelten. Dünne Rauchfäden stiegen in die braune Luft. Auch das Gras war verkohlt. Alle Fenster zum Hof hin waren eingeschlagen und beim Gehen knirschten Glassplitter unter ihren Füßen.

»Und das ist nun unser Zuhause!«, schluchzte Zara mit erstickter Stimme. »Seht nur, wie sie hier gewütet haben!«

Sancha legte ihr den Arm um die Schultern. »Der Hexenkönig hat grausame Rache geübt für seine tausendjährige Gefangenschaft«, sagte sie. »Doch tröste dich, Schwester, sein Triumph wird nicht lange währen. Wir werden diese üble Brut besiegen, das schwöre ich.«

Tania sah ihre Schwestern lange an. Zaras Kummer griff ihr ans Herz, und Sanchas zuversichtliche Worte klangen so wenig überzeugend, dass sie fröstelte. »Warum haut der Typ nicht einfach ab?«, sagte sie grimmig. »Wozu die ganze Zerstörung?«

»Der Hexenkönig von Lyonesse ist ein Ungeheuer – eine Kreatur voller Hass, Wut, Gier und Angst«, antwortete Sancha. »Er fürchtet alles Schöne, hasst Licht und Leben. Freude, Güte und Mitgefühl sind ihm ein Gräuel. Sein Herz wird keine Ruhe finden, solange das Elfenreich besteht.« Mit Augen, groß und dunkel vor Kummer, fügte sie hinzu: »Er ist nicht wie wir, Tania, glaub mir.«

»Ich bringe ihn um«, zischte Tania. Eine nie gekannte Wut stieg in ihr auf. »Ich werde ihn finden und töten für das, was er getan hat!«

Edric nahm ihre Hand. »Wir können nicht gegen eine solche Übermacht kämpfen«, sagte er. »Wir müssen zuerst König Oberon finden, das ist jetzt das Wichtigste.«

»Ich weiß«, sagte Tania und holte tief Luft. »Aber ich hasse das alles. Ich könnte platzen vor Wut!« Sie riss sich von Edric los, packte ihr Schwert und ging zu dem Torbogen, der in das nächste Gebäude führte.

Auch hier hatten die Grauen Ritter entsetzlich gewütet. Ein beißender Brandgeruch hing in der Luft und die Wände und Stuckverzierungen an den hohen Decken waren rußgeschwärzt. Überall lagen zertrümmerte Möbel, alles war verschmutzt und zerrissen, Bilder und Wandteppiche hingen in Fetzen herunter.

Schließlich kamen sie in einen luftigen Saal, von dem eine Eichentreppe auf die Galerie im oberen Stock hinaufführte. Als sie den Marmorboden zur Hälfte überquert hatten, hörte Tania hallende Fußtritte über sich.

»Die Grauen Ritter!«, zischte Zara.

Wortlos huschten sie zu der Tür zurück, durch die sie gekommen waren. Tania lehnte sich gegen den offenen Türflügel, sodass sie von der Galerie oben nicht zu sehen war. Die Fußtritte wurden lauter. Sie schloss die Augen und sah die Lyonesse-Ritter deutlich vor sich: knochendürre Gestalten, in graue Kettenhemden gehüllt, die gespenstisch im fahlen Licht funkelten. Die langen Haarzotteln hingen wie Spinnweben um die ausgemergelten grauen Gesichter, die Augen waren blutrot und die dünnen Lippen zu einem grausamen, irren Lächeln verzerrt.

Tanias Herz klopfte. Dem Lärm nach musste es ein ganzer Trupp von Grauen Rittern sein, der über die Holzgalerie trampelte. Was sollten sie nur tun, wenn die Kreaturen die Treppe herunterkamen? Umdrehen und weglaufen? Kämpfen?

Doch dann entfernte sich das Fußgetrappel und es kehrte wieder Totenstille ein. Tania öffnete die Augen, noch ganz benommen von der ausgestandenen Angst.

»Alles in Ordnung?«, fragte Edric besorgt.

Sie nickte und lächelte ihn an. »Mir geht's gut«, sagte sie tapfer. »Wohin gehn wir jetzt?«

»Folge mir«, sagte Edric. »Es ist nicht mehr weit.«

Er führte sie quer durch den Saal zu einem Seitengang, von dem eine Steintreppe abzweigte. Die Tür war eingeschlagen und die Splitter lagen über den Boden verstreut. Tania starrte auf die engen dunklen Stufen, die nach unten führten. Ein rötlicher Schimmer drang von unten herauf.

»Die Tür wurde von der anderen Seite aufgebrochen«, stellte Edric fest. »Das bedeutet, dass der Hexenkönig auf diesem Weg hinausgelangt ist, nachdem er befreit wurde.«

Tania stand schaudernd vor dem düsteren Treppenschacht.

»Wartet hier auf mich«, sagte Edric zu den Prinzessinnen. »Ich muss mir das erst einmal ansehen.« Dann verschwand er durch die Tür, eine schwarze Silhouette in dem rötlichen Schein. Ein paar Sekunden später drang seine Stimme von unten herauf. »Kommt!«, flüsterte er. »Die Luft ist rein.«

Tania ging als Erste. Edric stand unten an der Treppe und hielt eine lodernde Fackel in der Hand. Rechts und links von ihm dehnte sich ein langer niedriger Steingang aus, von glimmenden Fackeln gesäumt, die in rußigen Haltern an den Wänden steckten.

»Wir müssen vorsichtig sein«, wisperte Sancha. »Wenn unser Vater hier ist, wird er vielleicht bewacht.«

Angestrengt lauschend schlichen sie den Gang entlang, Edric ging mit der brennenden Fackel an der Spitze, dann kamen Tania, Sancha und Zara. Nach einer Weile erreichten sie eine schwarze Tür, die halb zertrümmert und verbogen in den Angeln hing. Tania wusste, wo sie waren: Das hier war das Diamantene Tor, der Eingang zum Verlies. Nur ein Zauber konnte das Steintor aufgesprengt haben, eine tödliche Macht, die jahrhundertelang an den düsteren Ort gebannt gewesen war, der dahinterlag. Schaudernd dachte Tania an das endlose Labyrinth der Gänge, an die Steinzellen mit den niedrigen Deckengewölben und an deren schrecklichen Insassen. »Wenigstens sind keine Wachen am Tor«, flüsterte Edric. »Das ist gut.«

»Ich kenne den Plan, nach dem das Verlies erbaut wurde«, verkündete Sancha. »Zwar ist es ein Labyrinth, doch eines, das einer strengen Logik folgt. Haltet euch hinter mir und ich werde euch hinausführen.« Ihre Augen funkelten im Fackelschein. »Und fürchtet nichts, Schwestern – wenn unser Vater hier unten ist, werden wir ihn finden.«

Tania folgte Sancha durch das Diamantene Tor und erschauderte, als ihr die eisige Kerkerluft über die Haut strich. Schwefeldämpfe stiegen ihr in die Nase, ein Geruch, der ihr von jenem Tag her vertraut war, an dem sie Edric aus dem Bernsteingefängnis gerettet hatte. Der üble Gestank hatte sich gebildet, als die Bernsteinkugel zerbrochen war, und hatte sich im ganzen Verlies ausgebreitet.

Sie kamen jetzt in das erste Gewölbe, das aus schmalen, niedrigen Kammern mit tiefen Mauernischen bestand. Als Tania das letzte Mal hier gewesen war, hatten sich in vielen dieser Räume Bernsteinkugeln befunden – einige waren schwarz von Alter gewesen, während jüngere Exemplare noch einen schwachen orangefarbenen Schimmer besessen hatten, der durch die Verkrustungen drang. In manchen Kugeln waren noch die Gefangenen zu sehen gewesen, und Tania erschauderte bei dem Gedanken an die zusammengekauerten Gestalten, die ihr mit leeren Augen aus dem Glas entgegenstarrten.

Aber jetzt waren alle Bernsteinkugeln fort, nur ein paar gelbliche Splitter knirschten unter ihren Füßen und der allgegenwärtige Gestank biss in ihre Nasen.

»Was ist das für ein Geruch?«, fragte Sancha.

»Schwefel«, sagte Zara.

»Nein, da ist noch ein anderer Geruch«, beharrte Sancha. »Schlimmer als das.«

Tania schnüffelte. Sancha hatte Recht. Ein Geruch von Verwesung lag in der Luft, der alles überlagerte und ihr fast den Magen umdrehte.

Mit angehaltenem Atem gingen sie weiter, langsamer jetzt, und der Gestank wurde dermaßen übermächtig, dass Tania das Gefühl hatte, buchstäblich hineinzuwaten wie in Sumpfwasser.

»Ich ertrage das nicht«, stöhnte Zara. »Lasst uns umkehren, bitte!«

»Nein, wir müssen weiter.« Sancha hielt sich mit einer Hand Mund und Nase zu. »Wir kommen jetzt bald zu den letzten Kerkern.«

»Pst!« Edric hielt die Hand hoch und blieb an einer Biegung stehen, von der mehrere Gänge abzweigten. »Hört nur!«

Tania hielt den Atem an. Im ersten Moment vernahm sie nichts außer dem Zischen der Fackel, aber dann drangen andere Geräusche an ihr Ohr: ein leises Scharren und Schleifen aus einem der Nebengänge, ein scharfes Klicken wie von ungeduldig trommelnden Fingernägeln. Nein, keine Fingernägel, dafür war das Geräusch viel zu laut – es klang mehr nach ... Klauen.

Dann entfernte es sich wieder und Tania atmete auf. »Was war das denn?«, flüsterte sie.

»Ich weiß es nicht«, sagte Sancha. »Vielleicht eines dieser Ungeheuer von Lyonesse. Sei dankbar, dass wir der Kreatur nicht über den Weg gelaufen sind.«

»In wie vielen Kerkern müssen wir noch suchen?«, fragte Zara.

»Es sind nur noch wenige«, sagte Sancha. »Vier oder fünf vielleicht.«

Als sie um eine Biegung kamen, lag dort ein Toter auf dem Boden. Er trug die schwarze Uniform der Kerkerwachen.

»Sein Gesicht!«, stieß Zara entsetzt hervor. »Seht euch nur sein Gesicht an!«

Widerstrebend schaute Tania genauer hin. Das Gesicht des Toten war grausam entstellt und sah wie geschmolzenes Wachs im Fackelschein aus – die Augen weit aufgerissen, der Mund in äußerster Qual verzerrt.

Sancha schlug sich die Hand vor den Mund. »Ich kenne diese Maske«, wisperte sie. »Ich habe in den alten Bestiarien der Bibliothek darüber gelesen. Eine Totenmaske, der *Rictus basiliskus*, wie man sie bei den Opfern des Basilisken findet. Gesichter, die in blankem Entsetzen erstarrt sind.«

»Des Basilisken?«, wiederholte Edric. »Wie kommt ein Basilisk hierher? Ich dachte, die leben nur im hohen Norden.«

»Cordelia hatte einen Basilisken in ihrer Menagerie«, sagte Tania, die an ihre Begegnung mit dem unheimlichen Wesen in der Holzhütte dachte. Das Einzige, was sie von ihm gesehen hatte, war ein glühendes rotes Auge gewesen, das zu ihr herausgestarrt hatte. Aber dieser Blick allein hatte genügt, um ihr jede Kraft zu rauben und ihren Geist zu verdunkeln, bis Gabriel Drake sie im letzten Moment weggezerrt hatte.

»Wahrscheinlich ist er entkommen und aus dem hellen Tageslicht hier heruntergeflüchtet«, sagte Edric.

»So wird es sein«, stimmte Sancha zu, »denn das hätte er gewiss getan. Diese Geschöpfe gedeihen nur in Kälte und Finsternis und das Verlies ist genau der richtige Ort für ihn.«

»Er soll nur kommen!«, rief Zara und schwenkte kampfeslustig ihr Schwert. »Ich bin bereit!«

»Nein, Schwester, gegen den Basilisken vermag kein Schwert der Welt etwas auszurichten«, wehrte Sancha ab.

»Er hat Federn so hart wie Stein, und an den federlosen Stellen wachsen ihm Schuppen, an denen die schärfste Klinge abprallen muss.«

Vorsichtig gingen sie weiter, warteten an jeder Biegung, lauschten auf jedes Geräusch und spähten angestrengt in die Dunkelheit, ob irgendwo Fackeln brannten. Es dauerte nicht lange, bis sie den nächsten toten Wächter fanden, der zum Glück mit dem Gesicht nach unten lag. Vom Basilisken selbst war nichts zu sehen, nur Schatten tanzten über die Wände.

Endlich hielt Sancha vor einem langen niedrigen Gewölbe an. Nach einer Weile drehte sie sich um, mit hängenden Schultern, das Gesicht blass und angespannt. »Wir sind am Ende unserer Suche«, murmelte sie und deutete auf die Gangmündung. »Der Weg dort führt zur Diamantenen Tür zurück.« Ihre Stimme versagte. »Unser Vater ist nicht hier.«

Tania dachte an ihre eigenen Worte, die sie der Königin entgegengehalten hatte, ehe sie zum Palast gegangen waren. »Wer sagt uns denn, dass er überhaupt im Verlies ist, wie wir alle glauben?«

»Na gut, dann müssen wir eben den ganzen Palast nach ihm absuchen«, sagte Sancha darauf entschlossen. »Wir können doch jetzt nicht einfach aufgeben.«

»Den ganzen Palast?«, rief Zara. »Barmherzige Geister! Das würde uns viele Tage beschäftigt halten.«

»Nein, wartet!«, stieß Sancha plötzlich hervor. »Was bin ich doch töricht! Es gibt noch einen anderen Weg, unseren Vater zu finden. Hätte ich nur früher daran gedacht, dann wäre uns diese fruchtlose Sucherei erspart geblieben.« Dann eilte sie in den Gang, der zur Diamantenen Tür führte.

»Was ist, Schwester?«, rief Zara und folgte ihr.

»Wir müssen ...« Aber Sancha konnte ihren Satz nicht beenden. Ein brüllendes Monster stürzte aus dem Gang hervor.

»Geschwind, bedeckt eure Augen!«, schrie Zara. »Der Basilisk ist über uns!«

Tania riss die Arme hoch, doch für den Bruchteil einer Sekunde nahm sie die Gestalt des Monsters wahr. Der Basilisk war fast zwei Meter groß, eine Ungestalt, die einem Riesenvogel mit einem langen schuppigen Schlangenhals glich. Das rote Auge des Ungetüms funkelte böse, der lange, gebogene Schnabel war aufgerissen, und eine schwarze Schlangenzunge schnellte daraus hervor. Seine Federn waren wie scharfe Stacheln, und die gigantischen dicken Beine ganz mit schwarzen Schuppen bedeckt. Die riesigen Krallen klapperten über den Steinboden, als das Monster hervorstürzte, den Kopf zur Seite hochgereckt, sein rotes Auge auf Sancha geheftet. Die Flügel schepperten eisengleich, und Tania starrte wie gelähmt auf den langen nackten Schwanz, der über den Steinboden schleifte und an der Spitze mit einem tödlichen Stachel bewehrt war. Aus der Kehle der Kreatur drang ein schnarrendes Geräusch, das ihr durch Mark und Bein ging.

»Sancha!«, schrie Zara. »Dreh dich weg, schnell!«

Als Tania vorsichtig zwischen ihren Fingern hindurchspähte, sah sie ihre Schwester wie erstarrt vor dem Basilisken stehen. Sofort zog sie ihr Schwert und stürmte schreiend vorwärts. Sancha hatte zwar gesagt, dass ein Schwert nichts gegen den Basilisken ausrichten konnte, aber das war ihr in diesem Moment gleichgültig.

Aus dem Augenwinkel sah sie, wie Zara sich die Hände vors Gesicht hielt, und sie hörte Edric schreien: »Nein, Tania, nicht!«

»Lass sie ja in Ruhe, du Monster!«, brüllte Tania und stürzte den Gang entlang.

Der Basilisk stieß einen markerschütternden Schrei aus. Sancha schwankte und stürzte zu Boden.

Jetzt stand nichts mehr zwischen Tania und dem bösen Basiliskenblick. Alles lief wie in Zeitlupe ab. Sie hörte Edric schreien, aber ihr Herz klopfte so laut, dass seine Stimme darin unterging. Als das rote Auge des Basilisken ihren Blick einfing, wich alle Kraft aus ihrem Körper. Sie stürzte auf die Knie.

Dann sang plötzlich eine Frauenstimme in der Dunkelheit: »Komm, Sommersonne, komm, helles Himmelszelt, komm, goldenes Morgenlicht!«

Eine Flut von grellem Sonnenlicht drang durch den Eingang hinter dem Basilisken herein. Der lange dünne Hals des Untiers krümmte sich und es stolperte unter wildem Flügelschlagen von der Lichtquelle weg.

Jetzt trat die Frau selbst hervor, einen Arm hoch erhoben, eine goldene Kugel in der Hand, die funkelnde Lichtblitze durch den langen Gang schleuderte. Zu Füßen der Frau stolzierte ein Hahn mit prächtigem rotgoldenem Gefieder.

»Komm, furchtloser Künder der Dämmerung, komm, edler Gespornter, und grüße den neuen Tag! Lass deine Stimme erschallen, wie vor undenklichen Zeiten.«

Der Basilisk schrie auf, aber sein Kreischen ging im Gesang des Hahns unter, der seinen Kopf hob und lauthals zu krähen begann. Der Basilisk wich zurück, schlug mit den Flügeln, wankte und taumelte, dann schnurrte er zusammen wie ein angestochener Luftballon. Das Schnarren, das aus seiner Kehle drang, verwandelte sich in ein hohes Winseln, und schließlich stürzte er zu Boden, klein, verschrumpelt und schwarz verkohlt, als sei er ins Feuer gefallen.

Das gleißende Licht erlosch, und es wurde wieder finster im Gang, der nur noch vom rötlichen Fackelschein erhellt wurde.

»Mir scheint, ich bin gerade noch rechtzeitig gekommen«, sagte die Frau.

Jetzt, da sie nicht mehr von dem grellen Licht geblendet war, erkannte Tania die Gestalt mit den langen weißen Haaren und den leuchtend blauen Augen.

Es war ihre älteste Schwester, Prinzessin Eden.

III

Zara stürzte als Erste zu Eden hin. »Du lebst!«, stieß sie erleichtert hervor.

Eden lächelte grimmig. »Das wohl, auch wenn ich dem Tod in letzter Zeit oft nur um Haaresbreite entronnen bin«, erwiderte sie. »Aber noch hat mir das Gesindel von Lyonesse nicht den Garaus gemacht.« Sie kniete sich neben Sancha und strich ihr über die wirren Haare. »Seid unbesorgt, sie wird sich erholen«, sagte sie. »Sie hat dem Ungetüm nur einen kurzen Moment ins Auge geblickt.« Hoffnungsvoll sah sie die anderen an. »Doch sagt mir, habt ihr euren Auftrag erfüllt? Ist die Königin im Elfenreich?«

»Ja, sie ist im Wald bei Cordelia«, antwortete Tania.

Eden seufzte erleichtert und ein Lächeln erhellte ihre strengen Züge. »Gut«, sagte sie, »so war doch nicht alles vergebens, wie ich befürchtet hatte. Doch wir müssen diesen Ort schleunigst verlassen. Die Horden des Hexenkönigs durchschwärmen die Gänge des Palastes wie Ungeziefer.«

»Wir sind gekommen, um König Oberon zu suchen«, sagte Edric.

»Er ist nicht hier«, erwiderte Eden.

»Das wissen wir, Schwester«, sagte Zara, die sich jetzt auch neben Sancha kniete und ihr die kastanienbraunen

Locken aus dem blassen Gesicht strich. »Unter Sanchas Führung haben wir das Verlies gründlich durchsucht.«

»Der König ist nirgendwo im Palast«, erklärte Eden. »Sein Aufenthalt ist mir durch die Zauberkünste des Hexenkönigs verborgen, doch ich weiß, dass er nicht fern sein kann.« Angst lag in ihrem Blick. »Er wurde an einen finsteren Ort gebracht, mehr vermag ich nicht zu erkennen, da meine Sinne von dem Zauber betäubt sind.«

»Wir haben um dich gebangt, Schwester, wir fürchteten, dass dich die Grauen Ritter getötet hätten, da du uns nicht in die Welt der Sterblichen folgtest«, sagte Zara. »Wie bist du ihnen entkommen?«

»Ich hatte noch die Kraft, einen Schlafzauber über sie zu sprechen, nachdem ich das Portal zwischen den beiden Welten geöffnet hatte. Dann bin ich aus dem Turm geflohen und habe mich im westlichen Teil des Palastes versteckt. Dort habe ich eure Rückkehr erwartet.« Eden sah Tania neugierig an. »Doch sag mir, Schwester, wie ist es dir gelungen, den Bann des Hexenkönigs zu brechen, nachdem er dir den Zutritt zum Elfenreich verwehrt hatte?«

»Wir haben schwarzen Bernstein geschmolzen und ein Schwert damit überzogen«, erklärte Tania. »Damit konnte ich mir den Weg freischlagen. Wir haben es gerade noch geschafft.«

»Ihr wart sehr tapfer«, sagte Eden und fügte dann stirnrunzelnd hinzu: »Doch wir dürfen hier nicht länger verweilen. Master Chanticleer, wollt Ihr so gut sein und die Prinzessin auf Euren Armen tragen, bis sie wieder zu sich kommt?«

»Ja, gewiss, Mylady.« Edric ging in die Hocke und nahm Sanchas leblose Gestalt in seine Arme, dann richtete er sich vorsichtig wieder auf.

Jetzt erhob sich auch Eden, trat zu dem prächtigen Hahn und hielt ihm die Hand über den Kopf. »Hab Dank, du gutes, treues Geschöpf«, murmelte sie. »Nimm meinen Segen und kehre dorthin zurück, wo Licht und Leben herrschen.«

Der Vogel neigte den Kopf und stolzierte mit klappernden Krallen den Gang hinunter.

»Ich kapier das nicht«, murmelte Tania und starrte auf die eingeschnurrte, verkohlte Gestalt am Boden. »Was genau hat ihn getötet? Ich dachte, so ein Monster ist unverwundbar …«

»Das ist wohl wahr«, erwiderte Eden. »Niemand kann ihm etwas anhaben, außer der frühen Morgendämmerung und dem ersten Hahnenschrei. Diese beiden sind sein Tod. Ich wusste, dass der Basilisk ins Verlies geflüchtet war. Daher habe ich den Hahn gerufen und mit Korn gefüttert, um ihn in meiner Nähe zu halten, falls ich auf das Ungetüm treffen sollte. Das Licht der Dämmerung ist nur ein flüchtiger Zauber, doch für unsere Zwecke genügte es.« Die Prinzessin streckte ihre Hand aus, um Sanchas schlaff herabhängenden Arm zu berühren. »Wäre ich doch nur früher gekommen! Doch lasst uns jetzt einen weniger unwirtlichen Ort aufsuchen, bis Sancha wieder zu sich kommt.«

Eden drehte sich um und führte sie den Gang entlang zur Diamantenen Tür.

»Wir werden nicht den Weg nehmen, der zu meinen Gemächern führt«, erklärte sie. »Die Grauen Ritter bewachen mein Allerheiligstes und das Pirolglas ist uns verschlossen. Außerdem können wir uns erst aus dem Palast hinauswagen, wenn Sancha sich erholt hat.«

»Und wenn wir stattdessen zu einem unserer Schlafgemächer gehen?«, schlug Zara vor.

Edens Gesicht verdüsterte sich. »Ich habe gesehen, wie sie in diesen Räumen hausten«, sagte sie. »In deinem Zimmer tobt ein Unwetter, das kein Ende nimmt, Zara. Der Wald in Hopies Zimmer ist abgebrannt und in Cordelias Zimmer sind alle Tiere abgeschlachtet.«

Tania konnte den Gedanken kaum ertragen, dass diese wunderbaren, von geheimnisvollem Leben erfüllten Räume zerstört sein sollten. Die Zimmer der Prinzessinnen waren wie magische Spiegel ihres innersten Selbst: Zaras Zimmer eine heitere Meereslandschaft, Hopies Gemach ein dunkler Wald und Cordelias Kammer ein blühender Garten voller fantastisch anmutender Geschöpfe. In Sanchas Zimmer liefen Reihen von Schriftzeichen über die Wände und raunende Stimmen erzählten Geschichten und Legenden aus allen Epochen des Elfenreichs. Rathinas Zimmerwände wurden von wirbelnden Tänzern beherrscht, und die lebenden Wandteppiche in Tanias Zimmer zeigten ferne Landschaften, die wie Fenster in die weite Welt waren.

»Und was ist mit den anderen?«, fragte Tania.

»Sanchas Zimmer ist mit bösen Hexenflüchen belegt«, sagte Eden, »und die Luft voll raunender Stimmen, die von einem namenlosen Grauen künden. In Rathinas Gemächern war ich nicht – ich wollte nicht wissen, welche

Schrecken hinter ihrer Tür lauern.« Sie sah Tania für einen Augenblick schweigend an. »Der Hexenfluch hat auch dein Zimmer getroffen, Tania, aber ich denke, dort könnten wir eine Weile ausharren. Ja, lasst uns dorthin gehen! Ich zeige euch einen Weg, auf dem wir vor dem Gesindel von Lyonesse sicher sind.«

Lange irrten sie durch Gänge und über Treppen. Ab und zu hielt Eden unvermittelt inne, wenn in der Ferne raues Rufen und Lachen zu hören war. Die Stimmen weckten böse Erinnerungen in Tania, und sie dachte beklommen daran, wie die Grauen Ritter in ihr Schlafzimmer in London eingedrungen waren. Aber Eden sorgte dafür, dass sie nicht entdeckt wurden, und bald standen sie vor Tanias Zimmertür.

»Verschließe deine Augen, Schwester«, sagte Eden zu Tania, als sie die Tür öffnete. »Denn was du an deinen Wänden siehst, wird dir nicht gefallen.«

Mit klopfendem Herzen trat Tania hinter ihrer Schwester ein. Graues Licht sickerte durch die eingeschlagenen Fenster, die Bettdecken waren aufgeschlitzt und zerfetzt, die Möbel von Axthieben zertrümmert. Alle ihre Besitztümer waren zerstört und beschmutzt, und selbst der Waschtisch lag umgestürzt am Boden, mitten unter den zerbrochenen Wasserkrügen.

Trotz Edens Warnung warf Tania einen Blick auf die Wandteppiche, die einst so schön gewesen waren: ferne Landschaften und Meeresstrände, hohe Berge und weite Ebenen, schimmernde Eisschollen, die sich im blauen Nordmeer spiegelten. Aber es war nicht nur die Schönheit dieser

Landschaften, die Tania so geliebt hatte, sondern das Fernweh, das aus ihnen sprach, die Sehnsucht nach Weite, die sie tief im Herzen berührte. Und wie lebendig die gewebten Szenen gewesen waren! Jeder Faden, jede Faser vibrierend vor Energie, alles in unablässiger Bewegung: weiße Wattewölkchen, die sanft über den Himmel schwebten, frühlingsgrüne Blätter, die in den Bäumen raschelten, zarte rotgoldene Vögel, die sich zu den fernen Bergen aufschwangen.

Aber jetzt war alles düster und abstoßend. Ein Vulkan spie blutrote Flammen in einen rauchgrauen Himmel. Finstere Geschöpfe huschten durch eine nächtliche Kraterlandschaft, die in dicken gelben Rauch gehüllt war. Brennende Wälder, federlose Vögel, die am schweflingen Himmel dahinsausten und nackte, zappelnde Geschöpfe in ihren Schnäbeln hielten. Monster, die in schlammigen Tümpeln voll verwesender Kadaver schwammen.

Tania wandte entsetzt den Blick ab – hätte sie doch nur auf ihre Schwester gehört!

Edric trug die bewusstlose Sancha zum Bett und legte sie behutsam auf die zerfetzten Decken. Im selben Moment begannen Sanchas Lider zu flattern und ihre Lippen bewegten sich.

Eden setzte sich neben sie und legte ihr eine Hand auf die Stirn. »Sie erwacht«, sagte sie. »Bald wird sie wieder gehen können, doch wird es vielleicht noch Stunden dauern, bis ihr Geist wieder klar ist. Die Schrecken, die im Blick eines Basilisken lauern, sind nicht so leicht zu überwinden – wäre ich auch nur eine Sekunde später gekommen, so hätten wir unsere Schwester vielleicht für immer verloren.«

»Wie hast du uns denn gefunden?«, fragte Tania.

»Der Zauber, den der Hexenkönig über mich verhängte, verdunkelt meinen Geist wie schwere Gewitterwolken«, erklärte Eden. »Er macht mich jedoch nicht vollständig blind. Vor ein paar Stunden spürte ich, wie die Luft im Norden zu tanzen begann – und da wusste ich, dass ihr zurück seid. Selbst die mächtigsten Hexenflüche können mich nicht von meinen Schwestern fernhalten. Ich habe mich in den verlassenen Gängen im westlichen Teil des Palastes versteckt, als ich eure Gegenwart spürte. Ich bin so schnell wie möglich zu euch geeilt, doch ich musste auf der Hut sein, um nicht den Grauen Rittern in die Hände zu fallen.«

»Und dennoch bleibt dir der Aufenthaltsort unseres Vaters verborgen«, murmelte Zara. »Das ist ein schlechtes Omen. Wie sollen wir ihn nur finden?«

»Ich glaube, Sancha hatte einen Plan«, sagte Edric. »Aber der Basilisk kam über sie, ehe sie uns einweihen konnte.«

»Dann müssen wir warten, bis sie erwacht«, sagte Eden.

»Soll das heißen, dass alles umsonst war?«, fragte Tania. »Das ist es doch, wenn wir jetzt einfach in den Wald zurücklaufen.«

»Nein, Schwester, so fruchtlos war unsere Suche nicht«, antwortete Zara mit einem Blick zu Eden.

»Ach so, klar – tut mir leid, Eden«, sagte Tania. »Ich bin natürlich froh, dass du lebst und dass wir wieder zusammen sind. Aber was ist jetzt mit dem Hexenkönig? Wie sollen wir gegen ihn kämpfen, wenn wir Oberon nicht finden?«

»Was du sagst, ist richtig, Tania«, antwortete Eden. »Es wäre gut, die Absichten des Hexenkönigs zu kennen, doch meine Kräfte sind sehr geschwächt. Die Sicht ist mir verdunkelt und meine Kunst lässt mich im Stich. Wenn ich doch nur näher an den Hexenkönig herankommen könnte, um seine Gedanken zu lesen!« Sie schwieg einen Augenblick und fügte nachdenklich hinzu: »Möglich wäre es. Ein einfacher Wandlungszauber müsste genügen. Jedoch, ich weiß nicht ... die Gefahr wäre zu groß.«

»Ein Wandlungszauber?«, fragte Tania. »Was ist das denn?«

»Ein Zauber, der deine Gestalt verändert, damit du dich unerkannt unter deinen Feinden bewegen kannst.«

»Cool. Und das kannst du?«

»Ja, wenn ich Zeit und Ruhe dazu habe«, erwiderte Eden.

Sancha stöhnte leise und ihre Lider flatterten. Zara, die ihren Kopf im Schoß hielt, strich ihr sanft über die Wange. »Wach auf, liebste Schwester«, wisperte sie. »Die Dunkelheit ist fort und Eden ist wieder bei uns.«

»*Tot liegen alle und bleich ... in der Dämmerung finsterem Reich*«, murmelte Sancha wie aus der Ferne, »*... einsam und ohne Trost ... von eisigen Stürmen umtost ... den Tapferen wie den Schwachen ... keine Tränen, kein Grab, keine Totenwachen ...*«

»Was redet sie da?«, fragte Tania verblüfft.

»Ich weiß nicht«, sagte Zara.

»Nein! Nein! Nein!«, schrie Sancha plötzlich, die Augen weit aufgerissen und wild mit den Armen rudernd. »Ich sehe sie über die verkohlten Hügel davonreiten … Sie winken mir zu … ich muss ihnen folgen … ich muss …«

»Still, Sancha«, befahl Eden ihr.

Sancha fiel auf ihr Bett zurück, den Kopf wieder in Zaras Schoß. Ihre Augen waren offen, aber es lag kein Erkennen darin.

»Hilf ihr auf«, sagte Eden zu Edric. »Vielleicht kann sie schon stehen. Sobald sie wieder gehen kann, müsst ihr sie von hier wegbringen. Ich bleibe im Palast, um den Wandlungszauber zu erproben, doch sorgt euch nicht – ich folge euch in den Wald, sobald ich kann.«

»Nein, das kommt nicht infrage«, protestierte Tania. »Ich lass dich nicht allein hier. Die anderen sollen Sancha wegbringen, aber ich bleibe. Kannst du den Zauber für uns beide machen?«

»Gewiss«, sagte Eden. »Doch du musst wissen, die Gefahr, entdeckt zu werden, ist keineswegs gering.«

»Genau deshalb bleibe ich«, erklärte Tania. »Damit ich dir Rückendeckung geben kann.«

»Dann bleibe ich auch«, sagte Edric sofort.

Doch Tania wehrte ab. »Nein, du musst Zara helfen, Sancha in den Wald zurückzubringen«, sagte sie.

Edric nahm ihre Hand. »Versprich mir, dass du vorsichtig bist.«

Tania nickte. »Ja, klar«, sagte sie und strich ihm über die Wange. »Und du pass auch gut auf dich auf, okay?«

»Mögen die Glücksgeister uns alle begleiten«, unterbrach Eden sie barsch. »Und jetzt macht Euch auf den Weg, Master Chanticleer. Bringt Sancha in Sicherheit.«

Zara und Edric zogen Sancha hoch und nahmen sie in die Mitte.

In der Tür drehte sich Zara noch einmal zu Tania und Eden um. »Wir erwarten euch«, sagte sie. »Wenn ihr nicht bei uns seid, bis die Sonne im Zenit steht, so hält uns nichts mehr im Wald, und wir werden mit unseren Schwertern über den Feind herfallen, dass ihm Hören und Sehen vergeht.«

Dann waren sie verschwunden und Tania blieb allein mit Eden zurück. »Und?«, fragte sie erwartungsvoll. »Was passiert jetzt?«

Eden senkte den Kopf, schloss die Augen und drückte zwei Finger gegen ihre Nasenwurzel. In dieser Stellung verharrte sie lange Zeit.

Schließlich brach Tania das Schweigen. »Eden? Was ist mit dir?«

Eden schlug ihre leuchtend blauen Augen auf. »Ich spüre ihn«, sagte sie triumphierend. »Er ist in der Großen Halle und viele Ritter sind um ihn. Komm, ich bringe dich an einen Ort, wo ich den Zauber ohne Angst vor Entdeckung bewirken kann.«

»Und was passiert dann?«, fragte Tania, die hinter ihrer Schwester durch den Gang lief.

Eden blickte sich um und ein fremdartiges Licht schimmerte in ihren Augen. »Du wirst schon sehen«, erwiderte sie. »Es ist seltsam ... überaus merkwürdig.«

IV

Tania kauerte geduckt im Halbdunkel unter den niedrigen Dachbalken. Ihre Augen gewöhnten sich allmählich an das spärliche Licht, das durch die Ritzen zwischen den Dachziegeln hereinsickerte. Staub hing in der Luft und drang ihr in die Nase. Ihre Füße balancierten auf den breiten Querträgern der verputzten Balkendecke über der Großen Bankettalle. Früher, in glücklicheren Zeiten, hatte Tania dort unten mit König Oberon zu Lauten- und Trommelklängen getanzt.

Jetzt blickte sie ihre Schwester an, die mit geschlossenen Augen dicht neben ihr kauerte. Edens Lippen bewegten sich in einem stummen Beschwörungsgesang.

Von unten drangen beunruhigende Geräusche an Tanias Ohr – raues Rufen und Lachen, das hin und wieder in schauerliches Gebrüll überging. Es klang, als sei die ganze Horde von Lyonesse in der Großen Halle versammelt, um dort ein Saufgelage zu veranstalten und ihren Sieg zu feiern.

Plötzlich schlug Eden die Augen auf. »Es ist beinahe vollbracht.«

»Willst du mir nicht erklären, was genau passieren wird?«, sagte Tania.

»Nun, wir werden in kleine Tiere verwandelt«, erklärte Eden, die Augen auf Tania geheftet. »Es ist ein ... seltsames Gefühl, du wirst sehen ...«
Tanias Augen weiteten sich. »Tiere?«, wiederholte sie. »Was für Tiere?«
»Ratten.«
»Oh.«
Eden lächelte. »Ich kann es auch allein machen, wenn dir davor graut«, sagte sie.
»Nein, nein. Ich hab gesagt, ich helfe dir, und dabei bleibt es«, wehrte Tania ab. »Kann ich noch mit dir reden, wenn es ... so weit ist?«
»Oh ja, gewiss.«
»Okay.« Tania schluckte. »Ich bin bereit.«
Eden senkte den Kopf, sodass die weiße Haarmähne über ihr Gesicht fiel. Dann stimmte sie einen hohen Singsang an, von dem Tania kein Wort verstand. Schließlich sagte Eden dreimal hintereinander: »Vasistabel! Vasistabel! Vasistabel!«

Tania schnappte nach Luft. Was war das denn? Ein tiefes Loch klaffte plötzlich in ihrem Körper, sie fühlte sich wie auf der Achterbahn, wenn der höchste Punkt erreicht ist und der Waggon steil bergab stürzt. Ein heftiger Wind fegte durch ihren Kopf und sie krümmte sich weit vornüber. Sie fiel und fiel – oder glaubte zu fallen – und währenddessen flogen ihr die Kleider vom Leib, und ihre Haut schrumpfte in rasendem Tempo ein, als sei sie ihr plötzlich zu groß geworden. Neue Haare schossen aus ihrer Kopfhaut hervor, ihre Augen traten aus den Höhlen, und die ganze untere

Gesichtshälfte wurde mit aller Kraft gegen ihre Lippen gepresst. Ihr Mund dehnte sich und die Oberlippe riss in der Mitte auseinander. Gleichzeitig wurden ihre Zähne lang und scharf, ihre Finger bogen sich zu Krallen. Dann knickten ihre Beine ein, ihre Knie pressten sich an die Flanken, ihre Füße wurden schmal und knochig. Ihr Herz raste.

Im nächsten Moment hörte alles auf. Tania hockte in der Dunkelheit, mit einer schweren Last über sich. Vorsichtig hob sie den Kopf und schnüffelte. Ihre Schnurrhaare zuckten. Es roch verdächtig nach Mensch ringsum und sehr stark und vertraut: ihr eigener Geruch.

Plötzlich begriff sie, was auf ihr lag: ihre Kleider! Mühsam wühlte sie sich aus den Falten ihrer Jeans hervor, huschte durch ein paar weitere Stofftunnel und suchte einen Weg nach draußen. Es war nicht nur ihr eigener Geruch, der ihr in die Nase stieg, während sie durch das Kleiderlabyrinth lief, sondern es bedrängten sie weitere Gerüche, die sie alle sofort einordnen konnte: Weichspüler, Autoabgase, ein Hauch von Edric, die dumpfe Luft der Kerkergewölbe ...

Endlich wurde es heller. Tania huschte ins Tageslicht hinaus, trippelte über eine raue Oberfläche und sprang auf einen Querbalken.

Auf dem nächsten Querbalken stand eine braune Ratte, mit zitternden Schnurrhaaren und glänzenden schwarzen Knopfaugen.

»Eden?«

»Ja, ich bin's«, sagte die Ratte. »Und wie fühlst du dich jetzt, Schwester?«

Tania blinzelte. »Sehr komisch. Es ist so hell hier drin.«

»Du hast jetzt Rattenaugen, Tania.«

»Ich hätte nicht gedacht, dass ich meine Kleider abwerfen würde.«

Eden oder vielmehr die braune Ratte kicherte. »Dachtest du, wir würden in winzigen Menschenkleidern durch den Palast wandern?«, sagte sie. »Das wäre gewiss sehr unauffällig.«

Tania blickte an sich hinunter. Ihr hellbraunes Fell war fest und glatt, aus ihren kleinen Pfoten ragten lange Krallen. Sie bewegte einige Muskeln, die sie vorher nicht besessen hatte, und peitschte mit ihrem Schwanz hin und her.

»Nun, hast du dich von der Verwandlung erholt?«, fragte Eden.

Tania nickte. »Glaub schon.«

»Dann folge mir, kleine Schwester, und sieh dich gut vor – wir begeben uns jetzt in große Gefahr.«

Eden huschte über einen Dachbalken und Tania folgte ihr. Sie quetschten sich durch eine Ritze, die Tania im ersten Moment viel zu klein erschien, aber ihr Rattenkörper war unglaublich biegsam. Kopfüber kletterten sie an der Innenseite der Wand hinunter und nutzten jeden noch so winzigen Vorsprung als Haltegriff für ihre Krallen. Tania hörte deutlich die Grauen Ritter hinter der Wand lärmen.

Auch andere Geräusche drangen an ihr feines Ohr: das Huschen der Spinnen und Kakerlaken, die in den Hohlräumen der Wände hausten, und das Ächzen und Knarzen der Holzbalken. Sie hörte jeden Laut, den Eden verursachte. Aber irgendwie war die Geräuschkulisse anders als sonst –

es gab keine tiefen Laute, und die Luft war von hohem Quieken erfüllt.

Schließlich waren sie auf gleicher Höhe wie die Große Halle und quetschten sich durch einen engen Gang, der zwischen dem kalten Stein und dem rauen Gebälk hindurchführte. Es war stockdunkel hier drinnen, und trotzdem nahm Tania ihre Umgebung deutlich wahr, denn ihre Schnurrhaare, Ohren, Nase und Pfoten lieferten ihr mehr Informationen, als ihre menschlichen Sinne je aufzunehmen vermocht hätte. Ein Stück weit vor ihnen klaffte ein gezacktes Loch im Gebälk, dahinter flackerte bläuliches Licht.

Eden drehte ihren langen Kopf, sodass sich der blaue Lichtschein in ihren schwarzen Knopfaugen spiegelte. »Halte dich dicht bei mir«, sagte sie. »Wir dringen jetzt in das Herz der Finsternis vor.«

Mit einem energischen Schwanzschlag verschwand sie in dem Loch. Tania richtete sich kurz auf den Hinterbeinen auf und rieb ängstlich ihre Vorderpfoten aneinander. Ihr Herz klopfte aufgeregt in ihrer winzigen Rattenbrust. Plötzlich stiegen Szenen aus ihrem alten Leben in London vor ihrem inneren Auge auf, Gedanken an ihre geliebten Eltern in der Welt der Sterblichen. Wenn nun etwas schiefging? Wenn sie entdeckt und getötet wurden? Dann würden ihre Eltern nie erfahren, was aus ihr geworden war. Sie würden in ihr verwüstetes Haus zurückkehren und ihre einzige Tochter wäre spurlos verschwunden. Das wäre ein schrecklicher Schlag für sie.

Plötzlich bereute Tania, dass sie ihnen nicht von ihrer Bestimmung zur Elfenprinzessin erzählt hatte. Dann wären wenigstens die letzten paar Wochen, die sie mit ihnen verbracht hatte, nicht von Lügen und Geheimnistuerei überschattet gewesen. Und ihre Eltern hätten sich damit trösten können, dass Tania noch lebte und in einer anderen Welt glücklich war.

Falls sie ihr diese verrückte Geschichte überhaupt geglaubt hätten ...

Tania verdrängte schnell die düsteren Gedanken und huschte hinter Eden durch das Loch. Vor ihr dehnte sich ein weitläufiger Dielenboden aus. Vor lauter Schreck setzte sie sich erst einmal auf die Hinterbeine. Tische und Stühle ragten baumhoch über ihr auf, die Menschen in der Halle waren riesig, ihre Stimmen wie Donnergrollen, und bei jeder Bewegung lösten sie wahre Wirbelstürme aus. Der ganze Boden erbebte, wenn sie auf ihren Säulenbeinen vorbeitrampelten, in ihren gewaltigen Stiefeln, die wie wandelnde Hügel waren.

Plötzlich merkte Tania, dass ihre Rattenaugen die Farbe Rot nicht wahrnahmen. Die Fackeln an den Wänden glühten weiß und nach außen hin färbten sich die Flammen lila. Alle Gegenstände im Raum nahm sie in Schattierungen von Blau, Grau, Ocker und Grün wahr.

Und diese Gerüche! Tausend verschiedene Duftnoten stiegen ihr in die Nase: Holz. Stuck. Stein. Gebratenes Fleisch. Knochen. Schweiß. Blut. Verfaulendes Obst und Gemüse. Ein grauenhafter, undefinierbarer Gestank, der schlimmer als der Tod war. Und dann plötzlich ein Geruch, der Gefahr signalisierte – Hundegestank, wie Tania instinktiv erkannte.

Ängstlich spähte sie in der Halle umher. Ja, es waren Hunde. Zum Glück nicht direkt in ihrer Nähe, sondern am anderen Ende des riesigen Holzbodens: große schwarze Hunde mit mageren, muskulösen Flanken, kurzem Fell, stumpfen Schnauzen und bösen kleinen Augen. Ein paar von diesen Kreaturen lagen ruhig unter den langen Bänken und warteten darauf, dass ihnen etwas zu fressen hingeworfen wurde. Andere streunten im Saal herum, schnüffelten im Dreck, balgten sich um weggeworfenes Essen oder nagten an einem Knochen.

»Morrigan-Hunde!«, zischte Eden. »Sei auf der Hut vor diesen Bestien, Tania.«

»Können sie uns riechen?«

»Der Zauber müsste deinen Geruch verdecken«, antwortete Eden. »Aber ich weiß, warum diese Höllenhunde hier sind. Sie wurden eigens dafür gezüchtet, schwarzen Bernstein aufzuspüren. Der Hexenkönig glaubt, er könne mit ihrer Hilfe die Mine von Tasha Dul finden.«

Tasha Dul war das sagenumwobene Bergwerk, in dem der kostbare schwarze Bernstein abgebaut wurde, der einzige Schutz gegen das tödliche Isenmort. Der Hexenkönig war besessen von dem Gedanken, seine Kriegerhorden mit schwarzem Bernstein auszurüsten und in die Welt der Sterblichen einzuschleusen. Dann war nichts und niemand mehr vor ihm sicher.

»Komm«, sagte Eden. »Wir müssen in Deckung bleiben, sonst sehen sie uns und zertrampeln uns mit ihren Stiefeln.«

»Ich folge dir wie ein Schatten«, versprach Tania.

Eden huschte davon, immer dicht an der Wand entlang, bis sie zu einem Tisch kamen. Dort unten, im Halbdunkel verborgen, hielten sie einen Moment inne. Allmählich gewöhnte sich Tania an ihre Umgebung – an den Lärm und die Gerüche, die gewaltigen Dimensionen. Doch als sie unter dem Tisch hervorspähte, stockte ihr der Atem vor Entsetzen.

Die wunderschönen Wandteppiche der Bankettsaalle waren heruntergerissen und durch Schmierereien ersetzt worden: blutrote Streifen und primitive Darstellungen von eingerollten oder aufgerichteten Schlangen. Ein Übelkeit erregender Blutgeruch hing in der Luft. Die Grauen Ritter saßen an langen, mit Speisen und Getränken beladenen Tischen. Der Boden ringsum starrte vor Dreck und war mit Essensresten, Knochen und Fleischbrocken übersät, die unter den Stiefelabsätzen der finstren Gesellen zertreten oder von den Hunden zernagt wurden. Alles war halb verwest und stank wie die Pest.

Auf einer langen, vollgehäuften Fleischplatte thronte der Kopf eines Einhorns, und Tania erkannte schaudernd das anmutige kleine Tier wieder, das in Cordelias Menagerie gelebt hatte. Die schönen violetten Augen blickten jetzt starr und leblos, die weiche hellblaue Mähne war blutverklebt. Und das kleine Einhorn war bei Weitem nicht der einzige Menageriebewohner, dessen Überreste gebraten und gekocht auf dem Tisch gelandet waren.

Aber es kam noch schlimmer. Als das Gedränge am anderen Ende des Raums sich kurzzeitig lichtete, erspähte Tania eine Gruppe von Elfen, die in Isenmort-Ketten gelegt waren. Ihre Schmerzenslaute gingen im Lärm des Gelages unter. Sie waren so kraftlos, dass sie nur noch teilnahmslos in ihren Ketten hingen, vom tödlichen Gift Isenmorts verbrannt. Manche waren vollkommen verstummt, die Beine waren unter dem Körper eingeknickt, die Köpfe gesenkt.

Bald erkannte Tania, dass noch mehr Elfenvolk in der Halle weilte, zwar ohne Ketten, aber dennoch gefangen. Mit leeren Augen gingen die feinen Gestalten zwischen den Tischen umher und bedienten die grölenden Ritterhorden. Alle wirkten sehr mitgenommen, viele waren verletzt, und ihre einst so prächtigen Gewänder hingen ihnen in Fetzen um den Leib. Wann immer sie mit ihren Krügen und Schüsseln an einem der Ungeheuer vorbeimussten, wurden sie geschlagen und bespuckt.

Am anderen Ende der Halle, auf dem Podest, auf dem noch die Thronsessel des Königspaares standen, wachte eine finstere Gestalt mit halb geschlossenen Lidern über das Gelage.

Das konnte nur der Hexenkönig sein. Er saß zur Seite geneigt, einen Ellbogen auf der Sessellehne, sein langes schmales Kinn in die Hände gestützt. Ein dunkelroter, ledrig glänzender Umhang hüllte seine knochige Gestalt ein. Das hagere Gesicht mit den tief in den Höhlen liegenden Augen glich einem Totenschädel und war von dünnen grauen Haarzotteln eingerahmt, die ihm bis über die Schultern fielen.

Neben ihm saß eine zweite Gestalt in einem prächtigen Samtkleid, das Tanias Rattenaugen als dunkelblau wahrnahmen, obwohl sie es sofort erkannte und wusste, dass es in Wahrheit scharlachrot war. Der Schmerz raubte ihr fast den Atem, und ihr kleiner Rattenkörper zitterte, als sie in das blasse, ausdruckslose Gesicht ihrer Schwester Rathina blickte. Die Prinzessin saß steif auf Titanias Thron, ihre Hände um die Sessellehnen gekrallt, ihr schwarzes Haar hing ihr wirr ums Gesicht.

»Verräterin!«, zischte Eden, die neben Tania kauerte. »Welch abgrundtiefe Bosheit! Wie konnte sie uns so etwas antun, sag mir, wie?«

Tania brachte vor Entsetzen kein Wort heraus. Eden hatte Recht: Wie hatte es so weit kommen können? Rathina hasste sie, weil sie ihr die Schuld an Gabriel Drakes Verbannung gab, das wusste Tania. Aber dass sie nicht einmal davor zurückschreckte, ihre ganze Familie, ja das gesamte Elfenreich zu zerstören – das ging über Tanias Vorstellungsvermögen.

»Ich muss hier raus«, stieß sie hervor und drehte sich zu Eden um. »Bist du jetzt nahe genug, um seine Gedanken zu lesen?«

Eden saß da, eine zitternde Fellkugel, ihre lange Nase auf den Hexenkönig gerichtet, die Augen weit aufgerissen. Angestrengt tasteten ihre Schnurrhaare in der Luft. Das ging eine Weile so, dann ließ sie den Kopf sinken und sah Tania an.

»Alles vergebens!«, seufzte sie. »Sein Geist bleibt mir verschlossen. Ich kann nicht zu ihm durchdringen.«

»Und was ist mit den anderen?«, fragte Tania. »Warum versuchst du es nicht bei denen?«

»Die anderen? Die haben keine Gedanken. Ihr Geist ist

tot, sie sind nur von dem einen Wunsch beherrscht, ihrem Meister zu gehorchen.«

»Und was machen wir jetzt?«

Edens schwarze Rattenaugen funkelten ratlos. »Ich weiß es nicht.«

Tania starrte zu Rathina und dem grausamen Hexenkönig hinüber. Eden hatte versagt. Das Ganze war nichts als Zeitverschwendung gewesen.

Plötzlich trat eine Elfenlady in zerlumpten Gewändern auf das Podest, ein Tablett mit Speiseschüsseln und Weinkrügen in der Hand. Sie reichte Rathina das Tablett, aber die Prinzessin winkte mit ihrer weißen Hand ab. Dann hielt die Elfenlady ihr Tablett dem Hexenkönig hin. Dieser richtete seinen Blick auf sie, die Elfenlady erstarrte und ließ das Tablett klirrend zu Boden fallen. Der König hob die Hand und plötzlich stieg die Elfenlady in die Luft. Trotz des Lärms in der Halle verstand Tania jedes Wort, das der Hexenkönig sprach. »Wünscht Ihr ein wenig für uns zu tanzen, Mylady?«, fragte er mit einer Stimme, so kalt wie Eis bei abnehmendem Mond. »Wollt Ihr so gut sein und uns zeigen, wie hübsch Ihr Eure Füßchen zu setzen versteht?« Die Elfenlady drehte sich langsam in der Luft, und Tania stockte der Atem, als sie die Dame erkannte: Es war die schöne sanfte Lady Gaidheal.

Ihr Gesicht war aschfahl und starr vor Verzweiflung. Mit leerem Blick hing sie in der Luft, der Macht des Zauberers ausgeliefert. Die Grauen Ritter reckten die Hälse und starrten schadenfroh auf die Elfendame.

»Ein Paar schöne Flügel wären gewiss hilfreich für

Euren Tanz«, spottete der Hexenkönig und schnippte mit der linken Hand. Lady Gaidheal schrie auf vor Schmerz, ihr Rücken krümmte sich, sie strampelte wild mit Armen und Beinen. Tania konnte kaum hinsehen, als plötzlich etwas Spitzes aus dem Rücken der Elfe hervorbrach – dünne lange Fingerknochen, mit einem geäderten Leder bespannt, das die Farbe getrockneten Bluts hatte.

Es dauerte eine Weile, bis Tania begriff, was diese Gebilde waren: Fledermausflügel, eine grausige Karikatur der zarten schillernden Flügelchen, die an den Schultern der Elfenkinder wuchsen.

Lady Gaidheal krümmte sich vor Schmerzen, als die Horrorflügel sich entfalteten und knarzend auf- und niederflappten, dann stürzte sie mit einem einzigen erstickten Schrei zu Boden. Die Grauen Ritter johlten vor Schadenfreude. Die Flügel fielen über die reglose Gestalt und helles Blut breitete sich auf dem Boden aus. »Mir scheint, sie mochte ihre Flügel nicht«, sagte der Hexenkönig gleichmütig zu Rathina. »Ein wahrhaft armseliges Vergnügen, meine Liebe. Wohlan – wenn unsere Vögelchen nicht fliegen wollen, so werden wir ihnen einen schönen Käfig bauen, damit sie sich für uns das Herz aus dem Leib singen.«

Er stand auf, und sein Umhang teilte sich, sodass sein schwarz glänzendes Kettenhemd darunter zum Vorschein kam. Erst jetzt bemerkte Tania, wie groß von Gestalt der Zauberer war, größer als alle anderen Ritter. Mit ausgebreiteten Armen trat er an den Rand des Podests und sang Worte in einer Sprache, die wie Glassplitter in Tanias Ohren stachen. Gleichzeitig nahm sie eine seltsame Bewegung in der Luft wahr.

Aus allen Winkeln des Saales krochen dunkle Schwaden herbei, verschmolzen miteinander und kreisten langsam in der Luft, eine gewaltige Säule tanzender schwarzer Farbe. Dann erfüllte ein kratzendes Geräusch wie von Tierkrallen Tanias Kopf. Erschrocken hielt sie sich mit ihren Rattenpfoten die Ohren zu und plötzlich stieg ihr ein neuer Geruch in die Nase: scharf und gefährlich wie ein tödliches Gift. Der ruckartige Tanz der schwarzen Farbe verebbte, stattdessen bildete sich ein dunkles Gittermuster in der flirrenden Luft. Die Ritter konnten sich kaum halten vor Schadenfreude und grunzten triumphierend.

Die schwarzen Linien verwoben sich immer schneller ineinander und verhärteten, bis Tania auf einen Eisenkäfig starrte, der frei in der Luft schwebte. Blaugraue Fäden quollen aus dem Käfig hervor, verfestigten sich zu dicken Eisenketten, die sich im Handumdrehen über die Dachbalken schlangen. Der Hexenkönig senkte die Arme und der Käfig sackte leicht nach unten. Die Ketten rasselten und strafften sich unter der schweren Last.

Für einen Moment war es totenstill, dann brachen die Grauen Ritter in lautes Johlen aus, knallten ihre Schwertgriffe auf den Tisch, stampften mit den Füßen oder hämmerten mit den Fäusten auf Tische und Bänke ein, dass die Platten und Trinkbecher nur so hüpften. Die Bluthunde heulten aufgeregt dazwischen, sodass der Lärm bald ohrenbetäubend war.

»Das ist Metall«, stieß Tania entsetzt hervor und starrte auf den Käfig. »Wie hat er das nur gemacht?«

»Nur der Hexenkönig besitzt die Macht, Isenmort aus der Welt der Sterblichen herüberzuholen und nach seinem Willen zu formen«, sagte Eden mit zitternder Stimme. »Welche Teufelei hat er diesmal im Sinn?«

»Nun holt mir geschwind die hübschen Vögelchen!«, rief der Hexenkönig. »Ich wünsche ihre lieblichen Stimmen zu hören.«

Ein kleiner Trupp Grauer Ritter verließ den Saal. Die anderen johlten und grölten und hieben im Takt dazu mit den Fäusten auf den Tisch.

Die Ritter mussten nicht lange auf das teuflische Schauspiel warten, das der Hexenkönig vorbereitet hatte. Eine Schar gefangener Elfen wurde wie Vieh durch die Tür hereingescheucht. Tania sah den Schmerz und die Verzweiflung in ihren Gesichtern. Die Ritter standen jetzt alle von ihren Bänken auf und stießen die Elfen mit roher Gewalt in den schwebenden Käfig hinein. Isenmort versengte ihnen die Haut, doch ihre Schmerzensschreie gingen im rauen Gelächter der Grauen Ritter unter.

»Oh nein! Schrecklich, schrecklich!«, wisperte Eden und wandte sich ab. Doch Tania zwang sich hinzusehen. Ihr brach dabei fast das Herz, aber einer musste die Kraft haben, Zeuge dieser Tortur zu sein.

Als alle Gefangenen in den Käfig gezwängt waren, fiel die Eisentür scheppernd zu. Der Hexenkönig hob einen Arm und der Käfig schraubte sich an seinen langen Ketten in die Luft hinauf. Die gequälten Schreie der Elfen hallten in Tanias Kopf wider, und sie musste mitansehen, wie verzweifelte Eltern ihre Kinder hochhielten, um sie vor der tödlichen Berührung mit den Eisenstangen zu schützen. Sie erkannte den Ruderer, der sie beim Fest der Reisenden zur Königlichen Galeone übergesetzt hatte, und sie sah die Gärtnerin, mit der sie einmal geredet hatte, eine schöne junge Elfenfrau, die ein Beet mit leuchtend roten Blumen goss, während duftige weiße Schmetterlinge um ihren Kopf tanzten.

Tania drehte sich zu Rathina um. Die Prinzessin hielt den Kopf gesenkt, um dem schrecklichen Anblick zu entgehen. Aber schon war der Hexenkönig mit zwei Riesenschritten bei ihrem Thron. Er nahm Rathinas Kinn in die Hand und riss ihren Kopf hoch, sodass ihre Augen auf den schwankenden Käfig gerichtet waren. Ihr blasses Gesicht blieb unbewegt, als sie die Gefolterten aus ihrem Volk erblickte. Wie konnte sie nur so viel Leid ertragen? War ihr das alles gleichgültig?

Irgendwann hielt Tania es nicht mehr aus und wandte den Kopf ab, von tödlichem Hass gegen ihre Schwester erfüllt. Jetzt erst wurde ihr bewusst, dass der Hundegestank stärker geworden war. Eine der Morrigan-Kreaturen trottete schnüffelnd in ihre Richtung, die nasse Schnauze dicht am Boden.

Eden hatte den Hund auch gesehen und sie huschten schnell weiter unter den Tisch. Der Hund war jetzt nur noch eine Manneslänge von ihnen entfernt. Er hob den Kopf und schnüffelte, drehte seine Schnauze hin und her, als wollte er einen flüchtigen Geruch einfangen. Tania behielt ihn scharf im Auge, als er sich ihrem Versteck näherte. Die riesigen Pfoten ragten wie schwarze Berge über ihr auf. Hatte Eden sich getäuscht? Wurde ihr Geruch vielleicht doch nicht von dem Zauber verdeckt?

Tanias Nerven waren zum Zerreißen gespannt. Kämpfen schien aussichtslos: Der Hund würde sie alle beide mühelos mit einem Happs verschlingen. Aber wenn sie aus ihrer Deckung stürzten, liefen sie Gefahr, von den Rittern entdeckt und zertreten zu werden, ehe sie das Loch in der Wand erreichten.

»Eden?«, flüsterte Tania. »Ich glaube, er kann uns riechen. Was sollen wir nur tun?«

Eden drehte ihren langen Kopf zu ihr herum und starrte sie verzweifelt an. »Was wir tun sollen, Schwester? Wir werden sterben. Das ist alles. Wir werden alle sterben.«

Der Hund war jetzt nur noch ein paar Schritte entfernt. Tania fiel fast in Ohnmacht, als er seinen riesigen Kopf mit den triefenden Lefzen unter den Tisch streckte und ihr sein Gestank entgegenschlug.

Plötzlich schmetterten Trompetenklänge durch den Saal. Der Hund blickte auf, vom Lärm abgelenkt. Die Flügeltüren wurden aufgerissen und die Kreatur trottete schwanzwedelnd davon. Im nächsten Moment marschierte eine Abordnung von Rittern in den Saal.

Der Hexenkönig drehte sich um und breitete die Arme aus. »Gabriel Drake!«, rief er. »Seid mir willkommen, verehrter Diener! Was gibt es Neues in der Welt der Sterblichen? Bringt Ihr mir Kunde von der verschollenen Königin und ihren umherirrenden Töchtern?«

Tania drückte sich an die Wand, starr vor Entsetzen. Gabriel Drake war ins Elfenreich zurückgekehrt – der Elfenlord, den sie fürchtete wie sonst niemanden auf der Welt. Der Hexenkönig hatte ihn aus seinem Exil befreit, damit er ihr in die Welt der Sterblichen folgen konnte.

V

Gabriel Drake durchquerte den Saal mit seinen Grauen Rittern. Die Ritter trugen noch die Stirnbänder mit den schwarzen Bernsteinbrocken, die sie in der Welt der Sterblichen geschützt hatten. Drake ging mit hocherhobenem Haupt, aber sein rechter Arm steckte in einer groben grauen Schlinge, und sein Ärmel war blutverschmiert, wo ihn Königin Titanias Schwert getroffen hatte.

Der Hexenkönig behielt ihn scharf im Auge, als er sich dem Podest näherte. Drake kniete nieder – ein bisschen steif – und neigte den Kopf. »Mylord«, sagte er.

»Nun, wie steht es um unsere Geschäfte in der Welt der Sterblichen, Herzog Weir?«, fragte der Hexenkönig. »Sind unsere Feinde tot, wie ich es von Euch verlangt habe?«

»Nein, Mylord«, erwiderte Drake, und seine Stimme zitterte leicht, als er zu der riesenhaften Gestalt des Hexenkönigs aufblickte. Tania bemerkte mit Genugtuung die Angst in seinen Augen.

»So sind sie gefangen, mein guter Lord?« In der Stimme des Hexenkönigs lag eine unheilvolle Schärfe. »Und Ihr habt sie mir hergetrieben wie hilfloses Vieh, um sie meinem Willen und meinem Urteil zu unterwerfen?«

»Mylord, ich fürchte, dem ist nicht so.«

»So habt Ihr gegen mich gefehlt, Herzog Weir«, zischte der Hexenkönig. Sein Arm schoss vor, und obwohl er Gabriel Drake nicht berührte, stürzte dieser zu Boden, als hätte ihn eine Zentnerlast im Rücken getroffen. »Habe ich Euch nicht befohlen, erst aus der Welt der Sterblichen zurückzukehren, wenn Ihr Euren Auftrag erfüllt habt?«, tobte der Zauberer los. »Und dennoch kommt Ihr hier angekrochen, nur um mir über Eure Pflichtversäumnisse und Eure missglückte Suche zu berichten? Dafür verdient Ihr den schlaflosen Tod!«

Der grausame Hexenkönig öffnete seine rechte Hand, in der eine bläuliche Flammenkugel kreiste. Mit wutverzerrtem Gesicht holte er aus, um die Kugel auf Gabriel Drake zu schleudern. Doch Rathina warf sich blitzschnell nach vorn, packte den Arm des Hexenkönigs mit beiden Händen und zerrte ihn weg, sodass die Feuerkugel Drake knapp verfehlte und zischend in die Bodenbretter neben ihm fuhr.

Der Hexenkönig riss seinen Arm zurück und schlug Rathina grob ins Gesicht, sodass sie mit einem Aufschrei nach hinten fiel. »Hütet Euch, meine Langmut noch einmal auf die Probe zu stellen, *Trechla* – Verräterin«, donnerte er. »Oder Ihr werdet es bereuen! Euer Leben liegt allein in meiner Hand!«

Gabriel Drake nutzte die Ablenkung, um sich auf die Knie hochzuziehen. Er starrte auf den Feuerring, der auf den versengten Bodenbrettern loderte, dann blickte er zum Hexenkönig auf. »So tötet mich, wenn dies Euer Wille ist!«, rief er aus. »Doch gestattet mir zuerst zu sprechen, wenn ich Eurer Weisheit raten darf, gnädigster Herr und König.« Mühsam stand Gabriel auf, den verletzten Arm mit einer Hand abgestützt.

Der Hexenkönig funkelte seinen Diener zunächst wütend an, doch allmählich wich der Zorn aus seinem Gesicht. Schließlich trat er zurück und setzte sich wieder auf Oberons Thron. »So sprecht, wenn Euch Euer Leben lieb ist!«, zischte er.

Gabriel Drake trat auf das Podest hinauf. »Eure Feinde sind mächtig und klug, Mylord«, begann er mit einer Stimme, so glatt und anschmiegsam wie Samt. »Ich habe nicht sofort den Kampf gegen sie eröffnet, da ich hoffte, dass sie mich zur Königin führen würden. Auf diese Weise hätte ich sie alle auf einmal fangen und niedermachen können. Mylord, Ihr habt mir gesagt, das Tor zwischen den Welten sei verschlossen, aber der Feind hat sich eines Zaubers in Gestalt eines schwarzen Schwertes bedient. Oberons siebte Tochter schlug sich mit diesem Schwert einen Durchgang ins Elfenreich frei. Dort sind sie hindurchgeschlüpft und das Tor schloss sich unverzüglich hinter ihnen. Ich wollte es mithilfe meiner mystischen Künste wieder öffnen, doch meine Bemühungen blieben fruchtlos.«

Gabriel Drake hielt inne und wartete auf eine Reaktion des Hexenkönigs, der die ganze Zeit schweigend zugehört hatte. Als nichts geschah, fuhr er fort: »Ich habe meine Ritter versammelt, und wir sind durch das Pirolglas ins Elfenreich zurückgeeilt, um Euch diese Kunde zu bringen.« Er hob ein wenig den Kopf und blickte dem Hexenkönig, dessen Schweigen ihn ermutigt hatte, fest in die Augen.

»Titania und ihre Töchter haben das Elfenreich durch den Bonwyn Tyr betreten, Mylord, und sind erst seit kurzer Zeit in Eurem Reich. Schickt Eure Ritter aus, und ich gebe Euch mein Wort, dass sie alle binnen einer Stunde tot sein werden. Ich erbitte mir nur eine Gunst von Euch: Überlasst mir den Verräter Edric Chanticleer, der mit ihnen herüberkam.« Gabriel Drakes silberne Augen glitzerten böse.»Ich verspreche Euch, dass Ihr viel Kurzweil haben werdet, ehe er seine elende Seele aushaucht.« Dann breitete er die Arme aus und neigte den Kopf.»Und jetzt, Mylord, tötet mich, wenn es Euer Wille ist.«

Erwartungsvolle Stille senkte sich über den Saal, und alle Blicke waren auf den König gerichtet, der Drake mit eiskaltem Blick musterte. Tania, die alles mit angehaltenem Atem beobachtet hatte, sah das heimtückische Blitzen unter den dunklen Brauen. Der Mund des Zauberers verzog sich zu einem grausamen Lächeln.

»Nun wohl«, murmelte er.»So habe ich die verfluchte Königin und ihre Brut endlich in meiner Reichweite.« Abrupt stand er vom Thronsessel auf, sodass sich sein Umhang hinter ihm blähte.»Gristane«, befahl er einem der Grauen Ritter,»nimm drei deiner treusten Männer und begib dich unverzüglich in die Königliche Bibliothek. Vielleicht ist die Königin auf dem Weg dorthin, um die Seelenbücher ihrer Familie zu retten. Verbrenne die Bibliothek bis auf die Grundmauern. Wenn Titania kommt, soll sie alles verwüstet vorfinden.« Der Hexenkönig ballte die Faust und blickte sich in der Halle um.»Geht jetzt, Ihr Ritter von Lyonesse. Jagt die königliche Familie und lasst

Eure Schwerter sprechen. Tötet sie alle – und wer mir den Kopf der Königin bringt, der wird fortan hoch in meiner Gunst stehen.«

Dann hob der Zauberer die Arme und stieß Worte aus, die Tania nicht verstand – Worte wie zischende Axthiebe. Ein schwarzer Nebel bildete sich vor ihm, der herumwirbelte und sich verdichtete, so wie zuvor die Stangen des Eisenkäfigs. Im nächsten Moment war der Hexenkönig von kreisförmig angeordneten grauen Schwertern umgeben, deren Klingen düster im blauen Fackelschein blitzten. Der Hexenkönig schwenkte seine Arme, und die Schwerter glitten durch die Luft, bis sie über den Köpfen der Grauen Ritter schwebten, die hinter Gabriel Drakes Rücken standen. Die anderen Ritter wichen zurück – ohne den Schutz des schwarzen Bernsteins war Isenmort für sie genauso tödlich wie für das Elfenvolk.

»Schwerter aus Isenmort gebe ich Euch«, heulte der Hexenkönig. »Führt sie gut und vernichtet meine Feinde. Und wisst: Wenn Titania und ihre Brut erst tot sind, wird nichts mehr zwischen mir und der Mine von Tasha Dul stehen. Und von diesem Tag an werden alle meine Ritter schwarzen Bernstein an ihrer Stirn tragen, und nichts und niemand im Elfenreich oder in der Welt der Sterblichen wird mich noch aufhalten!«

Ein ohrenbetäubender Lärm brach in der Halle los, als die Grauen Ritter hinausstürmten, im Gefolge die Horde kläffender Hunde wie eine Unheil bringende schwarze Flut. Tania beobachtete, wie Gabriels Miene sich veränderte, als der Hexenkönig sich abwandte. Er war sichtlich erleichtert, den Zorn seines Meisters überlebt zu haben. Schaudernd wandte Tania sich ab und sah zu Rathina hinüber, die von der brutalen Ohrfeige des Hexenkönigs zu Boden geschleudert worden war. Inzwischen hatte sie sich auf einen Ellbogen hochgezogen, und ihre Blicke hingen voller Verlangen an Gabriel.

Aber Gabriel tat, als sei sie Luft. Er verneigte sich vor dem Hexenkönig, machte auf dem Absatz kehrt und fegte zur Halle hinaus. Seine Ritter folgten ihm auf dem Fuß, jeder mit einem düster glänzenden Eisenschwert in der Hand.

»Wir müssen gehen!«, zischte Eden, die neben Tania kauerte. »Wir müssen die anderen warnen, bevor die Höllenbrut über sie hereinbricht.«

Tania blickte zu den gefangenen Elfen im Eisenkäfig auf. »Können wir denn gar nichts für sie tun?«, fragte sie.

»Nein, Schwester«, erwiderte Eden. »Wir können nichts tun – wir sind machtlos.«

Tania konnte den Gedanken kaum ertragen, die armen Elfen ihrem Schicksal zu überlassen, aber Eden hatte Recht: Wie sollten sie die Gefangenen retten, ohne selbst entdeckt und getötet zu werden? Und was wurde dann aus dem Elfenreich? Schweren Herzens wandte Tania sich ab und huschte hinter ihrer Schwester über den Boden der Halle.

VI

Die Rückkehr in ihre Menschengestalt war fast genauso schlimm wie vorher die Verwandlung in eine Ratte, ja eigentlich noch schlimmer. Kaum hatte Eden den Umkehrzauber gesprochen, lag Tania keuchend auf den Dachbalken und würgte zum Erbarmen. Ihr Magen rebellierte, heiß-kalte Wellen schossen durch ihren Körper, und sie schlotterte von Kopf bis Fuß. Mit trüben Augen schaute sie zu, wie Eden sich wieder anzog.

»Beeile dich, Schwester«, mahnte Eden. »Die Zeit läuft uns davon.«

Zitternd kämpfte sich Tania auf dem engen Dachboden in ihre Kleider hinein. Allmählich ließ die Übelkeit nach und sie brachte eine einzige Frage hervor: »Warum hat der Hexenkönig den Rittern befohlen, die Bibliothek zu verbrennen? Das kapier ich nicht.«

»Er fürchtet die Macht der Seelenbücher«, erklärte Eden. »Er ahnt zwar kaum die wahre Kraft der Bücher, aber das reicht, um sie fürchten. Lieber will er sie zerstört wissen, als dass sie der Königin in die Hände fallen.«

»Sind die Bücher so mächtig? Das wusste ich nicht.«

»Ja, sie besitzen Macht, aber nicht wie der verfluchte Hexenmeister glaubt. Er gebraucht Macht allein, um zu

erobern und zu zerstören. Die Bücher sind keine Waffen; sie können nicht gegen ihn verwendet werden.« Eden runzelte die Stirn. »Aber wenn es ihm gelänge, sie zu zerstören, würde dies das Elfenreich in seinem Innersten erschüttern. Fast so, als hätten wir nie existiert.«
Tania starrte ihre Schwester entsetzt an.
»Wir müssen fort von hier«, sagte Eden. »Der Tod geht um an diesem Ort.«

Vorsichtig verließen sie ihr Dachversteck und liefen, immer auf der Hut vor den Grauen Rittern, durch die oberen Flure nach Osten, zu jenem Teil des Palastes, der an die Obst- und Weingärten grenzte. Im Schutz der Bäume hofften sie in den Wald zu fliehen. Einmal hielt Tania bei einem Gangfenster inne und blickte in die verwüsteten Gärten hinunter. Ein Trupp Grauer Ritter preschte in vollem Galopp durch die verdorrten Blumenbeete, gefolgt von den kläffenden Morrigan-Hunden, und Tania wusste, dass sie auf dem Weg zum braunen Turm waren. Es war nur die Vorhut, wie sich bald zeigte, denn immer mehr Graue Ritter sprengten hinterdrein, mit gezogenen Schwertern und dem typischen maskenhaften Grinsen: Die Jagd war eröffnet – und die königliche Familie die Beute.

Auf halbem Weg nach unten blieb Eden plötzlich stehen und hielt Tania mit dem Arm zurück. Unter ihnen dröhnten Stiefeltritte. Wortlos kehrten sie um und liefen denselben Weg zurück, den sie gekommen waren. Tania beugte sich über das Geländer und erspähte zwei Graue Ritter auf der Treppe. Eden winkte sie zu sich und führte sie durch eine lange Zimmerflucht, dann eine Galerie entlang, die über einem luftigen Saal mit hoher Decke lag. Eine geschnitzte Eichentreppe führte von der Galerie hinunter. Der Boden war mit rot-grünen Fliesen bedeckt, hohe Kandelaber säumten die Wände ringsum, und durch die zertrümmerte Flügeltür in einem steinernen Torbogen sickerte Licht herein.

Tania erkannte den Raum: Die Tür führte in den Garten hinaus. »Wir können dort hinaus«, sagte sie zu Eden. »Kannst du noch mal deinen Zaubertrick anwenden und uns in Vögel verwandeln oder so?«

Eden schüttelte den Kopf. »Nein, Schwester, für einen weiteren Zauber fehlt mir die Kraft«, sagte sie. »Ich brauche Zeit und Ruhe, um mich wieder zu sammeln.« Plötzlich erstarrte sie und ihre Hand krallte sich in Tanias Schulter.

»Was ist?«, fragte Tania und spähte erschrocken in die Halle hinein.

»Zara ist ganz nahe bei uns«, sagte Eden. »Ich spüre sie. Sie läuft. Ist voller Angst.«

»Was? Sie ist noch da?«, stieß Tania hervor. »Wieso das denn?« Edric und Zara hatten versprochen, Sancha in den Wald zu bringen – sie hätten alle längst fort sein müssen.

»Ich weiß es nicht. Aber sie ist nahe. Sehr nahe. Komm, Tania, wir müssen ihr zu Hilfe eilen.« Eden drehte sich um und lief über die Galerie zurück.

Tania folgte ihr. »Was ist mit Edric und Sancha?«, keuchte sie, während sie neben ihrer Schwester herrannte. »Sind die auch noch hier?«

»Ja, in der Tat«, antwortete Eden. »Sancha ist verzweifelt. Edric kämpft um sein Leben.«

Zweimal mussten sie den Rückzug antreten, um den

Grauen Rittern zu entgehen. Dann kamen sie zu einer langen Wendeltreppe. Als sie hinunterstiegen, hörte Tania Fußgetrappel näher kommen. Keine Stiefeltritte diesmal, sondern das leise Tappen von weichen Schuhen.

Ein paar Sekunden später tauchte Zara auf dem Treppenabsatz unter ihnen auf und starrte sie verzweifelt an. »Engel der Barmherzigkeit, dass ich euch gefunden habe!«, wisperte sie. »Kommt. Die Zeit drängt.« Sie drehte sich um und lief den Weg zurück, den sie gekommen war. Eden und Tania folgten ihr.

»Sancha und Edric sind in der Bibliothek«, keuchte Zara. »Die Grauen Ritter haben sie überfallen.«

»Warum seid ihr nicht im Wald, wie abgemacht?«, fragte Tania.

»Sancha erholte sich schneller, als wir dachten«, berichtete Zara. »Und sie ließ sich nicht davon abhalten, in die Bibliothek zu gehen, um Vaters Seelenbuch zu holen. Sie ist überzeugt davon, dass darin das Geheimnis seines Aufenthalts verborgen ist.«

»Ja, das ist wahr«, sagte Eden. »Wie konnte ich das nur vergessen? Sancha kann das Seelenbuch lesen, sie hat die Gabe. Und die Lebensgeschichte unseres Vaters wird uns zu ihm führen.«

»Sofern es ihr möglich ist, einen Blick darauf zu werfen«, sagte Zara. »Wir waren kaum dort, als vier von diesen verfluchten Rittern über uns herfielen. Ich stand draußen und hielt Wache, als sie kamen. Die Scheusale hatten Fackeln dabei, wohl um die Bücher anzuzünden. Ich warf mich ihnen entgegen, aber während ich mit einem von ihnen kämpfte, drangen die anderen drei in die Bibliothek ein. Den, der draußen blieb, rang ich nieder, aber die anderen versperrten mir die Tür, sodass ich nicht hineinkonnte. Dann rief Edric heraus, dass ich loslaufen und euch suchen solle.«

»Und wie lange ist das her?«, fragte Tania.

»Nicht lange, und dennoch kann es sein, dass wir zu spät kommen.«

»Sei unbesorgt, Schwester«, sagte Eden. »Sie leben noch. Sonst wüsste ich es.«

Ohne weitere Zwischenfälle erreichten sie den Gang, von dem die Bibliothek abging. Die hohen Türen waren geschlossen, aber ein beißender Brandgeruch drang durch die Ritzen. Auf dem Boden lag ein Schwert neben einer tropfenden Fackel und einem zerknitterten Kleiderhäufchen: Stiefel, Brustharnisch und ein weiter Umhang. Das war alles, was von dem Ritter geblieben war, den Zara im Kampf erschlagen hatte – und eine Handvoll weißer Asche. Die Grauen Ritter von Lyonesse waren keine lebenden Wesen – ihr Körper gehorchte nur dem Willen ihres finsteren Meisters, der sie erschaffen hatte. Wenn ihr Herz durchbohrt wurde, zerfielen sie zu Staub.

Kampfgeräusche drangen durch die Tür und Tania warf sich entschlossen gegen die Holzvertäfelung. Der Aufprall war so stark, dass ihre Schultern erzitterten.

Eden trat vor die Flügeltür, hob die Arme und drückte ihre gespreizten Finger gegen das Holz. Dann senkte sie den Kopf und murmelte leise Beschwörungen. Schließlich trat sie zurück und rief einen einzigen Befehl. Die Tür flog auf, der Holzriegel, mit dem sie versperrt gewesen war, zerbarst in tausend Splitter. Dicker Rauch quoll aus der Bibliothek und schlängelte sich zu der hohen Glaskuppel hinauf. Die umlaufenden Galerien mit den geschnitzten Holzbalustraden und den überquellenden Bücherregalen konnte man im dichten Rauch kaum noch erkennen. Eine ganze Seite der Bibliothek war bereits in Brand gesetzt, gierige gelbe Flammen schossen an den kunstvollen Schnitzereien der Treppenaufgänge hoch und sprangen von einer Galerie zur nächsten über. Halb verkohlte, eingerollte Seiten segelten durch den Rauch herunter und Ascheflocken stiegen in der Hitze auf.

Der Rauch schnürte Tania die Kehle zu, und ihre Augen tränten, als sie in den brennenden Raum stürzte. Edric kämpfte gegen zwei Ritter, die ihn an die Wand gedrängt hatten. Einer griff ihn mit dem Schwert an, der andere mit seinem Speer. Als Tania aufschrie, drehte der Schwertkämpfer den Kopf herum, und Edric stieß blitzschnell zu. Ein Aschewölkchen stob in die Luft, und die leeren Kleider des Ritters sanken zu Boden, sein Schwert fiel klirrend auf die Steinplatten.

Tania zog ihr Schwert und stürzte schreiend vorwärts. Jetzt wirbelte auch der Speerkämpfer zu ihr herum, so blitzartig, dass sie ihm fast in die Spitze lief. Doch im selben Moment sauste Edrics Schwert herunter und zertrümmerte den Speer. Der nächste Hieb traf den Ritter mitten ins Herz. Wieder stieg eine Staubwolke auf. Der graue Harnisch fiel in sich zusammen und der zerbrochene Speer fiel krachend zu Boden.

»Wo ist Sancha?«, rief Zara über das Knattern der Flammen hinweg.

»Oben auf der Galerie, um das Seelenbuch des Königs zu holen!«, rief Edric zurück. »Vielleicht ist sie im Feuer eingeschlossen.«

Tania starrte in den Rauch. Die oberen Galerien waren jetzt nicht mehr zu sehen; der Qualm von den brennenden Regalen wälzte sich bis zum Dach hinauf. Todesmutig ließ sie ihr Schwert fallen und sprang auf die hölzerne Wendeltreppe. »Bleibt unten!«, rief sie den anderen zu. »Ich hole sie.«

Der eigentliche Brandherd war noch ein Stück entfernt, aber das Feuer breitete sich rasch aus, verschlang gierig die alten Bücher. Tania verdrängte den Gedanken daran, wie viel Weisheit, wie viel Wissen hier verloren ging. Der Rauch drang ihr in die Kehle, und sie begann zu husten, als sie die Treppe hinaufrannte. Zum Glück kannte sie die Galerie, auf der die Regale mit den Seelenbüchern standen, und wusste, dass es vier Treppen hoch war. Die Rauchschwaden strichen um sie herum wie Geisterhände, und der Brandgeruch raubte ihr den Atem. Hustend beugte sie sich vornüber und hielt sich am Treppengeländer fest. Sie war jetzt fast da.

Endlich hatte sie es geschafft und lief die vierte Galerie entlang. Die Flammen rückten immer näher, der Gang mit den Seelenbüchern war voller Rauch.

»Sancha?«, rief Tania und schlug mit den Armen nach dem Rauch.

Ein schwaches Husten drang an ihr Ohr. Die Rauchschwaden teilten sich und gaben den Blick auf Sancha frei, die in einer Ecke kauerte. Sie hielt den Kopf tief gesenkt und sie hustete und würgte.

Tania zerrte Sancha hoch und erschrak, als sie in ihre Augen sah, die aus den Höhlen traten. Die Luft ringsum knisterte. Tania legte einen Arm um Sanchas Schultern und zog sie zur Treppe.

»Nein!«, schrie Sancha und versuchte sich loszureißen. »Das Buch des Königs. Wir müssen das Seelenbuch des Königs finden!«

»Es ist zu spät«, keuchte Tania.

»Nein!« Sancha stieß sie von sich weg und lief in die brennende Nische zurück.

»Sancha!« Blindlings stolperte Tania hinter ihrer Schwester her. Die Flammen schlossen sie jetzt ringsum ein und alle Regale brannten lichterloh. Mittendrin stand Sancha und zerrte die schweren Seelenbücher aus den oberen Regalen. Drei oder vier hielt sie bereits im Arm und griff jetzt nach dem nächsten. Dichter Rauch wälzte sich in die Lücke, in der die Bücher gestanden hatten.

»Geh da weg, Sancha!«, schrie Tania. »Oder willst du verbrennen?«

»Hilf mir!«, keuchte Sancha erstickt. »Die Seelenbücher müssen gerettet werden.«

Eine flackernde Feuerzunge sprang auf das Buch über, das Sancha gerade an sich riss. Ein dünner, hoher Schrei drang an Tanias Ohr, aber die Schmerzenslaute kamen nicht von Sancha, wie sie zunächst glaubte. Es waren die Seelenbücher selbst, die schrien.

Die anderen Bücher fielen herunter, aber eines blieb in Sanchas Hand und versengte ihr die Haut. Tania stürzte zu ihr, schlug ihr das Buch aus der Hand und erstickte die Flammen, die an ihren Ärmeln leckten. Sanchas Hände waren schwer verbrannt, aber das Schlimmste war die Verzweiflung in ihrem Blick.

»Tania!«, schrie Edric plötzlich.

»Hier!«, rief sie zurück.

Wenig später tauchte er aus dem Qualm auf. Sancha sackte in Tanias Arme, ein Bild des Jammers.

»Hilf mir!«, keuchte Tania. »Sie ist verletzt.«

Edric fing Sancha in seinen Armen auf.

»Nein – das Buch des Königs«, stöhnte Sancha. »Du musst das Buch des Königs holen.« Ihre Hand zeigte auf den qualmenden Boden, auf die Stelle, an der die brennenden Bücher lagen. Alles stand in Flammen, die Seiten rollten sich zu schwarzen Fetzen ein.

Tania konnte gerade noch den Rücken eines der Bücher erkennen, dessen rot-grüne Buchstaben aus der Düsternis hervorleuchteten: *Oberon Aurealis Rex*. Sie packte das Buch, doch im selben Moment sprangen die Flammen über, und sie ließ es erschrocken fallen. Das Buch klappte auf und die Seiten knatterten im verzehrenden Feuersturm.

Edric rief ihr etwas zu. Eine Feuerwand sprang über, und die Hitze traf sie im Rücken. In letzter Sekunde gelang es ihr, das Buch zu packen. Sie spürte zerdrücktes Papier in ihrer Faust und das Gewicht des Buches. Als die Seiten sich losrissen, war das Gewicht fort, und sie hielt nur noch ein paar verkohlte Überreste in der Hand.

Es war zu spät, sie konnte nichts mehr tun. Sie stürzte mit hochgerissenen Armen nach hinten, um ihr Gesicht vor der Feuersglut zu schützen. »Geh!«, schrie sie Edric zu.

Edric stolperte mit Sancha in den Armen vor ihr her. Als sie zur Treppe kamen, übernahm Tania die Führung, damit Edric im dichten Rauch nicht strauchelte.

Zara erwartete sie auf der zweiten Treppe. Eden war hinter ihr. Klare Luft umgab sie, der Treppenschacht war wie eine Sauerstoffinsel inmitten der dunklen Rauchwolken.

»Schnell!«, keuchte Eden. »Ich kann das Feuer nicht länger aufhalten.«

Als sie über den Boden der Bibliothek stürzten, sah Tania, wie sich die Flammen von außen gegen Edens magische Luftblase warfen. Der ganze Raum stand jetzt in Flammen und Sanchas geliebte Bücher waren rettungslos verloren. Mit lautem Krachen stürzte eine der Galerien ein und das Feuer fauchte triumphierend.

Endlich erreichten sie den Gang. Der Rauch war hier weniger dicht.

»Folgt mir!«, rief Edric den anderen zu. »Wir gehen durch den Dienstbotenflügel und den Küchentrakt. Ich kenne den Weg. Ich bringe euch hier raus.«

Dann rannten sie, so schnell sie konnten. Die Große Bibliothek des Elfenreichs in ihrem Rücken brannte lichterloh.

VII

Tania spähte durch die Bäume am südlichen Rand der Wälder von Esgarth. Dunkler Rauch stieg von der zerstörten Kuppel der Bibliothek auf. Auf dem lang gezogenen Heidehügel, der sich am westlichen Horizont verlor, zeichneten sich hier und da die Gestalten der Grauen Ritter ab, die auf der Jagd nach der geflohenen Königsfamilie dahinpreschten, Schwert und Speer in der Hand. Und zwischen den dünnen grauen Geisterpferden wimmelten die schwarzen Höllenhunde.

Fürs Erste jedoch waren sie entkommen. Edric hatte sie durch Niederungen des Palastes geführt, die sie nie zuvor betreten hatten – Küchen und Backstuben, Spülhütten und Waschhäuser, Räucherkammern und Vorratsräume, die einst vom Lärmen und Lachen der Dienstboten erfüllt gewesen waren, aber jetzt düster und verlassen dalagen. Die halb verfaulten Essensreste, die umgestürzten Butterfässer, das verschimmelte Brot – all diese Spuren erzählten eine traurige Geschichte. Entsetzlich aber schien den Fliehenden die blutbespritzte Kochschürze, die Tania am Boden fand.

Sancha hatte bald wieder selbst gehen können, obwohl sie noch benommen von dem Rauch war, den sie eingeatmet hatte. Stumm war sie zwischen Zara und Edric dahingestolpert, ihr bleiches Gesicht rußgeschwärzt, ihr Haar wirr und verfilzt, die Augen dunkel vor Schmerz über den Verlust ihrer geliebten Bücher. Mehrmals waren Reitertrupps in ihrer Nähe vorbeigaloppiert, aber niemand war ihnen auf die Spur gekommen. Ohne weitere Zwischenfälle erreichten sie den Waldrand.

Tania riss sich von dem traurigen Anblick des Palastes los und folgte den anderen in den Wald. Schweigend liefen sie zwischen den Bäumen dahin, die winterlich kahl und starr in den Himmel ragten. Tote Blätter hingen wie Fetzen von Leichentüchern an den Ästen, kein Vogelzwitschern weit und breit, nirgends ein Lebenszeichen. Tania hatte die losen Seiten aus Oberons Seelenbuch, die sie in letzter Sekunde an sich gerafft hatte, in ihre Tasche gesteckt. Jetzt nahm sie sie heraus und faltete sie auseinander.

»Oh nein«, flüsterte sie und starrte fassungslos auf die leeren Seiten.

Zara drehte sich zu ihr um. »Was hast du denn?«

»Hier, schau«, sagte Tania. »Da ist nichts drauf. Es war die totale Zeitverschwendung.«

Zara lächelte schwach. »Es steht nichts darauf geschrieben, was sich deinen Augen enthüllt, Schwester«, sagte sie. »Wusstest du das nicht? Ein Seelenbuch kann nur der lesen, dessen Geschichte es erzählt. Diese Seiten sind vollgeschrieben bis zum Rand, doch du und ich, wir vermögen nichts zu erkennen. Das ist Teil des Geheimnisses, das diese Bücher bergen.«

»Aber wozu haben wir Oberons Buch gerettet, wenn es doch niemand lesen kann?«

»Doch, eine von uns kann es«, erklärte Zara. »Sancha besitzt die Gabe. Jetzt ist allerdings keine Zeit dazu. Das kann warten, bis wir tiefer im Wald sind. Aber verzweifle nicht, Schwester – hüte sie gut, diese Seiten, denn was du in Händen hältst, könnte sich noch als unsere Rettung erweisen.«

Tania steckte die Seiten wieder in ihre Tasche, und plötzlich sagte Eden: »Cordelia und die Königin sind ganz in unserer Nähe.« Sie zeigte nach rechts. »Dort entlang, nur ein kleines Stück von hier entfernt, und sie haben Wasser gefunden.«

Kurz darauf erreichten sie eine kleine Erhebung, und sie durchquerten im Gänsemarsch ein enges Tal, wenig breiter als ein Graben, das mit raschelndem welkem Farnkraut bewachsen war. Je weiter sie voranschritten, desto stärker veränderte sich der Wald, so als habe sich der todesstarre Winter innerhalb weniger Schritte in einen strahlenden Sommer verwandelt. Eben noch war alles welk und braun, dann, einen Schritt weiter, färbte sich das Laub herbstlich gelb, und auf einmal blühte und grünte alles ringsumher.

»Wir verlassen jetzt den Machtbereich des Hexenkönigs«, sagte Eden zu Tania. »Siehst du, Schwester? Seine Kräfte sind nicht unbeschränkt. Er kann nicht alles zerstören.«

Das Tal mündete in eine weitere Senke und bald hörten sie Wasser über Steine plätschern. Unter ihnen, in einer geschützten Mulde mit saftig grünem Gras und Fingerfarn, saßen Cordelia und Titania auf einem Felsen, unter dem ein Bach dahinfloss. Die beiden sprangen auf, als sie Tania und die anderen kommen hörten, und ihre Augen strahlten vor Freude und Erleichterung.

»Mutter!«, stieß Eden mit erstickter Stimme hervor und schlitterte in die Mulde hinunter, um die Königin zu umarmen, die sie fünfhundert Jahre lang so schmerzlich vermisst und betrauert hatte.

»Mein geliebtes Kind!« Weinend vor Glück schloss Titania ihre älteste Tochter in die Arme.

Unterdessen half Cordelia den anderen, Sancha den Hang hinunterzubringen. »Oh nein – ihre armen Hände!«, rief die Elfenkönigin entsetzt, als sie die roten Brandwunden sah. »Was ist geschehen?«

»Die Grauen Ritter haben die Bibliothek angezündet«, erklärte Tania, während sie Sancha behutsam an einen großen Stein lehnten. »Und Gabriel Drake ist hier. Wenn ihr wüsstet, wie es im Palast aussieht! Es sind noch Gefangene dort.« Mit bebender Stimme fügte sie hinzu: »Sie werden gefoltert.«

Cordelias Augen blitzten vor Zorn und ihre Hand griff unwillkürlich nach dem Schwert.

»Sie wissen, dass wir im Elfenreich sind«, sagte Edric. »Der Hexenkönig hat alle seine Ritter ausgesandt, um uns zu jagen.«

»Er soll nur kommen!«, zischte Cordelia. »Wir werden ihm einen würdigen Empfang bereiten!«

Da endlich öffnete Sancha den Mund. »Ach, Schwester, es sind Hunderte«, stöhnte sie schwach. »Und wir nur sieben. Es wäre unser sicherer Tod, gegen sie in die Schlacht zu ziehen.« Verzweifelt blickte sie zu ihnen auf. »Wir müssen fliehen.«

»Fliehen? Wohin?«, rief Cordelia. »Gibt es denn einen Ort, wo wir vor diesem Ungeheuer in Sicherheit sind? Die Felsklippen von Leiderdale im äußersten Westen? Oder die Wildnis von Fidach Ren im Norden? Wäre das weit genug, deiner Meinung nach?«

»Beruhige dich, Cordelia«, sagte Eden sanft. »Wir müssen vorsichtig sein, auch wenn uns das Herz blutet und wir am liebsten mit dem Schwert dreinschlagen würden. Du kennst diesen Wald besser als wir alle. Gibt es ein Versteck, in dem wir die Nacht verbringen können?«

»Die Gaidheal-Burg liegt nur ein paar Meilen von hier am nördlichen Rand«, sagte Zara. »Dort wird man uns gewiss gastlich aufnehmen, wenn Lord und Lady Gaidheal noch nicht geflohen sind.«

Tania biss sich auf die Lippen. »Ich glaube nicht, dass sie da sind«, sagte sie leise. »Ich fürchte, sie waren im Palast, als ... als Rathina den Hexenkönig befreit hat.«

»Die Gaidheal-Burg ist ohnehin kein sicherer Ort«, sagte Titania. »Wir müssen ein Versteck finden, auf das die Grauen Ritter niemals kommen würden.«

»Pst!«, zischte Edric plötzlich. Er stand stocksteif am Rand der Grasmulde, die Hände warnend erhoben.

»Was ist denn?«, fragte Zara.

»Hunde«, erwiderte Edric knapp.

Tania hielt den Atem an und lauschte. Fernes Bellen drang durch die Bäume und jagte ihr kalte Schauer über den Rücken.

»Die Morrigan-Hunde sind uns auf der Spur«, murmelte Eden. »Das schränkt unsere Fluchtmöglichkeiten ein.«

»Ich weiß, wo wir Schutz finden werden«, meldete sich Cordelia zu Wort. »Nicht weit von hier steht ein altes Jagdhaus, in dem lange Jahre ein Wildhüter lebte. Er heißt Rafe Hawthorne und ist ein guter, treuer Mann. Doch kann er uns nicht vor den Spürnasen der Hunde schützen.«

»Sei unbesorgt«, sagte Eden. »Ich werde uns schützen, sobald wir dort sind. Sancha, kannst du gehen?«

Sancha rappelte sich mühsam auf. »Ja«, antwortete sie tapfer.

»Master Hawthorne wird deine Wunden behandeln, Schwester«, sagte Cordelia und sah die anderen an. »Lasst uns beten, dass er nicht auch geflüchtet ist.«

Das heisere Bellen der Hunde drang wieder durch die Bäume, ein wenig lauter jetzt und in einem leicht veränderten Ton.

Cordelias Augen weiteten sich und sie zog erschrocken die Luft ein. »Hört ihr das nicht? Sie freuen sich – sie haben unsere Spur entdeckt.«

»Los, schnell weg hier!«, rief Tania in Panik.

»Nein«, sagte Cordelia. »Wartet einen Augenblick.« Sie kletterte die Böschung hinauf und verschwand zwischen den Bäumen. Es raschelte kurz, dann war alles still.

»Wo ist sie hin?«, fragte Tania.

»Ich weiß nicht«, sagte Zara. »Wir müssen ihr vertrauen.«

Schweigend warteten sie, und alle starrten auf die Stelle, an der Cordelia verschwunden war. Tania spürte, wie Edric seine Hand in ihre schob. Sie sah ihn an und er lächelte ihr beruhigend zu.

»Eden hat es nicht geschafft, die Gedanken des Hexenkönigs zu lesen«, erzählte sie ihm.

»Das dachte ich mir«, sagte er. »War's schlimm?«

Tania schluckte. Es würde noch eine Weile dauern, bis sie über die Dinge sprechen konnte, die sie in der Großen Halle gesehen hatte. »Rathina war dort«, sagte sie. »Sie saß neben dem Hexenkönig.«

Die anderen starrten sie an. »Du meinst, als seine Gemahlin?«, wisperte Zara. »Oh bitte, lass das nicht wahr sein!«

»Ich weiß nicht«, sagte Tania. »Vielleicht steht sie unter einem Bann. Ihr Gesicht war ... wie soll ich es ausdrücken ... total leer.«

»Ja«, sagte Eden, »aber nur, bis der Verräter Drake die Halle betrat. Da hättet ihr sehen sollen, wie sie vor Liebe strahlte.«

»Das arme Kind«, murmelte Titania. »Wie schlecht wird es ihr ergehen, wenn ihr klar wird, dass allein sie dies Elend über uns gebracht hat.«

Sanchas Augen funkelten entrüstet. »Rathina ist schuld, dass meine Bücher verbrannt sind«, sagte sie mit leiser, doch harter Stimme. »Diese kleine Hexe täte gut daran, mir nicht so bald unter die Augen zu treten. Ich würde sie mit Freuden im Feuer schmoren sehen.«

Titania legte beschwichtigend ihre Hand auf Sanchas Arm, doch diese riss sich unwillig los. Auch Tania hasste Rathina für alles, was sie angerichtet hatte, obwohl sie tief in ihrem Inneren spürte, dass sie sich einmal sehr nahe gestanden hatten. Sie seufzte. So weit war es gekommen mit all der Pracht und Herrlichkeit der Elfenwelt, dass sie jetzt wie wilde Tiere durch den Wald flüchten mussten und vielleicht den Geschöpfen des Hexenkönigs zum Opfer fallen würden!

Von Süden her drang der Lärm der Hundemeute an ihr Ohr. Der Tod kam mit raschen Schritten.

Plötzlich raschelte das Laub in den Bäumen und Cordelia stürzte hervor. Tania erhaschte eine Bewegung zu ihren Füßen: ein roter Farbwirbel in dem langen Gras. Füchse. Fünf, sechs, sieben Füchse purzelten in die Senke hinunter, mit hängenden rosa Zungen und listig funkelnden Augen.

»Kommt!«, rief Cordelia und winkte heftig. »Der Geruch der Füchse ist stärker als der des Elfenvolks. Sie werden unsere Spur überdecken und die Hunde in die Irre führen!«

Tania kletterte hinter den anderen zu Cordelia hinauf. Bevor sie zwischen den Bäumen verschwanden, blickte sie noch einmal zurück. Die Füchse tollten übermütig im Gras herum und verwischten alle Spuren, die sie dort hinterlassen hatten.

Tania lächelte dankbar zu ihnen hinunter. »Echt genial!«, flüsterte sie. »Vielen Dank.«

Dann führte Cordelia sie in raschem Tempo zwischen den Bäumen hindurch, und sie marschierten, ohne anzuhalten. Anfangs hörten sie noch das entfernte Bellen der Hunde, aber nach einer Weile wurde es stiller im Wald.

Tania glaubte indes, noch immer die Verfolger im Nacken zu spüren.

Der Wald wollte kein Ende nehmen, der Weg führte beständig bergauf, bergab. Sie marschierten weiter nach Norden. Grüngoldenes Licht fiel durch die Zweige. Als der Abend kam und die Schatten länger wurden, begannen die Vögel zu zwitschern, und bald war der Wald von fröhlichem Gesang erfüllt, sodass Tania wieder ein bisschen auflebte. Trotz der schrecklichen Ereignisse gab es noch Licht und Schönheit – Kräfte, die den finsteren Plänen des Hexenkönigs entgegenwirkten. Aber Tania war müde, unendlich müde, denn sie hatte seit Tagen nicht mehr richtig geschlafen. Einmal stolperte sie, und ihre Beine sackten unter ihr weg, aber Edric fing sie auf.

»Geht es noch?«, fragte er leise.

Tania schmiegte sich an ihn, ihr Gesicht an seiner Schulter vergraben, und so blieben sie eine Weile. »Ich schaff das schon«, sagte sie schließlich und küsste ihn. Mit einem traurigen Lächeln löste sie sich aus der Umarmung. »Was bleibt mir auch anderes übrig?«

»Soll ich dich tragen?«

Tania tippte ihm zärtlich auf die Brust. »Du siehst genauso müde aus wie ich«, meinte sie. »Vielleicht sollte ich lieber dich tragen?«

Dann rief Cordelia ihnen von weiter oben zu: »Freut euch, ihr Lieben! Wir sind am Ende der Reise. Da oben seht ihr schon das Jagdhaus.«

Sie traten auf eine breite, von Kastanienbäumen gesäumte Lichtung. Der Himmel über ihnen war wolkenlos:

ein tiefes Blau im Osten, rötlich violett schimmernd im Westen. Die Mondsichel stand hoch oben im Zenit, und ein paar Sterne traten bereits hervor, obwohl die Sonne noch nicht ganz hinter dem Horizont verschwunden war. Am anderen Ende der Lichtung ragte ein großes Fachwerkhaus auf, zweistöckig, mit zahlreichen Fenstern. Warmes gelbes Licht fiel durch die Glasscheiben, und plötzlich, noch während sie am Rand der Lichtung standen, ging die Tür auf, und ein untersetzter Mann trat heraus, eine Laterne in der Hand.

»He da, Freunde!«, rief er mit tiefer, herzlicher Stimme. »Kein müder Reisender wird von meiner Schwelle verjagt, auch wenn ich schon zahlreiche irrende Seelen bei mir beherberge. Aber seid unbesorgt, auch für Euch werden wir noch Raum in meiner ...« Als er näher kam, verstummte er plötzlich, ungläubiges Staunen zeichnete sich in seinem Gesicht ab. Dann stolperte er vorwärts und fiel vor Titania auf die Knie.

»Euer Hoheit!«, stieß er hervor. »Ihr seid zurück aus dem Schattenreich. Und just in dem Moment, da wir Euch am dringendsten brauchen!« Mit Tränen in den Augen blickte er zur Königin auf. »Rettet uns, gnädige Herrscherin. Um des lieben Himmels willen, rettet uns!«

Titania beugte sich hinunter und richtete den Mann wieder auf. »Gebe der Himmel, dass ich die Kraft dazu finde«, erwiderte sie. »Doch nun sind wir erschöpft und hungrig und eine meiner Töchter ist verletzt. Führt uns in Euer Haus, Master Hawthorne, geschwind! Das Gesindel von Lyonesse ist uns auf den Fersen.«

Der Mann blickte sie erschrocken an und spähte in den Wald hinein. »Nur über meine Leiche wird dieser Abschaum meine Schwelle überschreiten«, stieß er hervor, aber seine Stimme bebte dabei.

»Tapfer gesprochen, guter Mann«, sagte Eden. »Aber seid unbesorgt, sie werden uns hier nicht finden. Und jetzt geht alle ins Haus; ich folge euch später nach.«

Während sie sich näherten, tauchten überall an den Fenstern Gesichter auf. In der Tür stand eine dicke Frau und strahlte sie schon von Weitem an. Tania erkannte sie sofort – Mistress Mirrlees, die Näherin, die das Kleid angefertigt hatte, das Tania bei ihrem Willkommensball getragen hatte. Aber Mistress Mirrlees sah schrecklich aus – ihr blaues Kleid zerfetzt und schmutzig, ihr Haar wirr und zerzaust, und sie hatte tiefe Schatten unter den Augen.

»Nie hätte ich geglaubt, dass mir in diesen schlimmen Zeiten noch einmal ein solches Glück widerfahren könnte«, rief die Näherin und stürzte zu ihnen. »Euer Hoheit – meine geliebten Prinzessinnen!«

Zara schlang ihre Arme um den Hals der kleinen Elfe. »Ich habe die ganze Zeit gebetet, dass Euch nichts Böses zustoßen möge.«

»Nein, nein, Mylady – mir ist nichts geschehen, aber vielen anderen«, seufzte Mistress Mirrlees und tätschelte Zaras Schultern. »So vielen anderen ...«

Jetzt tauchten immer mehr Leute vor dem Haus auf: Heimatlose, die aus dem Palast geflüchtet waren und hier Unterschlupf gefunden hatten. Tania war froh, dass zumindest ein Teil des Elfenvolks lebend entkommen war. Sie erkannte viele Gesichter. Die meisten waren Dienstboten, Lakaien, auch Frauen aus Mistress Mirrlees Nähstube, ein paar Stallburschen, viele Küchenhelfer. Eine junge Magd war auch darunter, ein hübsches, scheues Elfenmädchen, das Tania einmal in Oberons Frühstückszimmer geführt hatte. Alle drängten sich um die Königin, knicksten vor ihr oder verneigten sich, und die verhärmten Gesichter lebten wieder ein wenig auf. Titania nahm die Hände der Leute, redete mit ihnen und flößte ihnen neue Zuversicht ein.

Eden stand noch immer am Rand der Lichtung, mit dem Rücken zum Haus, die Arme erhoben und die Finger weit gespreizt. Ihr dichtes weißes Haar fiel wie frisch gefallener Schnee über ihre Schultern. Sie sang eine langsame, getragene Weise, und Tania lauschte gebannt ihren Worten:

Ich rufe euch, alle jene, die im Elfenreich weilten,
als die Welt noch jung war.
Die von den Meeren tranken,
als süß und frisch noch das Wasser war,
die von den Früchten der alten Bäume kosteten
und die reine Luft der ersten Tage atmeten,
euch rufe ich!
Ihr Geister der Wurzeln, Zweige, Blüten und Blätter,
so helft mir nun und bewahrt mich vor meinen Feinden.

Ein sanftes, hellgrünes Licht ging von ihrer Schwester aus wie von einer Jadefigur, die von innen erleuchtet wurde. Im nächsten Moment strömte Licht aus Edens Fingern, teilte sich in Tausende einzelner Strahlen mit blitzenden Smaragden an der Spitze. Sie bildeten ein hauchfeines, sternenübersätes Netz, das sich ins Dunkel ausdehnte. Das Netz hob und senkte sich, wogte geschmeidig hin und her, um sich schließlich als schimmernde Kuppel über die Lichtung zu wölben. Tania spürte ein Flirren in der Luft. Ein würziger Duft stieg ihr in die Nase. Der Wald jenseits der Kuppel wurde dunkel.

Eden drehte sich um und kam zum Haus. Ihr Gesicht war blass und angestrengt, aber sie lächelte Tania zu. »Ich fühle mich ausgelaugt und leer, Schwester«, sagte sie und legte ihre Hand auf Tanias Schulter. »Aber es ist vollbracht. Der Smaragdschirm ist kein immerwährender Zauber, aber fürs Erste werden uns die Häscher von Lyonesse nicht aufspüren können.«

Als Edric sah, dass Eden sich kaum noch auf den Beinen halten konnte, fasste er sie am Arm und führte sie in Rafe Hawthornes hell erleuchtetes, gastliches Haus.

VIII

Jenseits von Edens Zauberschirm war die Nacht im Elfenreich angebrochen. Tania und Edric hatten mehrmals an der Grenze des magischen Kraftfelds gehorcht, ob Verfolger nahten. Das erste Mal hörten sie nur Vogelgesang, das zweite Mal drang Hundegeheul an ihr Ohr, aber es war zu weit entfernt, um eine Bedrohung zu sein.

Das Jagdhaus war trotz seiner Größe sehr anheimelnd: lange Räume mit niedrigen Holzdecken und Wendeltreppen, die in den oberen Stock hinaufführten. Warmes gelbes Kerzenlicht vertrieb die Dunkelheit, und die Dienerschar, die hier Zuflucht gefunden hatte, umsorgte die königliche Familie und Edric mit demselben Eifer wie in glücklichen Tagen. Die Flüchtlinge berichteten, wie sie bei Nacht und Nebel aus dem Palast geflohen und blindlings in den Wald gerannt waren. Viele hatten ihre Angehörigen in dem Chaos verloren, das auf die Befreiung der Grauen Ritter gefolgt war. Tanias Herz krampfte sich zusammen, als sie hörte, wie die mörderische Horde brennende Fackeln in die Säle mit den gefangenen Elfen geworfen und alles kurz und klein geschlagen hatte.

Sancha wurde in eines der oberen Schlafgemächer gebracht und dort von mehreren Frauen versorgt, die Salbe auf ihre Brandwunden strichen und kühlende Tücher darumwickelten. Als Tania zu ihr kam, war sie bereits in einen unruhigen Schlaf gefallen.

Die Essensvorräte gingen bei so vielen Flüchtlingen bald zur Neige, aber es war noch genug für Titania und ihre Töchter da: frische Äpfel und Birnen, saftige Weintrauben und Damaszenerpflaumen, Erdbeeren, Himbeeren und Brombeeren aus dem Wald. Auch Pilze, Wild und Eier wurden ihnen vorgesetzt, dazu frisches Quellwasser und ein, zwei Gläser von dem rubinroten Stärkungstrunk, den Tania bereits kannte.

Die Flüchtlinge wollten natürlich hören, wie es Titania in der Welt der Sterblichen ergangen war. Noch vor wenigen Tagen hatten alle die Königin für tot gehalten – und jetzt stand sie vor ihnen, heil und unversehrt, vor dem smaragdgrün schimmernden Fenster. Es war wie ein Wunder. Das ganze Elfenvolk lauschte gebannt ihren Worten, manche Zuhörer kauerten auf dem Fußboden, manche saßen an Tischen und Bänken, andere wiederum lehnten an der Wand.

Nach und nach gingen die Elfen schlafen. Einige hatten ein Bett oder einen Strohsack, aber viele von den Jüngeren streckten sich einfach auf dem Boden aus und rollten sich in eine Decke ein. Das königliche Jagdhaus besaß eine ganze Reihe von schönen Schlafgemächern unter den schrägen Dachgiebeln, aber für so viele Gäste reichten sie bei Weitem nicht. Rafe Hawthorne erzählte Tania, dass das Haus seit der Großen Dämmerung nicht mehr von der königlichen Familie benützt worden war – während der fünfhundert langen Jahre, als Oberon seine tot geglaubte Frau und seine verschollene Tochter betrauert hatte und die Zeit im Elfenreich stehen geblieben war.

Schließlich, es war schon tief in der Nacht, saßen nur noch die Königin und ihre Töchter mit Edric und Rafe Hawthorne zusammen.

»Ein großer Teil Eures Volkes ist aus dem Palast entkommen, Hoheit«, berichtete Rafe im flackernden Kerzenschein. »Einige sind über den Fluss nach Süden in den Udwold-Wald geflohen, und zumindest eines von Euren Schiffen am Fortrenn Quay vermochte rechtzeitig die Anker zu lichten. Doch weiß ich nicht, was aus diesem Schiff und den Flüchtlingen an Bord geworden ist.«

»Und die *Wolkenseglerin*?«, fragte Zara. »Ist sie auch entkommen?«

»Nein, Mylady. Diese Teufel haben sie mit Stumpf und Stiel verbrannt.«

Betroffenes Schweigen war die Antwort. Die *Wolkenseglerin* war ein wunderbares Schiff gewesen. Tania kannte es von ihrer magischen Reise zur Insel Ynis Logris, wo die Elfen den Mond der Reisenden gefeiert hatten. Wie schrecklich, dass dieses Zauberschiff nun zerstört sein sollte!

»Einige sind auf der Tamesis nach Westen geflohen, um in Caer Marisoc Zuflucht zu suchen, aber die meisten sind über das Heideland und die Wälder von Esgarth nach Norden gezogen«, fuhr Rafe Hawthorne fort. »Ich habe den Wald nach Flüchtlingen abgesucht – Ihr habt bereits alle gesehen, die bei mir Unterschlupf gefunden haben. Mehr konnte ich nicht finden. Es heißt, dass viele in Richtung

Ravensare geflohen sind, einige auch zur Ostküste, um in Caer Gaidheal Unterschlupf zu suchen. Lord Gaidheal soll diese Gruppe angeführt haben, aber seine Gemahlin war nicht dabei. Wir beten alle, dass sie einen anderen Fluchtweg aus dem Palast gefunden hat.«

»Nein, das hat sie nicht«, sagte Tania leise. »Ich habe sie in der Großen Halle gesehen. Der Hexenkönig wollte, dass sie für ihn tanzt ... es war so schrecklich, was er ihr angetan hat ... diese grässlichen roten Flügel, die er aus ihrem Rücken wachsen ließ ...« Schaudernd schlug sie die Hände vors Gesicht. Edric legte ihr den Arm um die Schulter und sie schmiegte sich an ihn.

»Der Hexenkönig hat Lady Gaidheal getötet, nur um sich an ihren Qualen zu ergötzen«, fügte Eden hinzu. »Ich zittere um jeden, der noch im Palast ist.«

»Können wir ihnen nicht mit ein paar Leuten zu Hilfe eilen?«, rief Cordelia. »Ich sage nicht, dass wir gegen sie ins Feld ziehen sollen, dazu sind wir zu wenige, aber gibt es denn gar keine Möglichkeit, die Gefangenen zu retten?«

»Die Jagd ist eröffnet, jetzt, da der Hexenkönig weiß, dass wir im Elfenreich sind«, sagte Edric. »Ich glaube kaum, dass wir heil aus dem Wald herauskommen würden. Und was wäre, wenn sie einen von uns fangen würden?«, fügte er hinzu und blickte sich am Tisch um. »Ich wäre lieber tot, als den Schergen von Lyonesse in die Hände zu fallen.«

»Master Chanticleer hat Recht«, sagte Eden. »Und es würde uns nichts helfen, tapfer zu schweigen und jede Folter zu ertragen, sollte einer von uns lebend gefasst werden.

Der Hexenkönig besitzt die Macht, in unseren Geist einzudringen, um herauszufinden, wo sich die Königin aufhält.«

»Wir können nur beten, dass die Nachricht sich schnell genug im Elfenreich verbreitet«, sagte Titania. »Wir haben Verbündete, die in der Lage sind, ganze Armeen auszuheben. Ich denke an Herzog Cornelius oder an Hopie und Lord Brython, die weitere Truppen im Westen zusammenziehen könnten.«

»Auch mein Gemahl wird nicht zögern, dem Ruf zu den Waffen zu folgen«, warf Eden ruhig ein. »Die Männer von Mynwy Clun sind furchtlos und treu – sie werden Graf Valentyne folgen und uns zu Hilfe eilen, wenn sich jemand findet, der bereit ist, die Reise nach Westen in Richtung Caer Mynwy anzutreten.«

Tania hatte vergessen, dass Eden verheiratet war, aber jetzt erinnerte sie sich, dass Zara ihr erzählt hatte, Graf Valentyne habe den Palast verlassen, als die Große Dämmerung angebrochen war. Eden sprach nie von ihm, und auch jetzt nannte sie seinen Namen scheinbar nur mit Widerwillen.

»Und was ist mit Weir?«, fragte Titania. »Wird Lord Aldritch Hilfe schicken?«

Tania hob den Kopf, als sie diesen Namen hörte. Lord Aldritch war Gabriel Drakes Vater.

»Die nördlichen Grenzländer waren immer unsicheres Territorium«, sagte Eden.

»Aber sie werden doch gewiss zu uns halten?«, warf Zara ein.

»Lord Aldritch ist kein Verräter«, erwiderte Edric. »Er

wird sich nicht ohne Weiteres mit Lyonesse verbünden, aber Weir ist weit weg von hier. Vielleicht lässt er seine Truppen lieber dort, um seine eigenen Grenzen zu verteidigen, anstatt eine Abordnung nach Süden zu schicken und uns zu Hilfe zu eilen.«

»Und wird Lord Aldritch es nicht übel aufnehmen, dass unser Vater seinen einzigen Sohn verbannt hat?«, gab Cordelia zu bedenken. »Die Nachricht wird ihn inzwischen gewiss erreicht haben.«

»Die Verbrechen des Verräters Drake waren so groß, dass selbst ein Vater sie nicht entschuldigen könnte«, sagte Eden.

Titania schüttelte den Kopf. »Mag sein, dass er seine Taten nicht entschuldigt, doch wird er zweifellos zu seinem Sohn halten, ganz gleich, was dieser verbrochen hat. Nein, Edric hat Recht: Wir sollten nicht auf Weirs Hilfe zählen.«

Tania schaute die anderen an. »Wie mächtig ist der Hexenkönig eigentlich?«, fragte sie. »Zurzeit hat er nur ein paar Hundert Ritter bei sich. Wenn alle, die ihr erwähnt habt, sich zusammentun und uns helfen, müssten wir ihn doch besiegen können, oder nicht?«

»Oh nein, nur Oberon und Titania besitzen gemeinsam die Macht, den Zauberer zu besiegen«, erklärte Eden. »Der Hexenkönig herrscht über die vier Elemente – Erde, Wasser, Feuer und Luft. Nur die vereinten Kräfte des Sonnenkönigs und der Mondkönigin könnten seine Macht brechen. Und was seine Armee betrifft – zwar stimmt es, dass er gegenwärtig nur einige Hundert Ritter um sich geschart hat, doch wird er längst Verstärkung in Lyonesse angefordert haben. Und dann, glaube mir, Schwester, rückt eine riesige Armada an und wütet im Elfenreich wie die schwarze Pest.«

»Die Streitkräfte des Elfenvolks sind weit verstreut«, fügte Rafe Hawthorne hinzu. »Es wird einige Zeit dauern, unsere Truppen zusammenzuziehen.«

»Und selbst in diesem Fall wäre die Macht des Zauberers vielleicht zu groß, als dass wir sie brechen könnten«, sagte Zara. »Wir haben ja gesehen, wie alles rings um ihn verdorrt und abstirbt.«

»Und doch hat auch seine Macht Grenzen«, ertönte eine Stimme am anderen Ende des Raums und alle fuhren herum. Sancha stand auf dem Treppenabsatz, müde und mitgenommen, aber in ihren Augen lag ein wilder Glanz.

Zara lief zu ihr, um sie zu stützen, aber Sancha schob die Hand ihrer Schwester sanft beiseite. »Ich kann allein gehen«, sagte sie. Mit steifen Bewegungen und schmerzverzerrtem Gesicht trat sie zum Tisch. Der Hausherr bot ihr einen Stuhl an und sie setzte sich seufzend.

»Wie geht es dir?«, fragte Titania mit einem besorgten Blick auf die verbundenen Hände ihrer Tochter. »Hast du noch große Schmerzen?«

»Es ist etwas besser«, antwortete Sancha.

»Ach, wäre doch nur Hopie hier!«, seufzte Cordelia. »Sie könnte deine Leiden lindern.«

Sancha runzelte die Stirn. »Meine Leiden lindern?«, murmelte sie und starrte düster auf ihre Hände. »Ich glaube nicht, dass sie das könnte.« Mit Tränen in den Augen fügte sie hinzu: »Meine kostbare Bibliothek ist verbrannt. Kann es Entschädigung für einen solchen Verlust geben?«

»Aber wir sind am Leben«, wandte Cordelia ein. »Und solange wir leben, besteht zumindest Hoffnung auf Rache.«

»Tania, zeige Sancha die Seiten aus Oberons Seelenbuch«, bat die Königin.

Tania zog die zusammengefalteten Seiten aus der Tasche und reichte sie ihrer Schwester. Sancha strich das Papier glatt und beugte sich darüber, die leeren Zeilen mit den Fingerspitzen nachfahrend.

»Sonne, Mond und Sterne«, murmelte sie. »Das ist mehr Glück, als ich jemals zu hoffen wagte.« Sie hob den Kopf und sah Tania an. »Die Glücksgeister arbeiten uns in die Hände – es kann nicht anders sein.«

»Heißt das, dass du es lesen kannst?«, fragte Tania.

»Ja, gewiss«, sagte Sancha. »Hör gut zu, Schwester, und du wirst das Schicksal unseres lieben Vaters erfahren.« Dann begann sie zu lesen und fuhr mit dem Finger die Schrift nach, die nur sie sehen konnte.

»Des Nachts in seinem Schlummer wurde König Oberon von dem Hexenmeister von Lyonesse überwältigt und in eine Kugel aus schwarzem Bernstein gebannt, den unzerstörbarsten aller Kerker. Allein die Schlange von Lyonesse fürchtete, dass Oberons Macht das Gefängnis dennoch zu sprengen vermochte. Aus diesem Grunde wob der Hexenkönig böse Bannflüche um Oberons Gefängnis und formte das Isenmort-Schwert, mit welchem Prinzessin Rathina ihn befreit hatte, nach seinem Willen.

Fesseln aus Isenmort schmiedete er daraus und legte sie ebenfalls um die Bernsteinkugel, sodass selbst die Kraft der Sonne das Siegel nicht zu brechen vermochte, mit dem er Oberons Gefängnis verschloss.«

Sanchas Stimme zitterte beim Lesen. Niemand sagte etwas, als ihre Finger die Seite umdrehten. Tania wagte kaum zu atmen.

»Sodann überschüttete der Hexenmeister König Oberon mit den abscheulichsten Flüchen und Verwünschungen. Er klagte bitter, dass er seinen Gefangenen nicht gänzlich zu zerstören vermochte, prahlte jedoch zugleich, welch unerhörtes Vergnügen es ihm bereiten werde, Oberons liebliche Töchter hinzumetzeln. Als sei dies nicht genug, um das Herz des Königs mit Dunkelheit zu erfüllen, sprach ihm der Zauberer davon, wie er das Elfenreich mit den Truppen von Lyonesse zu überwältigen gedenke. Seine Königin, Lady Lamia, sei längst nach Bale Fole, der großen Festung von Lyonesse, zurückgekehrt und habe dort im Geheimen eine Armada zusammengezogen, die wie eine Sturmflut über das Elfenreich hereinbrechen und es hinwegfegen werde, als sei es die Sandburg eines spielenden Kindes.«

»So gibt es sie wirklich, diese Armada«, murmelte Titania. »Das sind schlechte Nachrichten. Meine Hoffnung war, dass uns noch ein paar Wochen oder Monate Zeit blieben, bis die Verstärkung aus Lyonesse anrückt.«

»Dennoch«, sagte Eden. »Selbst wenn die Hexe von Lyonesse ihre Schiffe am selben Abend vom Stapel gelassen hätte, an dem der Zauberer freikam, hätten wir noch mehrere Tage, ehe die roten Segel in Sicht kommen.«

»Die Zeit ist zu kurz«, widersprach Cordelia. »Mehrere Tage? Glaubst du denn, das sei Zeit genug, um einen Ring aus blitzenden Elfenschwertern um den Hexenkönig zu legen?«

»Es wird wohl reichen müssen«, sagte Zara. »Oder willst du, dass wir uns ergeben und unser Reich dieser Pest von Lyonesse ausliefern?«

»Wir haben genügend Volk hier, um Boten in alle Winkel des Elfenreichs zu schicken«, stimmte Rafe Hawthorne zu. »Lasst sie überall unsere Not schildern und allenthalben darum bitten, dass uns so schnell als möglich Hilfe zuteil werde.«

Plötzlich rief Sancha, die noch immer die Seiten aus Oberons Seelenbuch studierte: »Ich weiß jetzt, wohin unser Vater gebracht wurde. Hört her:

»Also sprach der Zauberer zum gestürzten König: ›So wisst, dass ich als Erstes die Mine von Tasha Dul aufspüren werde, wenn meine Truppen das Elfenreich erobert haben. Denn ich bin fest entschlossen, den schwarzen Bernstein an mich zu bringen, um eine tausend Mann starke Armee damit auszurüsten und in die Welt der Sterblichen zu schicken. Gebt Euch indessen keinen falschen Hoffnungen hin, und spekuliert nicht auf Rettung oder Flucht, denn ich werde Euch an die äußers-

ten Grenzen Eures Königreichs verbannen. *Nach Ynis Maw werde ich Euch schicken, Oberon Aurealis, einst König des Elfenreichs, zu der Insel ohne Wiederkehr!*‹ Und sogleich beschwor der Hexenmeister einen gewaltigen Sturm herauf, der den unglücklichen Oberon zur Insel der Verbannten davontrug.«

Ynis Maw! Tania war noch nie auf dieser trostlosen Insel gewesen, hatte sie aber oft genug in den Träumen gesehen, die Gabriel Drake ihr geschickt hatte. Die Insel war nichts weiter als eine düstere Felsenklippe, die aus den stürmischen Gewässern an der Nordküste des Elfenreichs aufragte, ein Ort, an den nur die schlimmsten Verbrecher verbannt wurden.

Tania blickte die anderen an. »Und wie sollen wir ihn von dort wieder zurückbringen?«

»Überhaupt nicht«, entgegnete Edric düster. »Von dort kommt niemand zurück.«

»Das glaube ich nicht«, beharrte Tania. »Was ist mit deinen mystischen Künsten, Eden? Fällt dir denn gar nichts ein, wie wir ihn zurückholen können?«

Eden schüttelte traurig den Kopf. »Das müsste ein Zauber sein, der weit über meine Macht hinausgeht, Schwester. Genauso gut könntest du mich bitten, den Mond vom Himmel zu holen und vor eine königliche Karosse zu spannen.«

»Es gibt nur einen Weg«, sagte Titania mit fester Stimme. »Wir müssen nach Ynis Maw.«

»Wie weit ist das?«, fragte Tania.

»Nahezu zweihundert Meilen«, antwortete Cordelia. »Wir würden Pferde brauchen – und das unerhörte Glück, die Wachen des Hexenkönigs zu überlisten. Dennoch ist die Reise nicht ganz unmöglich. Und selbst wenn es uns gelänge, die Insel zu erreichen und unseren Vater zu finden, wie sollten wir das Gefängnis aus Isenmort aufbrechen?«

»Schwarzer Bernstein durchschneidet die Isenmortfessel«, sagte Eden nachdenklich. »Wenn wir eine Möglichkeit fänden, Stücke von schwarzem Bernstein auf diese Ketten zu legen, so müssten sie verbrennen und in Rauch aufgehen.«

»Heißt das, dass dieser schwarze Bernstein Metall schmelzen kann?«, fragte Tania. »Das wusste ich nicht.«

»In der Welt der Sterblichen ist das nicht so«, erklärte Sancha. »Aber im Elfenreich vermag Isenmort gegen schwarzen Bernstein nicht zu bestehen.«

»Über wie viel schwarzen Bernstein verfügen wir alle zusammen?«, fragte Tania.

Alle hatten noch die schwarzen Bernsteinstücke, die sie in der Welt der Sterblichen als Schutz getragen hatten: fünf Steine insgesamt.

»Das könnte reichen, um die Isenmortfesseln zu brechen«, sagte Eden. »Jedoch vermag nur Isenmort selbst das Bernsteingefängnis zu zerstören, in dem unser Vater eingeschlossen ist.«

»Wäre es nicht möglich, die geschmolzenen Isenmortfesseln zu verwenden?«, fragte Edric.

»Nein, denn diese gehen bei der Berührung mit dem Bernstein in Rauch auf.«

»Dann muss ich in die Welt der Sterblichen zurück und irgendwas Metallisches in die Elfenwelt herüberholen«, verkündete Tania entschlossen.
»Aber wie willst du zurückkehren, selbst wenn unsere Bernsteinstücke dir den Übertritt in die Welt der Sterblichen ermöglichen?«, wandte Eden ein. »Wir wissen doch, dass jede Waffe, wenn sie die Barriere des Hexenkönigs durchbricht, sogleich zerstört wird. Du könntest also einen ganzen Berg Isenmort sammeln und wärest dennoch nicht in der Lage, damit zu uns zurückzukehren.«
»Und zudem hätten wir keinen schwarzen Bernstein mehr, um das Gefängnis unseres Vaters aufzubrechen«, sagte Cordelia. »Nein, Tania, das ist tapfer gedacht, aber es kann nicht gelingen.«
Aber Tania hatte bereits eine andere Idee. »Wir tragen doch alle noch die Kleider, die wir in London anhatten«, rief sie aufgeregt. »Da muss doch irgendwo Metall dran sein – Reißverschlüsse, Druckknöpfe, Nieten und so. Können wir nicht etwas davon nehmen?«
Edric nickte. »Und ich habe noch meine Hausschlüssel und ein paar Münzen bei mir.«
Die Königin war die ganze Zeit tief in Gedanken gewesen, aber jetzt ergriff sie das Wort: »Meine Kleider haben Metallösen und einen Reißverschluss«, sagte sie. »Das war eine gute Idee, Tania.«
Tania sah Eden an. »Wie viel Metall brauchen wir, um die Bernsteinkugel zu sprengen?«
»Eine Handvoll wäre genug.«
»Dann ist alles cool«, sagte Tania. »So viel haben wir

sicher.« Mit einem Blick in die Runde fügte sie hinzu: »Und was brauchen wir sonst noch?«

»Prinzessin Cordelia hat vorher von Pferden gesprochen«, sagte Edric.

»Ja, in der Tat«, antwortete Cordelia. »Viele der Schlosspferde sind in den Wald geflohen, als die Grauen Ritter zum Leben erwachten. Ich habe ihre Spuren gesehen, als wir herkamen. Ich vermag sie aufzuspüren – dann hätten wir Reitpferde, die uns nach Fidach Ren tragen.«

»Sind wir erst einmal dort, so werden wir auch einen Weg finden, den König zu befreien«, fügte Sancha zuversichtlich hinzu. »Und dann möge sich das Ungeheuer von Lyonesse in Acht nehmen!«

Tania wechselte einen Blick mit Edric und grinste. Plötzlich sah alles viel hoffnungsvoller aus: Sie hatten genug schwarzen Bernstein und Isenmort, um Oberons Ketten zu sprengen. Vielleicht standen ihre Chancen doch nicht so schlecht.

»Wir werden nicht alle nach Ynis Maw gehen«, sagte Titania mit einem Blick auf Sancha. »Du bist noch zu schwach, mein Kind. Du solltest hierbleiben und dich erholen.«

»Auch ich darf diesen Ort nicht verlassen«, warf Eden ein. »Ich kann das Haus nur vor dem Gesindel aus Lyonesse schützen, wenn ich hier bin. Und es wäre nicht recht, alle diese Flüchtlinge hilflos ihrem Schicksal zu überlassen.« Sie sah Titania an und fügte hinzu: »Und du darfst auch nicht fortgehen, Mutter. Die Reise ist gefährlich, und ich möchte dich an meiner Seite wissen, wo dir nichts Böses zustoßen kann. Ohne dich wird unser Vater den Hexenkönig nicht besiegen können.«

»Wie?«, fragte Titania stirnrunzelnd. »Du verlangst von mir, ein zweites Mal in einem sicheren Versteck auszuharren und meine Töchter der Gefahr auszuliefern? Das kann ich nicht.«

»Bedenkt, Hoheit, wie viel Hoffnung Euer Volk schöpfen wird, wenn es zumindest Euch in Sicherheit weiß«, sagte Rafe Hawthorne.

»Mein Gemahl bedarf meiner Hilfe am meisten, Master Hawthorne«, entgegnete Titania mit blitzenden Augen. »Ich bin nicht ins Elfenreich zurückgekehrt, um mich dann zu verstecken, wenn ich am dringendsten gebraucht werde!«

»Gewiss, Mutter, aber du wirst noch dringender gebraucht, wenn Oberon erst frei ist«, erinnerte Eden sie. »Dann wirst du den Hexenkönig viel besser bekämpfen können.«

»Euer Volk wird Euch dafür segnen«, flehte Rafe Hawthorne. »Tut es für uns, Euer Gnaden!«

Widerstreitende Gefühle spiegelten sich in Titanias Gesicht, doch schließlich lenkte sie ein. »Vielleicht habt ihr Recht, Kinder«, seufzte sie. »Und wenn Master Hawthorne so gut ist, mir eine Schale mit klarem Wasser zu bringen, so werde ich euch darin sehen können und über eure Reise wachen.«

»Dann ist es abgemacht«, sagte Cordelia. »Tania, Zara und ich werden gehen.«

»Und ich«, meldete sich Edric zu Wort. »Ich bleibe auf keinen Fall hier.«

Tania lächelte ihm zu – sie hatte gewusst, dass er darauf bestehen würde mitzukommen. »Dann also wir vier«, sagte sie. »Aber wann brechen wir auf? Jetzt gleich?«

»Wir haben alle seit zwei Tagen kein Auge mehr zugetan«, sagte Titania. »Ihr müsst zuerst ein wenig ausruhen, sonst werdet ihr nicht viel ausrichten.«

»Wohlan«, sagte Cordelia. »Ein paar Stunden in den Kissen, und wir werden taufrisch sein, wenn wir morgen in aller Frühe aufstehen. Ich werde uns ein paar feurige Rosse herbeirufen. Die Sonne möge uns gnädig bescheinen auf unserer langen Reise. Auf in den Norden, Schwestern – zur Rettung von König Oberon!«

IX

Kurz nach Sonnenaufgang standen die vier Reisenden am Rand der Smaragdschranke. Jenseits davon war der Wald noch in dichtes grünes Dunkel gehüllt, doch über der Kuppel von Edens Zaubernetz lag ein Glanz wie von Sonnenlicht, das in jungem Frühlingslaub spielt.

Eden, Titania und Sancha waren bei ihnen, und zahlreiche Elfen standen vor dem Jagdhaus draußen oder an den offenen Fenstern und folgten ihnen mit den Blicken. Tania und ihre Reisegefährten trugen jetzt nicht mehr die Kleider aus der Welt der Sterblichen. Mistress Mirrlees hatte ihnen neue Kleider genäht – einfache lange Bauernkittel, braungrüne Beinlinge und weiche Lederschuhe. Jeder von ihnen trug ein Kristallschwert an der einen Seite, Wasserschlauch und Brotbeutel an der anderen. Selbst Zara hatte diesmal nichts dagegen, wie eine Bauernmagd ausstaffiert zu sein, denn praktische Kleidung war unverzichtbar für die lange Reise.

Tania führte alle Bernsteinstücke mit, als Schutz gegen den tödlichen Isenmort-Vorrat, den sie in einem Stoffbeutel versteckt unter ihrem Kittel trug – Schlüssel, Münzen, Reißverschlusszacken, Haken, Ösen und Nieten.

»Ich kann nur wenig tun, um euch auf eurer Reise zu

beschützen«, sagte Eden, bevor sie die Schranke durchbrachen, um ins Ungewisse hinauszutreten. »Aber nehmt dies hier.« Sie reichte Tania eine kleine blaugrüne Kugel, die sich warm in ihrer geöffneten Hand anfühlte. Die schillernde Oberfläche der Kugel war unablässig in Bewegung, und die Farben flossen ineinander wie Öltropfen auf Wasser.

»Das ist eine Wunschperle«, erklärte Eden. »Ein einfacher Zauber, den ich aus meinem verwüsteten Allerheiligsten retten konnte.«

»Und wie funktioniert der Zauber?«, fragte Tania und betrachtete entzückt die fließenden Farben in der kleinen Kugel.

»Wenn du in Not gerätst, nimm die Perle in deine Hand und wünsche dir, was immer du brauchst«, sagte Eden. »Dann zerschmettere sie auf dem Boden und dein Wunsch wird dir erfüllt werden. Aber hüte dich, einen voreiligen Wunsch zu äußern, denn der Zauber wirkt nur einmal.«

Tania starrte sie ungläubig an. »Du meinst, ich kann mir auch einen Hubschrauber wünschen? Wow, wär das cool!«

Eden lächelte belustigt. »Ich habe noch nie von einem Hubschrauber gehört. Aber du musst wissen, dass die Wunschperle nur Illusionen zu schaffen vermag. Wenn du von den Grauen Rittern angegriffen wirst, so wünsche dir, dass ein Falke erscheinen und ihnen die Pferde scheu machen möge, damit dir Zeit zu fliehen bleibt. Doch wird es kein echter Falke sein, er wird deinen Feinden nichts anhaben können, und daher wird die Wirkung deines Zaubers nur wenige Augenblicke anhalten.«

»Lange genug, um zu entkommen«, fügte Zara hinzu.
»Ausgezeichnet, Schwester. Hüte sie gut, deine Wunschperle.«

Tania verbarg die Kugel in einer Innentasche und wandte sich zu Titania um. »Pass gut auf alle auf«, sagte sie mit einem Blick zu den Elfen, die vor dem Jagdhaus versammelt waren.

Titania trat vor und umarmte sie. »Das werde ich tun«, versprach sie. »Und ihr seid bitte vorsichtig und geht keine unnötigen Risiken ein. Meidet bewohnte Gegenden – haltet euch fern von Bauernhöfen, Dörfern und Weilern. Und sorgt dafür, dass ihr nicht gesehen werdet.«

»Das ist ein weiser Rat«, stimmte Eden zu. »Die Bewohner des Elfenreichs sind gut und ehrlich, doch wenn euch die Grauen Ritter auf den Fersen sind, könnt ihr euch nicht mehr ohne Weiteres auf ihre Loyalität verlassen. Haltet euch an einsame, wilde Gegenden. Esst, was ihr unterwegs findet. Die Felder und Äcker des Landes werden euch mit dem Nötigsten versorgen. Füllt eure Wasserschläuche an Flüssen und Bächen und haltet stets Wache, wenn ihr nachts euer Lager aufschlagt.«

Tania nickte. Trotz aller Gefahren, die sie erwarteten, regte sich Abenteuerlust in ihr. Auf ihrer Reise würden sie und ihre Gefährten durch Gegenden kommen, an die sie keine Erinnerung mehr hatte; auf diese Weise war die Flucht auch so etwas wie eine Wiederentdeckung ihrer Elfenheimat.

»Wendet euch nach Nordwesten, wenn ihr den Wald hinter euch gelassen habt«, sagte Sancha. »Reist durch die

Flammenwiesenebene und von dort die Sinadonhügel hinauf. Überquert die Berge im Westen, aber meidet die Stadtmauern von Caer Regnar Naal. Edric ist im Norden geboren und aufgewachsen; er wird euch zu führen wissen, wenn ihr die rauen Berge des Herzogtums Weir erreicht – aber hütet euch, der Burg des Herzogs zu nahe zu kommen. Wenn ihr den Fluss Lych überquert habt, kommt ihr in die Wildnis von Prydein. Dort seid besonders wachsam und nehmt euch vor den wilden Tieren in Acht, die dem Elfenvolk wenig Zuneigung entgegenbringen und euch gefährlich werden können.«

Titania blickte Edric ernst an. »Ich gebe meine Töchter in Eure Hände, Master Chanticleer«, sagte sie und fügte mit einem Lächeln hinzu: »Und Euch in ihre.« Sie legte ihm eine Hand auf die Schulter. »So geht nun, Edric. Kehrt unversehrt zurück und bringt mir die Prinzessinnen und den König mit.«

»Das werde ich tun, Euer Hoheit«, sagte Edric und fiel auf die Knie.

Eden spähte in den dunklen Wald jenseits der Smaragdkuppel. »Und seid vorsichtig, wenn ihr in den Wald hinaustretet. Es kann sein, dass die Hunde ganz in der Nähe sind.«

»Keine Sorge, wir passen schon auf«, sagte Tania. »Also, gehen wir?«

Cordelia zog ihr Schwert und trat, ohne zu zögern, auf die schimmernde Schranke. Einen Augenblick erstrahlte sie in einem magischen grünen Licht, dann war sie verschwunden. Tania, Edric und Zara zogen ebenfalls ihr Schwerter und folgten ihr.

Tanias Augen füllten sich mit gleißendem grünem Licht, als sie auf die Barriere trat. Es war wie ein leichter Stromschlag, der ihre Haut prickeln ließ, dann war es vorbei, und sie stand neben Cordelia und den anderen im Wald.

»Was passiert eigentlich, wenn jemand aus Versehen auf die Schranke tritt?«, fragte sie.

»Er würde nichts merken«, erwiderte Cordelia. »Ehe er sichs versähe, stünde er auf der anderen Seite und wäre um keinen Deut schlauer. Sei unbesorgt, Tania, unsere Mutter und alle anderen sind in Sicherheit.«

»Ja, wahrhaftig – auf jeden Fall mehr als wir«, murmelte Zara und spähte in die Bäume. »Hört ihr das?«

»Was?«, fragte Tania.

Ein lang gezogenes, gespenstisches Heulen drang zu ihnen.

»Die Morrigan-Hunde«, flüsterte Cordelia. »Und nicht sehr weit weg. Aber ich muss die Hufspuren der Pferde finden, sonst kommen wir nicht lebend aus den Wäldern von Esgarth heraus. Folgt mir, und seid so leise, wie es irgend geht.« Mit diesen Worten drehte sie sich um, schnupperte und spähte ins Waldesdunkel. Dann lief sie los, geduckt und mit gesenktem Kopf, den Blick auf den Boden geheftet. Die anderen folgten ihr auf dem Fuß, zuerst Tania, dann Zara und Edric.

Selbst wenn Tania zu Anfang noch gewusst hätte, wo sie sich befanden, hätte sie spätestens jetzt jede Orientierung verloren. Cordelia führte die Gefährten über moosbewachsene Hänge voller roter Ebereschen und über Geröllhalden mit verkrüppelten Bäumen, die sich gefährlich schief in den

Fels krallten und ihre Wurzeln stolz in die Luft reckten. Sie sprangen über Kiesbäche, kletterten über Grasbuckel, und hin und wieder erreichten sie eine kleine Lichtung, in der sie die ersten gelben Dämmerstreifen am Himmel sahen, oder sie stiegen in tiefe, weidenbestandene Schluchten hinab, wo die Nacht noch unter dem dichten Laubdach ausharrte.

Plötzlich ein Heulen, erschreckend nahe. Cordelia blieb stehen und zog prüfend die Luft ein. »Ich rieche tote Dinge«, wisperte sie. »Es müssen Graue Ritter in der Nähe sein. Aber ich habe auch die Spuren von lebenden Pferden gefunden. Wenigstens fünf Pferde müssen vor wenigen Tagen in heller Panik über diesen Weg galoppiert sein. Wenn ich den richtigen Weg eingeschlagen habe und mich nicht irre, müssen sie dahinten sein.« Sie zeigte zu den Bäumen. »Dort liegt eine Senke, nicht mehr als eine Achtelmeile entfernt, bei dem Dorf Deepdene am Wyvern-Bach, der durch die Wälder fließt und in die Tamesis mündet. Es ist saftiger Wiesengrund, ein guter Platz für Pferde zum Grasen und Ausruhen.«

»Hoffentlich hast du Recht«, murmelte Tania. Das durchdringende Heulen der Bluthunde jagte ihr kalte Schauer über den Rücken.

Cordelia ging rasch weiter, dicht gefolgt von den anderen. Nachdem sie jetzt die Richtung kannte, lief sie wie eine Gazelle durch den Wald, den Kopf hoch erhoben.

Der Hund tauchte urplötzlich auf, wie aus dem Nichts. Im ersten Moment nahm Tania nur einen dunklen Farbwirbel wahr, der von einem hohen Felsen herunterschoss.

Die Bestie warf sich auf Cordelia und schleuderte sie auf den Boden, sodass ihr das Schwert aus der Hand fiel. Was dann passierte, lief wie ein Film vor Tanias Augen ab: Cordelia wand sich verzweifelt unter dem riesigen Hund, rammte ihm ihren Arm zwischen die triefenden Lefzen und stemmte den hässlichen Kopf von sich weg, während sie mit der anderen Hand nach ihrem Schwert tastete.

Endlich riss Tania sich aus ihrer Erstarrung, stürzte nach vorn und stieß dem Tier mit aller Kraft ihr Schwert in die Flanke. Ein grässliches Heulen ertönte und der Hund stürzte zu Boden. Plötzlich nahm Tania eine Bewegung hinter sich wahr. Edric schrie etwas, dann ertönte ein Knurren, das abrupt verstummte. Etwas Schweres krachte zu Boden. Als Tania sich umwandte, lag dort ein zweiter Hund, und Edric stand mit erhobenem Schwert über ihm.

Cordelia kroch unter dem ersten Hund hervor und packte ihr Schwert. »Geschwind jetzt, die Hunde haben sicher ihre Artgenossen alarmiert.«

Wie der Wind liefen sie durch den Wald, sprangen über umgestürzte Bäume und achteten nicht auf die Äste, die ihnen ins Gesicht peitschten und sich in ihren Haaren verfingen. Ein schauerliches Bellen ertönte links von ihnen. Cordelia hielt kurz inne, dann schoss sie nach rechts. Doch sie waren kaum dreißig Schritte weit gekommen, als direkt vor ihnen erneut Hundegekläff ertönte. Wieder änderte Cordelia die Richtung.

Tania nahm jetzt überall in den Bäumen Bewegung wahr – graue Silhouetten, die durch die schlanken Birkenstämme huschten. Die Grauen Ritter waren hinter ihnen, zwar noch ein gutes Stück entfernt, aber sie rückten unaufhaltsam näher.

Das Hundegeheul kam jetzt von allen Seiten, es war wie eine Treibjagd. Keuchend stolperte Tania über den rauen Boden und spähte verzweifelt um sich. Ja, sie hatte sich nicht getäuscht: Große graue Gestalten kreisten sie weiträumig ein, und die kläffenden Hunde trieben sie wie Wild vor sich her.

»Sie hetzen uns in eine Falle!«, schrie Edric. »Wir müssen ausbrechen, schnell!«

»Soll ich die Wunschperle einsetzen?«, keuchte Tania.

»Nein!«, rief Zara. »Dazu ist es noch zu früh.«

»Und kein Täuschungszauber der Welt wird bei diesen Hunden wirken«, rief Cordelia, »denn sie folgen dem Geruch das schwarzen Bernsteins, Tania! Solange du den Vorrat bei dir hast, können wir sie nicht abschütteln.«

»Und wir können ihnen auch nicht mehr lange davonlaufen«, sagte Zara. »Wir sind umzingelt. Die Grauen Ritter werden uns jetzt jeden Moment angreifen und töten!«

»Wir müssen den schwarzen Bernstein wegwerfen!«, rief Edric. »Die Hunde von unserer Spur abbringen!«

»Aber wie sollen wir dann Oberon retten?«, keuchte Tania und spähte wild um sich. Die Grauen Ritter kamen immer näher. Schon hörte sie das Donnern der Hufe, sah die Schwertklingen blitzen und die grauen Umhänge wehen.

»Gib mir den Beutel mit dem schwarzen Bernstein!«, rief Cordelia und streckte blindlings ihre Hand nach hinten, wie eine Staffelläuferin, die nach dem Stab greift.

Tania nestelte im Laufen den Beutel los und drückte ihn Cordelia in die Hand. »Ich locke sie weg«, keuchte Cordelia. »Seht ihr das Farngestrüpp dort hinten? Verbergt euch darin. Ich bin gleich zurück.« Dann schoss sie davon, sprang durchs Unterholz und war verschwunden. Die anderen liefen zu den Farnen, warfen sich auf den Boden und verharrten dort stocksteif.

Mit klopfendem Herzen und nach Luft ringend lag Tania da. Wie hatte sie nur zulassen können, dass Cordelia einfach davonlief? »Wir müssen ihr nach«, flüsterte sie und rappelte sich schnell wieder auf.

Edric packte sie an ihrem Hemd und riss sie wieder auf den Boden herunter. Tania wehrte sich, bis Zara sich durch das Farnkraut zu ihr schlängelte.

»Pst!«, zischte sie Tania zu. »Cordelia weiß, was sie tut. Sei unbesorgt, die Bestien werden sie nicht fangen.«

Tania zwang sich stillzuhalten, obwohl sich alles in ihr dagegen sträubte, in einem Versteck zu warten, während Cordelia in Gefahr war. Das Hundekläffen schien sich zu entfernen. Tania hielt den Atem an und lauschte auf Hufschläge. Nichts.

»Ich glaube, es funktioniert«, sagte Edric zu Tania. »Ihr passiert nichts.«

»Na, hoffentlich hast du Recht«, fauchte Tania und funkelte ihn an. Plötzlich krümmte sie sich vor Schmerz: Was war das für ein Brennen unter ihren Kleidern? Wie rot glühendes Eisen. Vorsichtig tastete sie danach und ihre Finger trafen auf den Beutel mit dem Metallvorrat. Schreiend riss sie an ihrer Kleidung herum.

»Was hast du denn?«, rief Edric erschrocken und hielt sie fest.

»Das Metall!«, schrie Tania. »Ich verbrenne!« Endlich hatte sie es geschafft, den Beutel loszubinden und weit von sich zu schleudern. Als sie den Saum ihres Bauernkittels hob, sah sie eine große rote Brandwunde.

»Bist du verletzt?«, fragte Edric besorgt. »Ist es schlimm? Wir hätten daran denken müssen, dass du ohne den schwarzen Bernstein nicht mehr geschützt bist.«

»Nein, nein, ist schon okay«, sagte Tania tapfer. »Aber was machen wir jetzt? Wie in aller Welt sollen wir das Metall transportieren?« Sie robbte zu dem Beutel hin und tastete vorsichtig danach. Weil er nicht mehr heiß war, fasste sie ihn an, und sofort schoss der Schmerz in ihren Arm, sodass sie zurückzuckte und ihre brennenden Finger rieb. »So schlimm war es noch nie«, sagte sie zu Edric und Zara. »Als ich das letzte Mal Metall durch Stoff hindurch angefasst habe, hat mir das nichts ausgemacht. Warum dann jetzt?«

»Vielleicht tritt deine Elfennatur jetzt stärker hervor«, meinte Zara. »Dann wärest du auch empfindlicher gegenüber Isenmort.«

Wenn das stimmte, war der Zeitpunkt äußerst ungünstig. Tania stöhnte. Warum lief auf einmal alles schief? Der schwarze Bernstein weg, Cordelia verschwunden – vielleicht schon gefangen oder tot. Und jetzt konnte sie nicht einmal mehr den Beutel mit dem Metall tragen, das sie brauchten, um Oberons Gefängnis aufzubrechen.

»Pst!«, zischte Edric plötzlich.

Tania lauschte und hörte Fußgetrappel, das sich rasch näherte, dann heftiges Keuchen.

»Cordelia!«, rief Zara.

In diesem Moment stürzte Cordelia aus dem Wald hervor in ihr Versteck in die Farne, ließ sich auf die Knie fallen, den Kopf nach vorne. Ihr Haar war zerzaust, ihr Gesicht schweißüberströmt. Es dauerte eine Weile, bis sie wieder sprechen konnte. »Das war eine lustige Jagd!«, keuchte sie und wischte sich den Schweiß von der Stirn. »Aber das Glück war auf meiner Seite. Ich bin an eine Kluft gekommen und habe den Beutel hinabgeworfen.« Stolz lächelnd fügte sie hinzu: »Mindestens zwei von den Hunden sind hinterhergerannt. Ich hab's mit eigenen Augen gesehen, ehe ich weggelaufen bin. Jetzt wird dort für einige Zeit Verwirrung herrschen. Die Hunde sind darauf abgerichtet, dem schwarzen Bernstein nachzuspüren, und die Grauen Ritter werden sie so schnell nicht wieder herauflocken können.« Erst jetzt bemerkte sie die finsteren Mienen der anderen. »Was ist denn los?«, fragte sie.

»Tania wurde vom Isenmort verbrannt«, sagte Edric. »Wir wissen nicht, wie wir es jetzt transportieren sollen.«

»Und wenn wir es in Blätter und Baumrinde einwickeln?«, schlug Zara vor.

»Und was ist mit dem schwarzen Bernstein?«, fragte Tania. »Wie sollen wir jetzt Oberon befreien?«

»Vielleicht gibt es in Caer Kymry schwarzen Bernstein«, sagte Cordelia und Tania sah sie verwirrt an. Der Name klang irgendwie vertraut, aber sie wusste nicht, wann sie ihn schon gehört hatte.

»Caer Kymry ist das Schloss von Hopie und Lord Brython«, erklärte Cordelia. »Es liegt zwar etwas abseits von unserem Weg, aber es wäre gewiss lohnend, einen Abstecher dorthin zu machen.«

»Pst! Horcht nur!«, zischte Zara. »Wir müssen fort und zwar schnell!«

Hufgetrappel. Tania hörte es jetzt deutlich. Und es kam rasch näher. Die Angst schoss in ihr hoch und verdrängte jeden anderen Gedanken. In heller Panik stürzten alle aus dem Dickicht hervor und flohen in den Wald hinein. Tania warf einen Blick zurück, ohne etwas zu sehen, aber sie wusste, dass die Verfolger nicht weit sein konnten.

»Wir sind da!«, rief Cordelia über die Schulter und verschwand in einem dichten Rhododendrongebüsch. Als Tania die Zweige auseinanderbog, blickte sie in ein tiefes grünes Tal hinab, durch das sich ein Wildbach schlängelte. Und dort, im Schutz eines kahlen braunen Felshangs, standen mehrere edle Reitpferde.

Tania schlitterte hinter ihrer Schwester den Abhang hinunter, gefolgt von Zara und Edric, und bald liefen sie über das weiche Gras zu den Pferden. Cordelia war weit voraus und rief den Tieren etwas zu. Sie sprach in fremden, wiehernden Lauten und die Pferde trotteten freudig zu ihr und begrüßten sie mit gesenkten Köpfen.

Plötzlich blieb Tania stehen, drehte sich um und starrte Edric und Zara entsetzt an. »Ich habe das Metall vergessen!«, schrie sie. »Es ist noch im Wald!«

Zara wurde kreideweiß. »Wir können nicht mehr dorthin zurück.«

»Aber wir müssen!«, schrie Tania. »Ich gehe.«

Edric packte sie am Arm. »Nein!«

Tania funkelte ihn an. »Doch!«, schrie sie. »Es ist meine Schuld. Du kannst mich nicht aufhalten!« Aber ehe sie auch nur einen Schritt tun konnte, tauchten zwei Graue Reiter am Rand des Abhangs auf. Ein dritter kam hinzu, dann noch einer und noch einer, und im nächsten Moment wimmelte es auf dem ganzen Hang von untoten Kreaturen.

Eine von ihnen stieß einen lauten Triller aus. Die anderen stimmten ein und zogen ihre Schwerter. Dann gab der erste seinem Pferd die Sporen und stürmte den Abhang hinunter, dicht gefolgt von der restlichen Meute.

Das Isenmort war verloren. Edric packte Tanias Hand und lief mit ihr zu Cordelia, die bei den Pferden wartete. Wenig später saß Tania auf dem Pferderücken. Cordelia sagte etwas zu dem Tier und gab ihm einen sanften Klaps auf die Kruppe.

»Halt dich an der Mähne fest!«, rief sie Tania zu. »Und drück deine Beine an den Bauch!«

Wie in Trance sah Tania die anderen drei auf ihre Pferde springen und schon ging es in wildem Galopp durch das Tal. Hinter ihnen johlten die Grauen Ritter, aber Tania beachtete sie nicht. Mit tränenden Augen kauerte sie über dem Hals des Pferdes, ihre Finger in die flatternde Mähne gekrallt, die Beine eng an die Flanken des Tiers gepresst.

Obwohl sie schreckliche Angst hatte hinunterzustürzen, hielt sie sich irgendwie oben, während das Geschrei der Ritter langsam hinter ihnen verebbte. Nach einer Weile blickte Tania sich vorsichtig um. Cordelia ritt leicht und geschmeidig an ihrer Seite, Edric war dicht hinter ihr und Zara etwas weiter weg.

»Wir sind ihnen entkommen!«, rief Cordelia. »Alles ist gut!«

Tania starrte sie ungläubig an. Wie bitte? *Alles ist gut?* Der schwarze Bernstein und das Isenmort waren verloren, die Ritter von Lyonesse dicht hinter ihnen. Und selbst wenn sie es schafften, diese Monster endgültig abzuschütteln und nach Ynis Maw zu kommen, wie sollten sie dann Oberon retten? Oberon und das gesamte Elfenreich?

Ynis Maw

X

Riesige Elfensterne traten am Nachthimmel hervor, aber ihr Licht verblasste vor dem unirdischen Glanz der wuchtigen Kristallsäulen, unter denen die Reisenden nach einem langen anstrengenden Tagesritt Schutz gesucht hatten. Tania vergaß ihre schmerzenden Glieder, als sie auf den Ring aus funkelnden Kristallblöcken starrte, die in bizarren, unregelmäßigen Winkeln zum Himmel aufragten. Die Säulen waren fünf bis sechs Meter hoch, gut einen Meter dick, mit spiegelglatten, scharfkantigen Facetten, und das ganze Bauwerk erglühte in einem seltsamen blauweißen Licht, das gespenstische Schatten über den Wiesenhang warf.

Tania hatte vor zwei Stunden den ersten Blick darauf erhascht, ein fernes Aufblitzen von magischem, saphirblauem Licht am roten Abendhimmel, ein Strahlen, als habe jemand eine Handvoll nadelspitzer Edelsteine über eine einsame Hügelkuppe verstreut.

»Crystalhenge – endlich!«, hatte Cordelia gerufen. »Hier werden wir bis morgen Früh rasten.«

Doch als sie dann die Anhöhe hinaufritten und sich zwischen den riesigen Kristallsäulen bewegten, stockte Tania der Atem, so gewaltig war das Monument.

Die Pferde grasten ruhig am Hang. Die Wälder von Esgarth lagen zwei Tagesritte hinter ihnen, und bisher gab es keine Anzeichen, dass sie verfolgt wurden. Der erste Tag auf dem Pferderücken war eine Tortur für Tania gewesen. Cordelia war erbarmungslos weitergaloppiert, bis Tania sich kaum noch rühren konnte – ihre Schenkel brannten, ihre Finger, die sich in der Mähne festkrallten, waren taub, und ihr ganzer Körper schmerzte.

Als sie endlich anhielten, rutschte Tania vom Pferd und lag keuchend am Boden. Edric hatte ihr sanft die verkrampften Muskeln massiert, während ihre Schwestern zum nahen Seeufer gingen und Binsen sammelten, die Cordelia geschickt zu provisorischem Zaumzeug flocht.

Danach hatten sie die Reise fortgesetzt, viel zu schnell für Tanias Geschmack. Mit den Zügeln ging es jedoch etwas leichter, und jetzt erlaubte Cordelia ihnen, in gemäßigtem Trab zu reiten. Tania war viel zu erschöpft, um auf ihre Umgebung zu achten, aber am späten Nachmittag stand die Sonne vor ihnen, und das bedeutete, dass sie nach Westen ritten.

Die erste Nacht hatten sie in einem kleinen Eichenwald verbracht. Tania war auf den Boden geplumpst und trotz ihrer Schmerzen sofort eingeschlafen. Als sie erwachte, knurrte ihr der Magen vor Hunger, aber ihr Muskelkater war längst nicht so schlimm, wie sie befürchtet hatte. An diesem Morgen fiel es ihr schon leichter, sich auf dem Pferd zu halten, sie hatte wieder Kraft in den Muskeln, und es war, als erinnerte sich ihr Körper wieder an die Bewegung des Reitens.

Jetzt lag Tania im Gras ausgestreckt, die Arme hinter dem Kopf verschränkt, und blickte verträumt durch das bläuliche Licht der Kristallsäulen in den samtigen Nachthimmel auf. Die anderen redeten leise.

»Wie weit ist es noch bis Caer Kymry?«, fragte Zara.

»Drei Tagesritte«, antwortete Cordelia. »Wir haben uns wacker geschlagen, und ich schätze, wir haben etwa die Hälfte der gesamten Wegstrecke geschafft, aber das Land wird rauer, je weiter wir nach Westen reiten. Bei Elfindale können wir den Wildstrudelbach überqueren, und von dort geht es durch den Knorreichenwald und das Wilddämmertal zur Eichenringhöhe und in die Turmfalkenberge hinauf, die am östlichen Rand von Talebolion liegen. Dann müssen wir über Farnfeldhausen und Holzfarrenwinkel nach Nordwesten reisen und dem Fluss Hollingbourne folgen, bis wir den Halbmondgipfel erreichen. Von der Passhöhe aus müssten wir auf Caer Kymry, das Tal von Ynis und auf das große Westmeer hinuntersehen können.«

Tania liebte den Klang dieser poetischen Namen. Sie setzte sich auf und blickte gebannt in die Gesichter der anderen, die in das flackernde blaue Licht der hohen Kristallsäulen getaucht waren. »Ist alles im Elfenreich so schön wie das hier?«, fragte sie schlaftrunken. »Mir erscheint es wie ein Traum.«

»Im Elfenreich gibt es viele Wunder und Naturschönheiten«, entgegnete Zara lächelnd. »Einer meiner liebsten Orte ist das ferne Tal von Leiderdale in Dinsel. Dort steht ein hoher Fels, der oben ganz flach ist – der Hohe Chantrelle oder Sängerthron. Wenn man oben steht und gen

Westen blickt und singt, schicken einem die Talwände ein tausendfaches Echo zurück, so schön, dass einem das Herz aufgeht.«

»Hast du auch einen Lieblingsplatz, Edric?«

»Ich bin in Weir aufgewachsen«, erzählte Edric. »Zu meinen schönsten Kindheitserinnerungen gehören die Ausflüge zum Oberlauf des Lych, an einen Ort namens Reganfal. Das Land dort ist wild und rau und der Fluss stürzt über steile Felsen hinab. Im Hochsommer, wenn die Lachse springen und die Luft von schimmernden Regenbogen erfüllt ist, gibt es nichts Schöneres für mich.«

Tania lächelte und träumte einen Augenblick davon, eines Tages mit Edric nach Reganfal zu fahren, um die Regenbogen und Lachse zu bewundern. Falls sie dieses Abenteuer jemals überleben würden.

»Hätte ich die Wahl«, sagte Cordelia, »so würde ich die Flammenraine zu meinem Lieblingsplatz erklären.« Zu Tania gewandt fügte sie hinzu: »Durch die Flammenraine wären wir gekommen, wenn unsere Reise direkt nach Norden geführt hätte. Es ist ein wunderschöner Ort, Tania – wogende Felder und Wiesen, so weit das Auge reicht, alles mit leuchtend rotem Mohn übersät, Blüten, die sonst nirgends im Elfenreich wachsen und ständig ihre Farbe wechseln, wenn der Wind darüberstreicht.« Cordelia seufzte. »Einfach zauberhaft.«

»Hoffentlich werde ich alle diese Orte irgendwann sehen können«, sagte Tania.

»Oh ja, gewiss«, erwiderte Zara lächelnd. »Ich vertraue fest darauf.«

»Doch jetzt sollten wir ein wenig schlafen, um wieder zu Kräften zu kommen«, mahnte Cordelia. »Vor uns liegt noch ein mühseliger Weg, und mir wäre es lieb, wenn wir binnen drei Tagen die Stadtmauern von Caer Kymry erreichen, möglichst vor Anbruch der Dunkelheit. Ich werde die erste Wache übernehmen.«

»Meinst du, sie verfolgen uns noch?«, fragte Tania.

Cordelia runzelte die Stirn. »Ich habe uns auf verborgenen Pfaden geführt, um sie abzuschütteln, und nichts deutet darauf hin, dass uns der Hexenkönig auf der Spur ist. Dennoch fliegen die Vögel aufgescheucht gen Norden und Westen und die Tiere zittern in ihren Bauen. Die Angst geht um. Ich höre es im Rascheln der Blätter, im Wispern des Grases und im Murmeln des Wassers. Das Böse folgt uns, Tania. Ich spüre seinen Pestatem in meinem Nacken.«

Mit diesen Worten stand sie auf, ging zum Rand des Kristallrings, lehnte sich mit dem Rücken an die Steine und spähte in die Nacht hinaus, das Schwert griffbereit an ihrer Seite.

»Das ist ein tröstlicher Gedanke, der uns gewiss den Schlummer versüßen wird«, bemerkte Zara mit einem feinen Lächeln, während sie sich niederlegte, auf dem Gras zusammenrollte und fast sofort einschlief.

Edric und Tania rückten enger zusammen. Tania war froh, ihren Freund an ihrer Seite zu haben, nachts seinen Atem zu hören und zu wissen, dass sie nur die Hand nach ihm ausstrecken musste, wenn Gefahr drohte.

»Müde?«, fragte Edric.

»Ja. Aber mein Muskelkater ist nicht mehr so schlimm.«

»Gut. Du warst in schlechter Verfassung, als wir aufgebrochen sind. Ich hatte Angst, dass du vielleicht nicht durchhalten würdest.«

»Na, und ich erst!« Sie lagen auf dem Rücken und hielten sich an der Hand. Tania starrte schläfrig in den Himmel.

»Haben die Sternbilder Namen?«, fragte sie gähnend.

»Oh ja.« Edric zeigte mit dem Finger auf die Konstellationen. »Siehst du die Dreierreihe dort, von der zwei Sterne nach links abgehen? Das ist der *Verhungerte Narr*. Und die fünf Sterne hier, die wie ein »W« geformt sind, heißen das *Mädchen in Lila*. Und das hier ist der *Vogel Phoenix* und das daneben der *Singende Drache*.«

»Wieso ›Drache‹?«, murmelte Tania, die gegen die bleierne Müdigkeit ankämpfte.

»Streng deine Fantasie ein bisschen an«, sagte Edric. »Soll ich dir die Geschichte vom Vogel Phoenix und dem singenden Drachen erzählen?«

Tania schloss die Augen. »Ja, bitte.«

»Vor langer, langer Zeit«, begann Edric, »waren einmal drei junge Musikanten, die an einem Ort namens Reiherhügel lebten …« Aber schon wenig später erreichten sie Edrics Worte nicht mehr; sanft flossen sie ineinader und wurden zu einem warmen, tröstlichen Murmeln, das sie in den Schlaf wiegte.

»Nein! Nein! Nein!«

»Tania, wach auf! Ist ja gut!« Edrics Stimme riss Tania aus ihrem Albtraum. Als sie die Augen öffnete, stand er über sie gebeugt und blickte sie besorgt an.

»Oh Edric, es war so schrecklich!« Tania blickte in sein Gesicht, das im Schein der Kristalle bläulich leuchtete. Hinter ihm wölbte sich der tiefe samtene Nachthimmel des Elfenreichs.
»Es war doch nur ein Traum.«
»Aber er schien mir so wirklich«, sagte Tania schaudernd. »Und ich habe ihn auch nicht zum ersten Mal geträumt.« Sie ergriff Edrics Hand. »Wir waren in Ynis Maw«, erzählte sie stockend. »Und die Nacht war pechschwarz. Ein Gewitter tobte und es regnete wie verrückt. Du und ich, wir waren zusammen. Anfangs liefen wir durch eine Gegend mit vielen Felsen. Dann kletterten wir einen steilen Hang hinauf. Und ich habe gespürt, dass uns etwas folgte – ein Monster mit glühend roten Augen.« Sie zitterte am ganzen Leib bei der Erinnerung. »Du bist vorausgegangen und hast mir die Hand gereicht, aber als ich sie fassen wollte, warst du nicht mehr du selbst, sondern hattest dich in Gabriel Drake verwandelt. Gabriel packte mich und ich konnte nicht mehr loslassen.«
»Du Arme«, sagte Edric. »Aber ich bin ja bei dir und ich verwandle mich auch nicht – schon gar nicht in den Verräter Drake.«
»Versprich es!«
Edric lächelte. »Versprochen.« Er beugte sich vor und küsste sie sanft. »Und jetzt schlaf weiter«, flüsterte er zärtlich. »Wir haben einen schweren Tag vor uns.«
»Okay, ich versuch's.« Tania führte seine Hand an ihre Lippen und küsste sie. »Bleib bitte ganz nah bei mir, bis ich eingeschlafen bin.«

Edric nickte. »Verlass dich drauf.«

Tania schloss die Augen. Es war ein tröstliches Gefühl, seine Hand zu halten. Immer wieder tauchten einzelne Traumszenen in ihrer Erinnerung auf, wie helle Rauchschwaden in einem dunklen Nebel. Als sie erneut aufschreckte, lächelte Edric ihr zu.

Beruhigt legte sie sich wieder hin und war bald tief und fest eingeschlafen.

XI

Es war am späten Nachmittag, drei Tagesritte von Crystalhenge entfernt. Die vier Reisenden lagen bäuchlings am Rand einer hohen Felsenklippe, die über einer weiten Meeresbucht aufragte. Die Sonne stand tief am Horizont und tauchte das Wasser in ein weiches dunstiges Licht. Salzgeruch hing in der Luft. Die Klippe war ein Ausläufer der braunen Halbmondberge, die hinter ihnen aufragten. Cordelia war zu Fuß vorausgegangen, um die Gegend zu erkunden. Sie war rasch wieder zurückgekommen, hatte den Pferden zu warten befohlen und dann Tania und die anderen an diesen luftigen Ort geführt. »Seht euch vor«, hatte sie noch gewarnt, »das Böse geht um in der Kymry-Bucht.«

In den letzten zwei Tagen waren sie durch eine Landschaft mit schroffen steinigen Hängen und hohen bewaldeten Bergen geritten, von denen nackte braune Felszacken aufragten. Sie hatten tosende Wildbäche überquert und waren durch dichte Wälder mit finsteren Zypressen und uralten Tannen geritten. Immer wieder mussten sie absteigen und ihre Pferde steile Geröllhalden hinaufführen, wo Hufe und Füße ständig abrutschten. Dann wieder waren sie auf unpassierbare Abgründe oder Felsklippen gestoßen, sodass sie kehrtmachen und einen anderen Weg suchen mussten. Aber die ganze Zeit über führte Cordelia die Gefährten nach Westen in Richtung Caer Kymry, der meerumspülten Festung von Talebolion, wo Hopie mit Lord Brython lebte.

Als sie endlich die Küste dieses bergigen Landstrichs erreichten, fanden sie Caer Kymry im Belagerungszustand.

Die Kymry-Bucht war ein halbmondförmiger weißer Strand mit elfenbeinfarbenen, meerumspülten Felsklippen. Auf einem hohen Überhang in der Mitte der Bucht stand ein weißes Schloss, das durch einen schmalen Damm mit dem Festland verbunden war und perlmuttfarben schimmerte. Ein solches Bauwerk hatte Tania noch nie gesehen; es sah aus, als sei es von den Wellen selbst erschaffen worden. Es hatte hohe, nach außen gewölbte, geriffelte Mauern und runde Zinnen, von denen kleine Schneckentürmchen und dünne Spiralen aufragten wie die Zacken und Stacheln von Meeresmuscheln.

Tanias Herz klopfte, als sie auf die Bucht hinunterblickte. Ein Stück weit vom Schloss entfernt lagen zwei Schiffe auf dem Strand. Es waren Holzschiffe, lang und niedrig und breit in der Mitte, mit einem einzigen Mast, an dem ein großes quadratisches rotes Segel hing. Beide Schiffe hatten einen kunstvoll gearbeiteten Bug, der in einem Schlangenkopf mit gegabelter schwarzer Zunge auslief.

Eine Schar Grauer Ritter war auf dem Damm versammelt, der zu dem hohen Torweg der Burg führte. Tania kniff die Augen zusammen, und plötzlich sah sie ein grelles gelbes Licht aufflammen; ein Karren oder Wagen war in Brand gesteckt worden. Als die Ritter ihn über den Damm zum Torweg schoben, hagelte es Speere, Steine und Pfeile von den Burgmauern herab. Viele der Grauen Ritter wurden getroffen und lösten sich in Staub auf; andere erwiderten das Feuer und schossen Pfeile auf die Burgmauern. Trotz aller Gegenwehr näherte sich der brennende Karren unaufhaltsam den Burgtoren.

»Sie wollen das Tor niederbrennen«, stöhnte Cordelia. »Die Festung wird fallen.«

»Nein, sieh doch!«, rief Edric. »Jetzt kommen sie heraus!«

Im letzten Moment, ehe der brennende Wagen gegen die Torflügel prallen konnte, wurden diese von innen aufgestoßen. Ein Reitertrupp sprengte auf den Damm herunter und teilte sich, um den Flammen auszuweichen. Todesmutig warfen sich die Burgwachen dem Feind entgegen, mit Schwertern und Speeren bewaffnet, die hell in der Sonne blitzten. Selbst aus dieser Entfernung konnte Tania erkennen, dass die Rüstungen der Elfenritter genauso bizarr waren wie die Burg, aus der sie hervorströmten. Brustharnische und Schilde sahen aus wie Krabbenpanzer, und die Helme wie Schneckenhäuser oder Muschelhörner.

Zuerst warfen die Elfenritter die Angreifer mühelos zurück, aber immer mehr Graue Ritter drängten nach und bremsten abrupt den mutigen Ausfall der Burgwache, sodass ein fürchterlicher Tumult entstand.

»Wir müssen ihnen zu Hilfe eilen!«, knurrte Cordelia und sprang auf die Füße. Sie stellte sich an den Rand der

Klippe, wandte den Blick vom Schlachtgetümmel ab und stieß einen durchdringenden Pfiff aus. Kurz darauf galoppierten vier Rosse hastig den Hang herauf. Mit gezogenem Schwert und wildem Kampfgebrüll sprang Cordelia auf ihr Pferd und sprengte davon.

Tania schwang sich ebenfalls auf ihr Pferd, und aus dem Augenwinkel sah sie, dass Edric und Zara bereits aufgesessen waren. Sie nahm die Binsenzügel in eine Hand und zog mit der anderen ihr Schwert. Sie sah die Entschlossenheit und die Kampfbereitschaft in den Gesichtern ihrer Gefährten, doch sie selbst hatte plötzlich aller Mut verlassen.

Wir sind so gut wie tot! Wir müssten zu Hunderten sein, um sie zu schlagen!

Dann hörte sie in Gedanken Edens Stimme. *Es ist eine Wunschperle. Wenn du in Not gerätst, so nimm sie in deine Hand und wünsche dir, was immer du brauchst.*

Ob die Wunschperle mächtig genug war, um eine ganze Armee zu besiegen? Tania stellte sich eine Flut von Elfenrittern vor, die hoch zu Ross den Hang heruntergepreschten und die Grauen Ritter ins Meer warfen. Es war jedenfalls einen Versuch wert.

»Wartet!«, rief sie. »Es gibt noch eine andere Möglichkeit.« Hastig wühlte sie die Wunschperle hervor und wärmte sie in ihrer geschlossenen Hand. »Ich wünsche mir eine Elfenarmee!«, rief sie laut. »Ich wünsche mir, dass sie hier auf der Klippe auftaucht und die Grauen Ritter ins Meer wirft.« Dann riss sie ihren Arm herunter und knallte die Wunschperle mit voller Wucht auf die Steine.

Die kleine Kugel zerbarst in tausend Splitter. Ein seltsames Geräusch ertönte wie das leise Lachen Tausender zarter Stimmen und eine blaugrüne Rauchschlange stieg in den Himmel. Dann brauste ein Sturmwind durch die Luft. Tanias Kleider flatterten wild, die Haare peitschten ihr ins Gesicht. Fast wurde sie vom Pferd gerissen, als dieses sein Gewicht verlagerte und sich mit fliegender Mähne fester gegen den Fels stemmte.

Und plötzlich, wie aus dem Nichts, tauchte ein Heer von Elfenrittern auf. Sie trugen dieselben Krabbenpanzer wie die Burgwachen und jeder von ihnen war mit Speer oder Schwert bewaffnet.

Eine wilde Freude erfüllte Tania, als die Ritter ihre Pferde über den Klippenrand lenkten und zur Bucht hinunterpreschten.

»Kommt!«, rief Cordelia. »Wir müssen mit ihnen reiten! Die Schlacht ist eröffnet!«

Aber Zara ergriff sie am Arm. »Nein! Warte! Überlass es dem Geisterheer, das verfluchte Gesindel von Lyonesse niederzumachen, ehe wir unser Leben riskieren.«

Und so beobachteten sie von der Felsenklippe aus, wie die Elfenarmee über den steinigen Hang zur Burg hinabstürmte. Tania konnte kaum glauben, dass die Ritter nur eine Sinnestäuschung darstellten. Das Donnern der Hufe, das Klirren der Rüstungen, der ganze Schlachtenlärm, der weithin über die Bucht schallte – all dies sollte nur eine Täuschung sein? Wie viele Ritter hatte ihre Wunschperle heraufbeschworen? Fünfhundert? Oder mehr? Tania wusste es nicht. Aber eines stand fest: Die Elfenarmee war viel größer als die der Grauen Ritter.

Kaum sahen die Grauen Ritter am landwärtigen Ende des Damms die Elfenarmee heranpreschen, da brachen sie den Kampf mit der Burgwache ab und flohen feige auf ihre Schiffe. Die restlichen Grauen Ritter drängten nach, viele sprangen ins Meer und wateten ans Ufer, keiner wagte es, sich der Elfenarmee entgegenzuwerfen.

Tania sah einen der Caer-Kymry-Ritter hoch in den Steigbügeln stehen. Er schwenkte sein Schwert, um seiner Truppe zu bedeuten, dass sie die Verfolgung aufnehmen sollten. Immer mehr Elfenritter strömten aus den Toren, galoppierten den Damm entlang und warfen sich auf die Ritter von Lyonesse, die in heller Panik flüchteten. Brennende Pfeile wurden auf die Schiffe abgefeuert. Einige fielen ins Wasser, aber andere fanden ihr Ziel.

»Ha, welch ein Sieg!«, rief Cordelia mit leuchtenden Augen. »Kommt, lasst uns an ihrer Seite kämpfen!« Diesmal hielt niemand die Elfenprinzessin auf, als sie ihr Pferd den Hang hinabtrieb. Tania, Edric und Zara preschten hinterher, sodass ihnen der Salzwind ins Gesicht peitschte.

Doch ehe sie das Schlachtfeld erreichten, geriet das Geisterheer ins Stocken und begann sich aufzulösen. Bald waren die Gestalten so durchsichtig, dass das Meer und der Strand durch sie hindurchschimmerten. Entsetzt beobachtete Tania, wie sich nach und nach der ganze Hokuspokus in Dunst auflöste.

»Nein, kommt zurück!«, rief sie, denn sie fürchtete, dass die Grauen Ritter frischen Mut fassen und sich erneut ins Kampfgetümmel stürzen würden. Aber die Armee von Lyonesse war geschlagen und würde nicht so schnell wieder aufstehen. Eines der beiden Schiffe brannte bereits lichterloh. Die Burgwachen von Caer Kymry hatten die meisten der untoten Kreaturen vernichtet und waren gerade dabei, die letzten, die sich noch zeigten, in Staub zu verwandeln.

Der Burgritter, den Tania zuvor in den Steigbügeln gesehen hatte, war auf einer meerumtosten Klippe zum Stehen gekommen und blickte auf das Schlachtfeld hinaus. Tania hatte ihn zunächst für einen tapferen Heerführer gehalten, aber jetzt sah sie die Flut von langen dunklen Haaren, die unter dem Helm des Ritters hervorquollen und ihm fast bis zur Hüfte reichten. Im selben Moment drehte der Ritter sich um und Tania erkannte ihre Schwester Hopie.

Als Hopie sie bemerkte, stieß sie einen Freudenschrei aus, sprang vom Pferd und lief mit ausgebreiteten Armen zu ihr. Tania und ihre beiden anderen Schwestern gingen ihr über den weißen Sand entgegen; Zara hüpfte vor Freude wie ein kleines Mädchen, und Cordelia trillerte und johlte. Auch Hopies sonst so ernstes Gesicht strahlte.

»Nun verstehe ich auch, was es mit diesem Geisterheer auf sich hatte!«, rief sie lachend. »Das war einer von Edens Zaubertricks, nicht wahr? Ist sie bei euch?«

»Nein, aber sie ist in Sicherheit«, antwortete Tania. »Sie wartet mit Titania in den Wäldern von Esgarth.«

Hopies Augen leuchteten. »Die Königin ist im Elfenreich! Das sind wahrhaftig gute Nachrichten!«

Jetzt näherte sich ein zweiter Ritter, ein großer kräftiger Mann mit dunklen Augen und einem braunen Bart – Lord Brython, Hopies Gemahl. Er beugte sich über den Sattelknauf und lächelte die Prinzessinnen an. »Gut gemacht, holde Schwägerinnen«, lobte er. »Die Schlacht ist vorüber. Was bringt Ihr Neues aus dem Süden?«

»Ach, es gibt viel zu berichten, Mylord«, erwiderte Edric.

»Dann seid uns willkommen und nehmt unsere Gastfreundschaft an«, sagte Lord Brython. »Ihr seht aus, als hättet Ihr viele Nächte in der Wildnis zugebracht. Kommt, steigt wieder auf und folgt mir – und dann erzählt mir Eure Geschichten in den sicheren Mauern von Caer Kymry.«

XII

Innen war die Burg genauso seltsam wie außen, zumindest in Tanias Augen. Staunend blickte sie sich um, als sie durch einen langen gewundenen Flur mit runden flirrenden Wänden gingen, die wie Perlen schimmerten. Muschelfackeln erleuchteten den Weg und erfüllten die Luft mit einem diffusen Licht, das über die geschnitzten Krabben und Seepferdchen und die gemalten Fischschwärme spielte, die die Wände schmückten und sich in schillernder Pracht von der Decke bis zum Fußboden zogen.

Eine lange Wendeltreppe führte in ein hohes Turmzimmer hinauf, dessen Fenster aufs Meer hinausblickten. Der Raum erinnerte Tania an das Gehäuse eines Seeigels, segmentiert und gerieffelt, mit Wellenmustern bedeckt, die bis zu der spitz zulaufenden Decke reichten. Die Wände waren mit Meeresgetier geschmückt – leuchtend bunte Muscheln in allen Formen und Größen: Ufer- und Wellhornschnecken, Schneckenmuscheln, Miesmuscheln, Herz- und Jakobsmuscheln. Auf den Fenstersimsen lagen getrocknete Seepferdchen, bizarr geformte Korallenstücke und glatt geschliffene Steine. Die Sesselbezüge waren mit Bildern von zahllosen Meereswesen und wogendem Seegras bestickt.

Die vier Reisenden ließen sich auf bequemen Polsterbänken nieder, und die Schlossdiener brachten ihnen zu essen und zu trinken. Nach dem Mahl erwartete sie ein heißes Bad und ein weiches Bett, aber zuerst setzten sich Hopie und Lord Brython zu ihnen. Der Burgherr und seine Gemahlin hatten ihre Rüstungen abgelegt und trugen jetzt einfache braune Seidengewänder. Lord Brython erzählte, wie die Lyonesse-Schiffe in der Dämmerung aufgetaucht waren und die Grauen Ritter die Burg angegriffen hatten. Viele der untoten Kreaturen waren bei dem missglückten Sturm auf die Burgmauern gefallen, ehe die restliche Truppe sich zurückzog, um den Großangriff zu planen, den Tanias Wunschperlenarmee durchkreuzt hatte.

»Warum sind sie mit nur zwei Schiffen gekommen, Mylord?«, fragte Edric. »Wir haben gehört, dass eine ganze Armada auf dem Weg hierher sein soll.«

»Es wird wohl nur die Vorhut gewesen sein, die unsere Kampfbereitschaft auf die Probe stellen sollte«, erwiderte Lord Brython. »Wenn der Hexenkönig tatsächlich eine ganze Armada angefordert hat, glaube ich kaum, dass sie in dieser Gegend landet. Sie wird an der Südküste entlangsegeln und in Caer Marisoc vor Anker gehen. Von dort aus werden sie durch Udwold vorrücken und zu den Truppen des Zauberers stoßen.«

»Es sei denn, sie umrunden Rhye Beacon und dringen ins Mündungsgebiet der Tamesis ein«, gab Hopie zu bedenken. »In Fortrenn Quay ist das Wasser so tief, dass dort Hunderte von Schiffen ankern können.«

Dann erzählten die Besucher, was sie in den letzten Wochen erlebt hatten, sowohl in der Welt der Sterblichen als auch im Elfenpalast.

»Wir mussten den schwarzen Bernstein loswerden, sonst hätten uns die Hunde erwischt«, erzählte Tania schließlich. »Und irgendwie war ich so durchgedreht, dass ich den Beutel mit dem Metall vergessen habe – dem Isenmort, meine ich.« Verzweifelt blickte sie Hopie an. »Und wir brauchen doch den schwarzen Bernstein und das Isenmort, um den König zu retten. Aber jetzt ist unser Plan im Eimer, und zwar total.«

»Ich habe sie hierhergeführt, weil ich hoffte, dass ihr einen kleinen Bernsteinvorrat besitzt«, fügte Cordelia hinzu. »Der Legende nach war das einst der Fall.«

»Ach, was gäbe ich darum, wenn Ihr Recht hättet«, seufzte Lord Brython. »Aber wir haben nichts. Zwar ist es richtig, dass einst alle großen Burgen im Elfenreich einen solchen Schatz besaßen, doch wurde er längst fortgebracht. Wusstet Ihr das nicht, Mylady? Der schwarze Bernstein, der die Kronen von Oberon und Titania schmückt, stammt von den zehn Caers.«

»Nein, das wusste ich nicht«, sagte Cordelia betroffen. »Dann habe ich uns in die Irre geführt – wie töricht von mir!«

»Nein, liebe Schwester, das hast du nicht«, sagte Hopie. »Denn wäret ihr nicht zur rechten Zeit gekommen, so würden jetzt vielleicht die verfluchten Kreaturen von Lyonesse in diesen Räumen tafeln.« Lächelnd fügte sie hinzu: »Das Schicksal webt seine Netze auf wundersame Weise, um seine verborgenen Ziele zu erreichen.«

»Du sprichst wie Sancha, wäre sie hier«, sagte Zara. »Und du hast Recht: Edens Wunschperle hat in der Tat Caer Kymry und alle seine Bewohner gerettet, doch bringt uns das der Erfüllung unserer Aufgabe keinen Deut näher. Wie sollen wir jetzt unseren Vater aus Ynis Maw zurückholen?«

Hopie runzelte die Stirn und saß einen Augenblick schweigend da. »Der Wandteppich von Fidach Ren könnte die Antwort enthalten«, sagte sie schließlich. »Kommt, ich will es euch zeigen.«

Tania und die anderen folgten Hopie in einen zweiten Raum, der kleiner war als der erste und fensterlos. Nur Kerzenlicht erhellte ihn. An einer Wand hing ein Wandteppich. Tania betrachtete ihn staunend. Das Elfenreich war ein zeitloser Ort, und sie war es gewöhnt, von Wesen und Gegenständen umgeben zu sein, die seit Jahrtausenden existierten, aber der Wandteppich war das Erste hier, das nicht nur uralt *war*, sondern auch so aussah.

Der Stoff war völlig zerschlissen und an den Rändern ausgefranst, und die Farben waren zu stumpfen Brauntönen verblasst, sodass es eine Weile dauerte, bis Tania das Bild erfasste. Nach langem Hinsehen trat eine stark stilisierte Landschaft hervor oder vielmehr eine Felszunge, die ins grüne Meer hinausragte. Am dunstigen Horizont zeichnete sich eine dunkle Silhouette ab, wie von einem schroffen Berggipfel, der aus dem Wasser ragte. Aber etwas anderes erregte Tanias Aufmerksamkeit. Etwas, das durch die Luft schwirrte. Geflügelte Wesen. Sie trat näher heran, um die fliegenden Gestalten genauer zu betrachten. Was war das? Vielleicht Insekten – Riesenlibellen oder etwas in der Art? Nein, doch nicht.

Tania zog die Luft ein. Die schlanken Wesen waren fliegende Elfen. Keine Elfenkinder, sondern Erwachsene mit durchsichtigen Flügeln an den Schultern. Tania dachte an die Flügel, die ihr im Krankenhaus aus dem Rücken gewachsen waren. Sie hatte nie vergessen, wie atemberaubend schön das Gefühl zu fliegen gewesen war. Als sie jetzt diese Szene auf dem Wandteppich sah, krampfte sich ihr Herz zusammen, als habe sie einen schrecklichen Verlust erlitten.

»Der Wandteppich ist unvorstellbar alt«, begann Hopie, und ihre Stimme wurde zu einem ehrfürchtigen Raunen. »Er zeigt Fidach Ren im fernen Norden von Prydein, die Insel im Meer ist Ynis Maw.«

»Ynis Maw?«, wiederholte Tania. »Das ist doch der Ort, an dem Oberon gefangen gehalten wird.«

»Was sind das für fliegende Wesen?«, fragte Zara.

»Um den Wandteppich herum verläuft eine Schrift«, erklärte Hopie. »Es sind Worte in einer uralten Sprache, einige sind noch entzifferbar. Die Schrift erzählt von einem uralten Geschlecht, das in der Wildnis von Fidach Ren lebte und die *Karken von Ynis Maw* genannt wird.«

»Was bedeutet der Name?«, fragte Tania.

»Er bedeutet ›Die Hüter des Schwarzen Eilands‹«, erwiderte Hopie.

»Der Legende nach sind diese Wesen seit urdenklichen Zeiten mit Ynis Maw verbunden«, fügte Lord Brython hinzu. »Und zudem sollen sie die Bewahrer eines uralten Geheimwissens sein.«

Hopie blickte ihre Schwestern an. »Wenn euch jemand bei eurer Aufgabe helfen kann, unseren Vater zu befreien, dann ist es dieses wilde Volk, auch wenn es wunderlich und gefährlich ist.«

Zara betrachtete den Wandteppich genauer. »Aber kann das denn wahr sein? Und falls diese Wesen jemals existiert haben, wer sagt uns denn, dass ihre Nachfahren tatsächlich noch irgendwo im rauen Norden hausen?«

»Es gibt viele seltsame Geschöpfe in den Bergen von Prydein«, sagte Edric. »Im Herzogtum Weir wagt sich kaum jemand über den Lych hinaus, und selbst das Volk von Caer Circinn in Minnith Bannwg hält sich an den östlichen Ufern.«

»Vierundzwanzig Meilen Bergland liegen zwischen uns und dem direkten Weg nach Norden«, warf Cordelia ein. »Und von dort bis Fidach Ren sind es noch über hundert Meilen. Wir müssen sofort aufbrechen, wenn wir auch nur die geringste Aussicht auf Erfolg haben wollen. Könnt ihr uns Essen, Wasser und Decken für die Reise mitgeben und vielleicht auch ein paar frische Pferde?«

»Ihr könnt nicht aufbrechen, ohne wenigstens eine Nacht geschlafen zu haben«, protestierte Hopie.

»Und warum wollt Ihr den mühseligen Landweg nehmen?«, sagte Lord Brython. »Eines der Schlangenboote liegt noch am Strand, Ihr könntet damit an der Küste entlang gen Norden segeln. Und wir geben Euch ein paar vertrauenswürdige Seeleute mit auf den Weg.«

Zara lächelte und ihre blauen Augen leuchteten. »Seeleute, sagt Ihr? Nein, lieber Schwager, wir brauchen keine

Seeleute. Zeigt mir einen großen, nach Norden gerichteten Felsen, auf dem ich stehen kann, und ich werde mit meinem Gesang einen Wal heraufbeschwören, der uns nach Fidach Ren geleitet.«

»Und ich werde ihm die Wichtigkeit unseres Auftrags klarmachen«, fügte Cordelia eifrig hinzu. »Die Wale in diesen Gewässern sind edle Tiere – ich zweifle nicht daran, dass eines von ihnen uns helfen wird. Auf nach Norden, Schwestern!«

»Dennoch könnt Ihr nicht aufbrechen, ohne zu rasten«, sagte Lord Brython. »Lasst Euch ein warmes Bad richten und schlaft eine Nacht in unseren Mauern, ehe Ihr die Segel setzt.«

»Wohlan«, sagte Cordelia mit funkelnden Augen. »Aber wir brechen im ersten Morgenlicht auf!«

XIII

Tania erwachte von Edrics Stimme. Er saß über sie gebeugt, das Gesicht von einer Kerze erleuchtet, die in einer Laterne aus schimmerndem, durchsichtigem Perlmutt brannte. Der Raum dahinter lag in tiefer Dunkelheit und die Luft war erfüllt von Meeresrauschen.

»Wie spät ist es?«, murmelte Tania schlaftrunken. »Ist der Morgen schon da?«

»Gleich wird es dämmern«, erwiderte Edric.

Tania setzte sich auf und rieb sich die Augen. »Lass mir noch ein paar Sekunden Zeit.«

Edric wartete vor dem Zimmer draußen, während Tania sich Wasser aus einer großen Muschelschale ins Gesicht spritzte und sich dann anzog. Ihre Reisekleider waren über Nacht gewaschen und getrocknet worden.

»Hast du gut geschlafen?«, fragte Edric, während sie die lange Wendeltreppe hinabstiegen.

»Wie ein Stein«, sagte Tania und nahm seine Hand. »Und du?«

Edric nickte. »Ich auch. Aber es war ein komisches Gefühl, als ich aufgewacht bin und nicht als Erstes in dein Gesicht sehen konnte. Irgendwie hatte ich mich daran gewöhnt«, fügte er grinsend hinzu.

Tania blieb stehen.»Ich auch«, sagte sie und blickte ihm tief in seine warmen braunen Augen.»Wenn doch nur ...«

»Wenn was?«, fragte Edric leise und zog sie an sich.»Wenn wir doch nur mehr Zeit miteinander gehabt hätten, bevor das alles passiert ist. So kommt es mir vor, als ob wir ... als ob wir gar nichts voneinander gehabt hätten, verstehst du? Aber das ist mal wieder typisch – kaum verliebe ich mich, womm! Schon geht die Welt unter.«

»So schnell geht die Welt nicht unter«, sagte Edric grinsend und strich ihr übers Haar.»Wenn du mich fragst, hat der Hexenkönig keine Chance gegen uns beide. Der Typ ist jetzt schon Hackfleisch.«

Tania drückte lachend seine Hand.»Worauf du dich verlassen kannst.«

Dann küssten sie sich, und einen Augenblick glaubte Tania beinahe, dass es wahr sein könnte.

»Ich liebe dich so sehr«, flüsterte Edric.»Und meine Liebe ist stärker als die Macht des Hexenkönigs. Nichts und niemand auf der Welt kommt dagegen an.«

Tania biss sich auf die Lippen, um nicht in Tränen auszubrechen. Beinahe hätte sie laut hinausgeschluchzt, dass alle Liebe der Welt nicht stark genug war, um den Hass des Hexenkönigs zu besiegen.

Schnell wandte sie den Blick ab.»Sind die anderen schon auf?«, fragte sie und ging weiter die Treppe hinunter.

»Ja, ich glaube, Cordelia ist schon seit Stunden wach.« Edric sah sie unsicher an.»Ich muss dir noch etwas sagen: Zara kommt nicht mit uns.«

»Warum nicht?«, rief Tania erschrocken. »Stimmt was nicht mit ihr?«

»Nein, nein. Sie wird es dir selbst erklären.«

Lord Brython und die drei Prinzessinnen erwarteten sie auf dem Balkon, der auf das westliche Meer blickte. Es war noch dunkel und im Osten füllten die Umrisse des wuchtigen Halbmondgipfels den halben Himmel aus. Auf dem Tisch stand ein Frühstück aus Fisch, Käse und frisch gebackenem Brot bereit.

Tania setzte sich Zara gegenüber. »Edric hat gesagt, dass du nicht mitkommst«, begann sie.

»Nein, in der Tat«, antwortete Zara. »Hopie hat mich in aller Frühe aufgeweckt und ich habe lange mit ihr und ihrem Gemahl gesprochen. Mir ist eine neue Aufgabe zugefallen.«

»Wenn wir die Flotte von Lyonesse aufhalten wollen, müssen wir alle unsere Truppen zusammenziehen«, erklärte Lord Brython. »Pinzessin Zara wird mit einigen vertrauenswürdigen Rittern gen Süden nach Mynwy Clun reisen, um Hilfe von Graf Valentyne zu erbitten.«

»Von Edens Mann?«, fragte Tania. »Aber warum Zara? Kann das nicht jemand anders machen?«

»Brython und ich sind hier unabkömmlich«, sagte Hopie. »Wir wissen nicht, ob noch mehr Schlangenboote auftauchen, und wir dürfen Caer Kymry nicht ohne Führung lassen. Aber wenn wir Valentynes Hilfe wollen, müssen wir einen Botschafter von hohem Rang schicken. Ein Mitglied der königlichen Familie.«

»Graf Valentyne ist das Oberhaupt eines vornehmen

alten Elfengeschlechts«, erklärte Lord Brython. »Als die Große Dämmerung kam und Eden sich in ihren einsamen Turm zurückzog, hat er den Hof verlassen, um nach Caer Mynwy zurückzukehren. Dort lebt er seitdem und will mit dem Rest der Welt nichts mehr zu tun haben.«
»Er wäre ein mächtiger Verbündeter gegen Lyonesse«, fügte Zara hinzu. »Er befehligt eine Armee, die ihm treu ergeben ist. Ich muss mit ihm sprechen und ihn bitten, uns beizustehen und seinen König zu verteidigen.« Tröstend legte sie ihre Hand auf Tanias Arm. »Sei nicht traurig über diesen Abschied, Schwester, wir sehen uns bald wieder in fröhlicheren Zeiten. Wir werden das Böse besiegen, dessen bin ich gewiss. Und du und ich, wir werden wieder im Großen Ballsaal tanzen und Duette auf Spinett und Laute spielen, so wie früher.«

Tania holte tief Luft. »Ja«, sagte sie. »Ja, natürlich.«

Die Sonne versteckte sich noch hinter den Bergen, aber um den Halbmondgipfel zeigte sich ein lichter Rand, und im Osten dämmerte es bereits, als Zara auf einem hohen flachen Felsen vor der Burg draußen stand und ihren Beschwörungszauber begann. Tania hatte ihre Schwester schon oft singen gehört, ja sogar gesehen, wie Delfine und Fische nach ihrer Melodie tanzten. Aber noch nie hatte sie so geisterhafte Töne vernommen, wie sie jetzt aus Zaras Kehle drangen.

Die Prinzessin stand dem Meer zugewandt, die Arme ausgestreckt, und ihre Stimme stieg und fiel in stetigem Rhythmus, steigerte sich bisweilen zu einer hohen, durchdringenden Melodie wie der Schrei der Seemöwen und sank wieder zu einem tiefen, lang gezogenen Ton ab, der die Felsen unter ihren Füßen erbeben ließ. Während Zara sang, brach langsam der Tag an, und das Licht kehrte in die Welt zurück. Der graue Himmel färbte sich zartblau über der wogenden dunklen See.

Tania sah ihren Schatten nach Westen fallen und spürte eine plötzliche Wärme im Nacken. Als sie sich umblickte, war die Sonne über die Bergkuppe gestiegen und überflutete die Welt mit einem harten weißen Licht, so gleißend, dass ihr die Augen davon tränten.

Dann spürte sie Edrics Hand in ihrer. »Hier«, murmelte er und zeigte nach unten. »Siehst du das?«

Das Sonnenlicht tanzte und funkelte auf dem Wasser, aber alles, was Tania wahrnahm, war eine gewaltige Bewegung, zu mächtig für eine bloße Welle – dort hinten, weit, weit draußen auf dem Meer.

»Sie kommen«, wisperte Cordelia, die neben ihr stand. »Bei allen gütigen Wassergeistern – seht nur, wie sie herbeischwimmen!«

Die Bewegung an der Meeresoberfläche kam langsam näher.

»Unsere Schwester besitzt fürwahr eine mächtige Gabe«, murmelte Hopie ehrfürchtig.

Zwei dunkle Silhouetten glitten in einem gewaltigen, brodelnden Schaumkessel landeinwärts. Etwa zwanzig Meter vom Strand entfernt bremsten sie schwungvoll ab. Jetzt erkannte Tania die beiden glatten graublauen Buckel, die eine einzige Rückenflosse trugen.

»Das sind Buckelwale!«, rief sie aufgeregt und ergriff Edrics Hand.

Einer der Wale hob seinen langen Kopf mit den Barten aus dem Wasser und zeigte ihnen seine runzlige weiße Kehle. Der andere tauchte ab, die große fächerförmige Rückenflosse hoch in der Luft, ehe er sie ins Wasser zurückklatschen ließ und eine Schaumfontäne in die Luft jagte. Wenige Sekunden später tauchte der Wal wieder auf, sein riesiger grauer Körper war viel schöner und majestätischer als alles, was Tania jemals gesehen hatte. Der Wal sprang fast ganz aus dem Wasser, drehte sich auf die Seite und ließ sich wieder fallen, sodass der ganze Himmel voll weißer Gischt war.

Zaras Lied war jetzt zu Ende und Cordelia lief zu ihr auf die Klippe. Die Wale kamen noch näher an den Strand und reckten die Köpfe aus dem Wasser. Die Augen waren winzig im Vergleich zu den riesigen Köpfen und doch war ihr Blick erschreckend intelligent.

»Seid gegrüßt, weise Wanderer«, rief Cordelia. »Herrscher der Tiefsee, mächtige, großmütige Brüder, wir erbitten heute eine Gunst von euch.«

Tania sah Hopie an. »Meinst du, sie helfen uns?«

Hopie nickte. »Ja«, antwortete sie. »Sie werden uns helfen.«

Tania schnappte nach Luft. »Wow – ich wusste gar nicht, dass Wale so schnell schwimmen können.«

Sie stand neben Edric im Bug des Schlangenboots und klammerte sich an die Wanten. Der Wind peitschte ihr die

Gischt ins Gesicht, und die Planken unter ihren Füßen erbebten.

»Ich habe ihnen gesagt, dass es schnell gehen muss!«, rief Cordelia von ihrem Ausguck auf dem Schlangenhals der Galionsfigur herunter. »Zu Pferd hätte uns diese Reise zehn bis zwölf Tage gekostet, aber dank der hilfsbereiten Meeresbewohner in unseren Diensten können wir hoffen, die Schwarze Insel binnen drei Tagen zu erreichen!«

Cordelia hatte nicht lange gebraucht, um die Wale zu überzeugen. Und so wie die beiden Meeresriesen im Wasser tobten und Gischtfontänen in die Luft sandten, konnte man geradezu meinen, sie seien froh, etwas gegen den bösen Hexenkönig unternehmen zu können.

Es hatte seine Zeit gedauert, starke Taue aufzutreiben und aneinanderzubinden, damit sie lang genug für einen provisorischen Walharnisch waren. Als das geschehen war, hatte Cordelia ihre Überkleider abgestreift und war mit einem geschmeidigen Kopfsprung ins Wasser gehechtet, um den Männern in den Ruderbooten dabei zu helfen, die Wale anzuschirren. Die Seile wurden vorn am Schlangenboot vertäut und die Wale zogen es mühelos ins Wasser herunter.

Dann kam der Abschied. Tania fiel es schwer, sich von der fröhlichen Zara zu trennen, die ihr von allen Schwestern die liebste war und sie oft genug aufgemuntert und getröstet hatte. Traurig winkte sie den Zurückbleibenden auf den Felsenklippen zu, als die Wale die Taue straff zogen und das Boot aus der Bucht hinausschleppten.

Sie reisten jetzt schon eine ganze Weile nach Westen, hatten die bewaldete Insel Ynis-Tal umrundet, mit dem offenen Meer zu ihrer Linken. Doch inzwischen war längst kein Land mehr in Sicht und sie sausten auf der grenzenlosen blauen See nach Norden.

»Wir sind jetzt in der Damaszener-Bucht!«, rief Cordelia. »Wenn die Sonne im Zenit steht, werden wir die große Insel Chalzedonien am Horizont sehen. Jenseits davon liegt die Küste des Herzogtums Weir, dort, wo dreihundert Fuß hohe Klippen senkrecht in die trügerische See abfallen.«

»Und dann?«, fragte Tania.

»Danach kommt ein langer Fjord namens Beroald-Sund«, sagte Edric. »Das ist die Nordküste von Weir, und wenn wir der Küstenlinie ostwärts folgen, erreichen wir die Mündung des Lych und von dort die Gegend von Caer Liel. Aber wir werden die Mündung beim Galgenfels überqueren.«

»Ah, sieh an, der Galgenfels«, sagte Cordelia und kletterte von ihrem Ausguck hinunter. »Der südlichste Vorberg von Prydein. Jenseits davon liegen nur noch die Hiobs-Zunge und die Wildnis von Obervoltar und Rhoth. Und hinter Rhoth beginnt die lange schwarze Küste von Fidach Ren.« Sie wischte den feinen Sprühnebel von ihrem Gesicht. »Ich sterbe vor Hunger; diese Seeluft höhlt mich aus wie einen Kürbis.« Dann ging sie festen Schrittes über das Deck zu der Truhe, die mit Reiseproviant gefüllt war.

Edric spähte angestrengt nach Norden. »Mir gefällt dieser Himmel nicht«, sagte er.

Tania folgte seinem Blick. Dicke dunkelgraue Wolken türmten sich am Horizont auf und bildeten eine finstere Barriere über dem Meer. »Ist das ein Unwetter?«

»Ja, und wie es aussieht, ein schlimmes.«

Eine Weile beobachteten sie, wie sich die Gewitterwolken vor ihnen zusammenballten, während die zerklüftete Küste von Weir an ihnen vorbeiglitt. Am Nachmittag färbte sich der Himmel schiefergrau, und die Sonne verblasste zu einer wässrigen Scheibe, dann zu einem bloßen Dunstklecks, bis die Wolkengebirge sie schließlich ganz verschluckten. Ein kalter Wind fuhr in die Takelage und eisige Regentropfen klatschten auf ihre Haut.

»An der Nordküste von Weir gibt es Ankerplätze«, sagte Edric. »Wenn wir der Küste nach Osten folgen, finden wir dort vielleicht Unterschlupf.«

Cordelia nickte kurz und kletterte wieder auf den Hals der Galionsfigur, um den Walen neue Anweisungen zuzurufen.

Eine Weile fuhren sie an der rauen Küstenlinie stetig nach Osten, doch das Unwetter folgte ihnen auf dem Fuß, und sie fanden keinen Ankerplatz an den scharfen schwarzen Klippen, die aus dem Meer ragten wie mörderische Fänge. Graue Schleier hingen über dem finsteren Meer, und der Regen fegte unablässig über das Schiff. Die See wurde unruhig, weiße Schaumkronen tanzten auf den Wellen. Das Schiff geriet ins Schlingern, die Taue strafften sich, um im nächsten Moment wieder lose herunterzuhängen, wenn die Wale gegen die Dünung ankämpften. Plötzlich schwappte ein riesiger Brecher über den Bug und krachte über Tania hinweg, die keine Zeit mehr hatte, sich in Sicherheit zu bringen.

Tania wurde zu Boden geschleudert und schlitterte über die Schiffsplanken, ruderte verzweifelt mit Armen und Beinen, um irgendwo Halt zu finden. Schließlich krachte sie gegen etwas Hartes und konnte sich gerade noch festklammern, als das Wasser um sie herumwirbelte.

»Tania!«, schrie Edric über das Tosen hinweg.

»Hier!«, rief sie zurück und schüttelte ihren Kopf, um die nassen Haare aus den Augen zu bekommen. Sie war über das halbe Deck geschlittert und klammerte sich jetzt am Mast fest. Edric kämpfte sich zu ihr und Cordelia hielt krampfhaft die verknoteten Enden der Zugseile fest.

»Bist du verletzt?«, rief Edric.

»Nein!« Das Schiff schoss ins nächste tiefe Wellental, und das Deck tauchte ab, sodass Tania nur noch eine brodelnde Wasserwand sah, die bedrohlich über ihr aufragte.

Das Schiff schoss schlingernd wieder hoch und das Wasser strömte über das Deck. Dann traf sie die volle Wucht des Sturms, der wie ein wütender Dämon über das Meer tobte. Wind und Regen peitschten über sie hinweg und schleuderten das Schiff herum wie eine Nussschale. Tania würgte einen Schwall Salzwasser hervor, und plötzlich sah sie Cordelia, die sich mit schreckensbleichem Gesicht an den Bug klammerte.

»Nicht loslassen!«, rief Edric. »Ich komme!«

Das Deck kippte wieder nach unten. Hinter Edric donnerte ein riesiger Brecher über den Bug, der Lärm war ohrenbetäubend. Als die Welle brach, sah Tania, dass Cordelia verschwunden war. Die Welle hatte einen Teil des Bugs einfach fortgerissen und die Elfenprinzessin mitgenommen.

XIV

»Cordelia!«, schrie Tania. In panischer Angst schlitterte sie über das überflutete Deck, kroch auf Händen und Füßen zu der Stelle, an der sie ihre Schwester zuletzt gesehen hatte.

»Tania, nein!« Edrics Stimme drang durch das Heulen des Sturms zu ihr, aber sie achtete nicht darauf. Verzweifelt zerrte sie an einem abgebrochenen Holzstück – einem Überrest des Schandeckels, der den Bug umgeben hatte. Die ganze Galionsfigur war fort, weit unten am Bugspriet abgesplittert. Auch die Zugseile und der Bugspriet selbst waren weg.

Tania starrte auf das tobende Meer. »Cordelia!« Ihr Schrei erstickte im Sturm, kaltes Wasser klatschte ihr ins Gesicht, und das Deck hob sich.

Dann spürte sie Edrics Arme um ihre Taille. »Wir müssen ... fort ... von hier ...«, stieß er hervor und hielt sie krampfhaft fest. »Zu ... gefährlich ...«

Tania starrte in sein weißes Gesicht. »Cordelia!«

»Ich weiß. Wir können ... nichts ... tun ...«

Einen Arm fest um ihre Taille geschlungen, kämpfte er sich von dem zertrümmerten Bug fort. Das Schiff kippte und schlingerte wieder und plötzlich standen sie bis zur

Brust im Wasser. Jetzt erst begriff Tania, dass sie in Lebensgefahr schwebte. Sie klammerte sich an die Reling und stemmte sich gegen die Wassermassen, die sie vom Deck zu fegen drohten. Ein tiefes schauriges Ächzen erfüllte die Luft. Das Schiff wurde auf die Seite gezerrt und das Deck kippte. Sie hörte Holz splittern und der ganze Schiffsrumpf erbebte. Zackige Felsklippen ragten wie riesige schwarze Zähne im Regen auf. Dann schwappte ein Brecher über sie hinweg und nahm ihr die Sicht. Das Deck erbebte. Edrics Arm rutschte ab und Tania hörte ihn schreien. Das Holzstück, an dem sie sich festklammerte, hatte sich gelöst. Ein Strudel erfasste sie, sie wurde unter Wasser gezogen und wie eine Stoffpuppe herumgeschleudert. Sie ließ das Holz los und schwamm mit angehaltenem Atem, die Augen voller Schaumblasen.

Irgendwann stieß sie gegen etwas Hartes, Scharfes. Ein Fels. Sie fasste danach, aber das Wasser riss sie weg. Der Lärm des sinkenden Schiffes drang an ihr Ohr, vom tosenden Meer tausendfach verstärkt.

Ich ertrinke ...

Dann stieß etwas gegen ihren Rücken. Schon wieder ein Fels, dachte sie verzweifelt, aber letztlich war es egal, ob sie ertrank oder an einer Klippe zerschmettert wurde. Sterben musste sie sowieso, es war aus und vorbei ...

Wieder ein Stoß, diesmal noch heftiger. Da war etwas, das sie vorwärts und nach oben drückte, und endlich nahm sie das grünliche Leuchten über ihrem Kopf wahr. Sie schöpfte wieder Hoffnung, strampelte mit den Beinen und schwamm an die Oberfläche. Keuchend tauchte sie aus dem Wasser auf und füllte ihre Lungen mit Luft. Ringsum tobten riesige Wellen, die Luft war von peitschendem Regen und dichtem Nebel erfüllt.

Wohin in aller Welt? Sie war ganz allein in dem Unwetter und ihre Kräfte ließen sie im Stich. Dann streifte etwas ihre Beine. Eine breite dreieckige Silhouette pflügte durch die See. Tania fasste danach und wurde in einer brodelnden weißen Fahrrinne durch das Wasser gezogen. Sie weinte vor Erleichterung: Die Wale waren ihr zu Hilfe geeilt.

Es war so dunkel, dass Tania nicht sehen konnte, wohin die Reise ging, aber immer wenn ein Blitz einschlug, erhaschte sie einen Blick auf ein hohes Kliff, das rechts von ihr aufragte. Plötzlich glitt der Wal unter ihr weg, und Tania blieb allein zurück, wassertretend und nach Luft ringend. Eine große stumpfe Schnauze stupste sie an und stieß sie zu den steilen Klippen hin. Das ist zu weit!, wollte sie schreien. Aber die Schnauze schubste sie noch einmal und da schwamm sie los.

Bald spürte sie etwas Festes unter den Füßen. Die Wellen schwappten gegen sie, als sie über eine glatte schlüpfrige Oberfläche stolperte. Die Brandung wälzte sie unablässig herum. Mit letzter Kraft schleppte sie sich aus dem Meer und lag keuchend auf einem glänzenden schwarzen Felsen.

Nach einer Weile rappelte sie sich auf und stolperte über die glitschigen Felsen zu einem steilen Überhang hinauf. Hier war sie zumindest vor dem Regen und dem eisigen

Wind geschützt. Sie lehnte sich an einen Felsen, mit angezogenen Knien, die Arme um ihre Schultern geschlungen. Ihre Freude über die wundersame Rettung war schnell verflogen. Ihr Schwert war fort. Das Schiff war fort. Cordelia war fort. Allein und verlassen saß sie an dieser unwirtlichen Küste fest, und Edric war ... nein, oh nein! Nur nicht darüber nachdenken. Das war jetzt einfach zu viel für sie.

Vielleicht wäre es besser gewesen zu ertrinken.

Tania hatte bereits jede Hoffnung aufgegeben, als zwei dunkle Gestalten im Regen auf sie zukamen.

»Tania!«, rief eine der Gestalten.

Schreiend vor Freude sprang Tania auf und stürzte auf die beiden Gestalten zu, die sich als Edric und Cordelia entpuppten. »Ich dachte, ihr seid beide tot«, schluchzte sie und vergrub ihren Kopf an Edrics Schulter.

»Ein Wal hat mich an Land gebracht«, berichtete Cordelia, als Tania ihr um den Hals fiel. »Habe ich dir nicht gesagt, welch edle Geschöpfe sie sind?«

»Mich haben sie auch gerettet«, sagte Edric. »Uns alle.« Er starrte auf die tosende See hinaus. »Hoffentlich passiert ihnen nichts.«

»Nein, Master Chanticleer, seid unbesorgt«, beruhigte ihn Cordelia. »Den Walen kann nichts geschehen. Sie werden jetzt in tieferes Wasser schwimmen.« Mit zusammengezogenen Brauen starrte sie zu der Steilklippe hinauf. »Doch wie soll es jetzt weitergehen? Dieses Unternehmen ist wahrlich vom Pech verfolgt.«

»Wir müssen zuallererst vom Strand weg«, sagte Edric.

»Das hier ist nicht die Wildnis von Prydein. Wir sind an der Küste von Weir. Hier gibt es Straßen und Dörfer und Berghöfe. Es wird uns schon jemand helfen.«

»Aber die Königin hat uns gewarnt, nicht auf Lord Aldritch zu zählen«, wandte Cordelia ein. »Glaubt Ihr denn, dass zwei Elfenprinzessinnen an einem solchen Ort zu einer solchen Zeit Zuflucht finden werden?«

»Oh ja, solange niemand weiß, wer ihr seid«, erwiderte Edric. »Wenn wir gefragt werden, gebe ich mich als Edwin Poladore aus und euch beide als meine Schwestern Dorimar und Brosie. Wir werden sagen, dass wir aus dem Süden kommen und vor den Grauen Rittern geflohen sind. Aber kein Wort über das Schiff, hört ihr? Wir erzählen den Leuten, dass wir mit dem Wagen unterwegs waren und ein Rad verloren haben, und dann sind uns die Pferde durchgegangen. Und jetzt sind wir auf dem Weg in das Dorf Lud.«

»Ist das ein Ort, den es wirklich gibt?«, fragte Tania.

»Ja, ein abgelegener Weiler in den Bergen oben, im Quellgebiet des Lych«, erwiderte Edric. »Falls jemand fragt, sagen wir, dass wir dort Verwandte haben.« Er wischte sich den Regen aus den Augen und spähte zum Kliff hinauf. »Aber jetzt müssen wir erst mal vom Strand weg – und das wird vermutlich schwierig werden.«

Der Aufstieg war weniger anstrengend, als Edric gedacht hatte. Sie fanden bald eine Stelle, wo das schwarze Gestein geborsten und abgebröckelt war und Händen und Füßen genügend Halt bot. Trotzdem war es mühsam durch das

Chaos aus regennassen Felsbrocken, wassergefüllten Klüften und windgepeitschtem Gestrüpp, aber sie kamen stetig voran.

Tania war bald durchgefroren bis auf die Knochen. Trotzdem kletterte sie verbissen weiter, die Augen zu schmalen Schlitzen verengt, einen Arm bei Edric untergehakt. Cordelia ging ein Stück vor ihnen, tief geduckt unter dem prasselnden Regen. Plötzlich merkte Tania, dass der Boden unter ihren Füßen nicht mehr so holprig war, und blickte sich neugierig um. Der Weg, dem sie folgten, wand sich durch die Berge, ein einfacher, löchriger Erdpfad, schlammig vom Regen, aber das erste hoffnungsvolle Zeichen, das auf bewohnte Gegenden hinwies.

»Was glaubt Ihr, in welcher Richtung unsere Zuflucht liegt, Master Chanticleer?«, sagte Cordelia zu Edric.

»Ich weiß nicht, Mylady«, gab Edric kleinlaut zu.

Einen Augenblick herrschte Schweigen.

»Hier lang«, bestimmte Tania schließlich und ging nach links, die beiden anderen mit sich ziehend.

»Warum?«

»Weil es bergab geht.«

»Horcht!«, zischte Cordelia. Es war das erste Wort, das seit einer Ewigkeit gefallen war. Der Weg durch die Berge hatte sich als Enttäuschung erwiesen, denn sie irrten nun schon seit Stunden ziellos herum.

Jetzt hielten sie an. Tania lauschte angestrengt, hörte aber nur das Heulen des Sturms und das Rauschen des Regens. »Was ist?«, fragte sie.

»Hufe«, sagte Cordelia. »Und Räder. Und Gesang. Auf dem Weg hinter uns.«

Tania drehte sich um und starrte in die Richtung, aus der sie gekommen waren. Nach ein paar Sekunden tauchte ein Pferdegespann hinter einer Biegung auf. Die Pferde trotteten mit gesenktem Kopf dahin. Der Wagen hatte hohe Holzwände und eine Dachplane – und vorn auf dem Kutschbock saß breitbeinig ein Mann in einer schweren Öljacke. Er sang lauthals und schnalzte mit den Zügeln dazu.

*»Der Mann im Mond zieht seinen Schlafrock aus,
löscht seine Kerz, lässt die Latern zu Haus.
Legt an seine beste Festtagshaut,
zu feiern, bis der Morgen graut,
zu feiern, bis der Morgen graut.«*

Tania, Edric und Cordelia drängten sich am Wegesrand zusammen, als der Wagen näher kam. »Rede nur, wenn es unbedingt sein muss«, sagte Edric zu Tania. »Er wird sonst misstrauisch, wenn er deine Sprache hört.«

Dann trat Edric mit erhobenen Händen vor. »Sei gegrüßt!«, rief er laut. »Drei verirrte Wanderer suchen Hilfe in dieser stürmischen Nacht.«

Der Fuhrmann zog die Zügel an und die Pferde blieben stehen. »Was in Dreiteufelsnamen höre ich da? Verirrte Wanderer? Nur ein Narr wagt sich in einer solchen Nacht hinaus! Nein, spart euch die Antwort, steigt nur flugs in meinen Wagen, dort ist Platz genug. Ich führe Vorräte mit –

und Mäntel. Hüllt euch darin ein und macht es euch bequem. Und dann erzählt mir, was drei nasse Häufchen Elend bei einem solchen Wetter in dieser Einsamkeit verloren haben.«

Dankbar stiegen sie in den Wagen, der mit Kornsäcken und Obst- und Gemüsekörben beladen war. Dazwischen lagen ein paar verschnürte Tuchballen herum, die warme Wollumhänge mit weiten Kapuzen enthielten. Die drei Reisenden hüllten sich darin ein und Edric erzählte seine erfundene Geschichte. Der Fuhrmann stellte keine Fragen, denn die Schreckensnachricht vom Überfall der Grauen Ritter hatte sich bereits bis nach Weir verbreitet, und er konnte verstehen, dass sie der Gefahr entfliehen wollten.

»Aber wohin nun des Weges?«, fragte er schließlich. »In diesen Zeiten dürfen Reisende aus dem Süden nicht auf allzu viel Freundlichkeit hoffen, da Oberon unser Land entehrt hat, indem er Lord Gabriel in die Verbannung schickte.«

Tanias Magen krampfte sich zusammen. »Woher wissen Sie das?«, platzte sie heraus. Edric warf ihr einen warnenden Blick zu, aber der Fuhrmann antwortete unbeirrt: »Das weiß hier jeder, Mädchen. Es heißt, Lord Gabriel sei zu Unrecht am Königshof in Ungnade gefallen.« Kopfschüttelnd fügte er hinzu: »Eine verschlagene, heimtückische Brut, dieses Königshaus Oberon Aurealis.«

Cordelias Augen blitzten, aber Edric packte sie am Arm und hielt sie davon ab, hinterrücks über den Mann herzufallen. Zähneknirschend gab sie sich geschlagen und hielt still.

»Wir kennen da eine andere Geschichte«, erwiderte Edric vorsichtig. »Soviel wir gehört haben, war die Strafe, die der König eurem Lord Gabriel auferlegt hat, mehr als verdient.«

»Gewiss wird man bei euch im Süden anders darüber denken«, räumte der Fuhrmann ein. »Doch tätet ihr gut daran, solche Reden für euch zu behalten, solange ihr durch Weir reist, damit ihr nicht vom Regen in die Traufe kommt.« Er schnalzte mit den Zügeln und fügte hinzu: »Und ich rate euch, ganz besonders auf eure Worte zu achten, wenn eure Reise heute Abend zu Ende ist.«

»Warum?«, wollte Tania wissen. »Wohin fahren wir überhaupt?«

»Ja nun, nach Caer Liel, Mädchen«, entgegnete der Mann. »Und seht her – da ist es schon!«

Tania zog sich auf die Knie hoch und spähte dem Fuhrmann über die Schulter. Als sie um eine Wegbiegung kamen, öffnete sich vor ihnen ein langes steiles Tal, und am anderen Ende, auf einem schroffen schwarzen Berg, ragte die Festung Weir mit ihren schwarzen Mauern und den schwankenden roten Wachlichtern auf. Es war der Stammsitz von Gabriel Drakes Familie.

XV

Von bösen Vorahnungen erfüllt, ergriff Tania Edrics Hand, als der Wagen den höchsten Punkt des langen Zickzackwegs erreichte, der zum Torweg der Burg von Lord Drake führte. Wie gierige Krallenfinger ragten die Türme von Weir in den stürmischen Himmel. Dunkle Banner knatterten im Wind und der Regen schoss in Sturzbächen von den Zinnen der Burg herab. Ein Mann in einem Umhang trat aus dem Wachhaus und redete kurz mit dem Fuhrmann, ehe er wieder in der Düsternis verschwand. Die riesigen, mit schwarzem Stein beschlagenen Holztore gingen knarzend auf. Der Fuhrmann trieb seine Pferde an und der Wagen rumpelte durch den dunklen, hallenden Torweg in einen gepflasterten Burghof hinein.

»Und nun lebt wohl!«, rief der Fuhrmann. »Mein Weg führt zu den Ställen, aber ihr müsst euch beim Hauptmann der Burgwache anmelden. Und fürchtet nichts: Er wird euch nicht abweisen. Ihr dürft auch die Mäntel behalten, die ich euch geliehen habe.«

»Das ist sehr freundlich«, sagte Edric.

»Es heißt, ein großmütiges Herz trägt seinen Lohn in sich selbst, und vielleicht werden mir die Glücksgeister irgendwann einmal beistehen für meine guten Taten.«

Tania und die anderen stiegen vom Wagen und blickten ihm nach, als er zwischen den hohen Steintürmen davonrumpelte.

»Denkt daran, was er gesagt hat«, warnte Edric. »Sprecht nicht mehr als unbedingt nötig und sagt nichts, was euch verraten könnte. Niemand darf wissen, woher wir kommen.«

»Ich verstelle mich nicht, Master Chanticleer«, protestierte Cordelia entrüstet. »Wenn ich gefragt werde, sage ich frei heraus, dass ich eine Tochter von König Oberon bin.«

Tania legte ihrer Schwester die Hand auf den Arm. »Cordie«, bat sie, »bitte vergiss dieses eine Mal, wer du bist – bitte!«

Cordelia schnaubte angewidert. »Ich werde nicht zur Lügnerin.«

»Mylady, dann seid so gut und schweigt«, sagte Edric.

Im selben Moment ging eine Tür auf, und das warme rote Licht, das von drinnen kam, wies ihnen den Weg in den einfachen Wachraum.

»Ich bin Nathaniel Ambrose, Hauptmann von Lord Aldritchs Burgwache«, begrüßte sie ein großer Mann in einer schwarzen Uniform. Er schlug die Tür hinter ihnen zu, um Wind und Regen auszusperren. »Nennt eure Namen und die Geschäfte, die euch nach Caer Liel führen, und wenn ihr gute, ehrliche Leute seid, sollt ihr uns willkommen sein.« Er deutete auf einen Steinkamin, in dem rosige Flammen tanzten. »Wärmt euch hier«, sagte er, »und erzählt mir eure Geschichte – Essen und Trinken lasse ich euch unterdessen bringen.«

Ein Soldat brachte Brot, Käse und einen Krug Wasser, dann setzten sie sich ans Feuer, und Edric tischte auch dem Hauptmann seine erfundene Geschichte auf. Dieser hörte zu, ohne eine Miene zu verziehen, als Edric erzählte, wie ihr Wagenrad auf dem steinigen Weg gebrochen war und die Pferde durchgegangen waren. Anfangs fürchtete Tania noch, erkannt zu werden, doch der Hauptmann schien keinerlei Verdacht zu schöpfen, nicht einmal, als er sie aufforderte, ihre Mäntel abzulegen und sich am Feuer zu trocknen. Mit ihren nassen Haaren und der einfachen Bauernkleidung sahen sie vermutlich nicht sehr prinzessinnenhaft aus, und es war sehr lange her, seit Edric das letzte Mal in Gabriel Drakes Auftrag hier gewesen war.

»Und wohin wollt ihr jetzt?«, erkundigte sich der Hauptmann.

»Wir haben entfernte Verwandte in einem Dorf namens Lud«, antwortete Edric. »Vielleicht finden wir dort Unterschlupf.«

»Gut«, sagte der Hauptmann und nickte. »Heute Nacht könnt ihr hierbleiben. Ich werde sehen, ob ich euch morgen Früh Pferde für die Weiterreise bereitstellen kann. Wenn nicht, müsst ihr auf einen Fuhrmann warten, der nach Norden unterwegs und bereit ist, euch mitzunehmen.« Er brüllte einen Befehl und sofort erschien ein Soldat in der Tür. »Bringe diese Leute in den oberen Räumen des Torhauses unter«, befahl er und zu Edric gewandt fügte er hinzu: »Dort seid ihr vor Wind und Regen geschützt und für eure Bedürfnisse ist gesorgt.«

»Vielen Dank, Sir!«, sagte Tania leise. »Das ist sehr freundlich.«

Der Hauptmann verneigte sich tief. »Nein, Mädchen, das ist ein Gebot der Gastfreundschaft. In so einer Nacht würde ich keinen Hund vor die Tür jagen. Kein Feind hat je diese Mauern erstürmt, und ich wette mit euch, dass die alten Steine hier sogar den Hexenkönig höchstpersönlich aufhalten würden.«

Der Soldat führte sie im Schein einer Kerze über eine schmale Turmtreppe zu einer Reihe von kleinen kahlen Zellen hinauf, die jeweils nur mit einer armseligen Pritsche ausgestattet waren. Tania sagte Edric und Cordelia Gute Nacht, als jeder von ihnen in eine der Zellen entlang des Gangs geführt wurde. Im ersten Moment erschien es ihr verdächtig, dass sie getrennt wurden, doch dann erinnerte sie sich an die Wärme und Herzlichkeit, die der Hauptmann ihnen erwiesen hatte. Es gab keinen Grund, allen Leuten im Herzogtum Weir zu misstrauen, nur weil Gabriel Drake von hier stammte. Edric war schließlich auch hier aufgewachsen. Es musste ein seltsames Gefühl für ihn sein, verkleidet und als Verfolgter an den Ort seiner Kindheit zurückzukehren.

Sobald Tania die Tür hinter sich geschlossen hatte, streifte sie ihre Überkleider ab und schlüpfte unter die Decke, die auf der schmalen Pritsche lag. Es war überraschend bequem, und bald wurde sie so schläfrig, dass ihr fast die Augen zufielen. Direkt über ihr war ein hohes schmales Fenster in die dicke Steinmauer eingelassen. Der Regen strömte an den Scheiben herunter, und dahinter war alles pechschwarz, aber sie hörte den Sturm, der immer noch hoch oben in den Bergen wütete. Schließlich blies sie ihre Kerze aus und rollte sich zum Schlafen ein.

Das Letzte, was sie vor sich sah, ehe sie einschlief, waren Gabriel Drakes silbrige Augen, die in die Dunkelheit spähten. Auf einmal erstarrte sein ruheloser Blick und blieb auf Tania gerichtet. Spöttisches Gelächter drang an ihr Ohr.

Tania stand am Fenster. Der Regen lief immer noch an den Scheiben herunter, und sie beugte sich weit über den Steinsims, um auf den Weg zu blicken, der sich in die Berge hinaufwand. Ein Trupp Soldaten mit roten Fackeln stand auf dem oberen Wegstück Spalier und eine verhüllte Gestalt mit einer weiten Kapuze ritt zwischen ihnen die Steigung hinauf. Der Reiter hielt sein Pferd an der Stelle an, wo der Pfad in den Torweg mündete.

Der Hauptmann der Wache trat zwischen den Mauern hervor. »Seid gegrüßt, Mylord!«, rief er. »Willkommen zu Hause.«

»Es ist schön, wieder hier zu sein, selbst in einer Nacht wie dieser«, erwiderte der Reiter, und seine Stimme jagte Tania kalte Schauer über den Rücken.

Dann hob der Reiter den Arm, streifte die Kapuze ab, und dann erblickte sie das schöne, kalte Antlitz von Gabriel Drake.

Tania fuhr aus dem Schlaf und starrte zu dem hohen schmalen Fenster hinauf. Im ersten Moment wusste sie nicht, wo sie war.

»Burg Weir«, wisperte sie, als die Erinnerung zurückkehrte. Kein Wunder, dass sie an einem solchen Ort Albträume hatte! Und doch ist alles in Ordnung, sprach sie beruhigend zu sich selbst. Niemand hatte sie erkannt und Gabriel war weit weg im Süden. Bei Tagesanbruch konnten sie ihre Reise fortsetzen.

Im Raum war es jetzt ganz still, das Rauschen von Wind und Regen war verstummt. Tania hob den Kopf und spähte aus dem Fenster. Draußen war es noch dunkel, aber ein gespenstischer rötlicher Glanz zeigte sich oben am Fenstersturz. Sie schüpfte aus dem Bett und tappte über den nackten Holzboden. Die Mauer war so dick, dass sie sich weit vorbeugen musste, um den Griff zu fassen und das Fenster ins Dunkel aufzustoßen. Ihre Fußspitzen berührten kaum noch den Boden, als sie sich hochreckte, um hinunterzusehen. Unter ihr fielen die grauen Steinmauern des Torhauses senkrecht zu dem gewundenen Bergpfad ab.

Tania zuckte zusammen, als sie die Quelle des roten Lichts erkannte. Zwei Soldatenreihen bildeten ein Spalier am Wegesrand und ein einsamer Reiter trabte langsam zwischen ihnen zum Tor hinauf. Mit angehaltenem Atem, die vor Kälte klammen Finger in das Mauerwerk gekrallt, starrte sie auf die fackelerleuchtete Szene hinunter. Der Reiter war in einen schwarzen Umhang gehüllt, aber er trug keine Kapuze.

»Nein ...«, wisperte Tania. »Bitte nicht ...«

Der Hauptmann der Wache trat aus dem Dunkel hervor.

»Hauptmann Ambrose.« Gabriels samtige Stimme drang mit der eisigen Luft zu ihr empor. »Weckt meinen Vater.

Ich möchte ihn sprechen und erwarte ihn im Obsidiansaal.«

»Ja, Mylord.«

Gabriel trieb sein Pferd an und verschwand unter dem Torbogen, gefolgt von den Fackelträgern, die ihr Spalier auflösten. Dröhnend fiel das Tor zu. Tania glitt auf den Boden. Es konnte kein Zufall sein, dass Gabriel in derselben Nacht in Caer Liel eingetroffen war wie sie. Irgendwie musste er erfahren haben, dass sie und ihre Gefährten hier waren. Sie dachte an jene Worte, die ihr keine Ruhe ließen: »Ihr werdet niemals von mir loskommen! Wusstet Ihr das nicht? Wir sind für immer miteinander verbunden.«

Tania starrte auf die Tür, darauf gefasst, dass jeden Moment ein säbelrasselnder Soldat hereinstürzen und sie zu Gabriel schleppen konnte, der bereits auf sie lauerte wie die Spinne im Netz. Aber kein Stiefeltritt war auf der Treppe zu hören und keine Faust hämmerte an die holzgetäfelte Tür.

Langsam stand sie auf und fasste wieder Mut. Als sie sich angezogen hatte, öffnete sie leise die Tür, die auf den kahlen, fackelerleuchteten Gang hinausging. Einen Augenblick lang starrte sie auf Edrics und Cordelias geschlossene Türen und überlegte, ob sie die beiden wecken sollte. Aber dann ließ sie es sein. Erst musste sie herausfinden, warum Gabriel Drake hier war, und allein würde sie viel weniger auffallen als in Begleitung.

Lautlos schlich sie die Wendeltreppe hinunter. Aus dem geschlossenen Wachraum drangen die Stimmen der Soldaten. Tania hörte ganz deutlich die Worte »von den Toten auferstanden«. Damit war zweifellos Gabriel gemeint. Die

Verbannung nach Ynis Maw war fast immer eine Reise ohne Wiederkehr, sodass die Wachen vermutlich vollkommen entgeistert gewesen waren, als ihr junger Herzog den Burgweg heraufkam.

Tania entdeckte eine zweite Tür gegenüber dem Wachraum und zog sie vorsichtig auf. Die Tür führte in einen langen Gang mit Fenstern an der Seite, die zum Hof gewandt war. Eine lange Reihe von ausgestopften Einhornköpfen zierte die andere Wand. Tania wandte schnell den Blick von diesen grausigen Trophäen, dann schlich sie auf Zehenspitzen den Gang entlang und huschte durch die Tür am anderen Ende hinaus. Gabriel hatte gesagt, dass er seinen Vater im Obsidiansaal erwarte. Aber wo war das? Caer Liel war riesig; wie sollte sie sich hier jemals zurechtfinden? Doch eine innere Stimme trieb sie weiter. Hastig durchquerte sie eine große, mit Steinplatten ausgelegte Vorhalle. In der einen Wand waren hohe schwarze Türen eingelassen, und eine Steintreppe führte zu einer Galerie hinauf.

Geh die Treppe hinauf – du wirst ihn finden.
Wie denn?
Das Band zwischen euch führt dich zu ihm.

Tania stieg die Treppe hinauf. Dieselbe Macht, die ihr den Traum geschickt hatte, führte sie jetzt zu Drake. Dicke schwarze Vorhänge verbargen einen Torbogen, direkt vor ihr. Wenn sie hindurchtrat, würde sie Gabriel finden, das wusste sie.

Rasch zwängte sie sich zwischen den Vorhängen hindurch und gelangte auf einen hohen Balkon über einem weiten luftigen Saal, der ganz aus schwarzem Stein bestand. Fackeln hingen an den Wänden und tauchten alles in flackerndes Licht. Tania hielt sich im Dunkeln und spähte vorsichtig über die Balustrade. Jetzt sah sie, dass die Wände des Saals mit blitzenden schwarzen Obsidianplatten in unterschiedlichen Winkeln ausgelegt waren. Diese Platten spiegelten sich endlos ineinander, sodass der Eindruck entstand, als dehnten sich unzählige kleine Raumfragmente mit Tausenden brennender Fackeln in alle Himmelsrichtungen aus.

Zwei Männer befanden sich in der Halle. Der eine saß auf einem wuchtigen Thron, der andere kniete vor ihm. Der Mann auf dem Thron war in einen dicken schwarzen Pelzmantel gehüllt. Er hatte strenge Züge, dünne graue Haare und tief liegende Augen. Das konnte nur Herzog Aldritch sein. Der andere Mann war Gabriel Drake. Tania lauschte auf ihre Stimmen, die klar und deutlich zu ihr heraufdrangen.

»Meine Freude über deine Rückkehr aus Ynis Maw hält sich in Grenzen, mein Sohn, da ich die Mittel, durch die sie zuwege gebracht wurde, nicht gutheißen kann.« Die Stimme des Herzogs war leise und befehlsgewohnt. »Das Herzogtum Weir verbündet sich nicht mit Lyonesse«, fuhr er fort. »Das wäre eine Schändlichkeit, die unsere Stammburg in ihren Grundfesten erbeben ließe. Unsere Ahnen drehen sich gewiss im Grabe um.«

»Aber ich habe mich nicht mit Lyonesse verbündet«,

wandte Gabriel mit schmeichelnder Stimme ein. »Hört mich doch an, Mylord! Oberon wurde vom Hexenkönig gefangen gesetzt, und das Haus Aurealis ist für immer zerstört. Der Hexenkönig sitzt jetzt auf dem Thron des Elfenreichs und alle anderen sind geflohen. Eine Armada ist auf dem Weg von Lyonesse hierher und wird binnen weniger Tage landen. Dann werden die Streitkräfte des Hexenkönigs über das Elfenreich hinwegfegen und alles vernichten, was auf ihrem Weg liegt.« Gabriel hob den Kopf und blickte seinem Vater in die Augen. »Sie werden alle auslöschen, die Oberon noch die Treue halten. Ich verlange nicht, dass Weir sich mit Lyonesse verbündet, doch muss ich in den Süden zurückkehren mit Eurem Gelöbnis, dass Ihr den Hexenkönig zumindest nicht angreifen werdet.« Er legte seine Hand auf die Knie des alten Herzogs. »Ich möchte nur unser Haus retten, Vater. Der Hexenkönig wird das Elfenreich erobern, das ist nicht zu verhindern.«

»Du bringst mir schlimme Kunde, mein Sohn«, wetterte der Herzog. »Deine Worte überzeugen mich nicht. Das Haus Weir hat immer Seite an Seite mit Aurealis und den anderen großen Geschlechtern des Elfenreichs gestanden, in den langen Kriegen gegen Lyonesse. Und doch verlangst du von mir, dass ich vor dem Hexenmeister in die Knie gehen und nicht einmal versuchen soll, seine Armeen aufzuhalten?«

»Tretet ihm jetzt nicht offen entgegen, Vater«, warnte Gabriel und erhob sich. »Die Zeit wird kommen, da Ihr Mittel und Wege findet, ihn zu besiegen. Doch wer sich ihm jetzt widersetzt, geht unter. Seine Feinde fliehen vor ihm, und die Jagd auf die königliche Familie ist eröffnet, auch wenn die Königin und ihre Töchter sich noch verstecken. Jetzt, in diesem Augenblick, greifen die Truppen von Lyonesse Caer Kymry an, und es wird bald fallen.«

Tania lächelte grimmig – wenn Gabriel wüsste!

»Prinzessin Rathina hat ihre Familie verlassen und sitzt neben dem Hexenkönig auf dem Thron des Elfenpalasts«, fuhr Gabriel fort. »Titania und die anderen Prinzessinnen sind auf der Flucht und werden bald gefasst werden. Ich erhielt die Erlaubnis, hierherzukommen und Euch vom Widerstand abzuraten. Der Hexenkönig gibt uns sein Wort, dass Weir unbehelligt bleibt, wenn Ihr ihn nicht angreift.«

Der alte Herzog runzelte die Stirn. »Prinzessin Rathina hat das Königshaus verraten, sagst du?«

»Ja, wahrhaftig, das hat sie.«

»Dann kann die Macht der Sieben nie mehr angerufen werden«, murmelte der Herzog und nickte, das Gesicht in tiefe Falten gelegt. »Wenn diese mächtige Waffe gegen die Feinde des Elfenreichs verloren ist, so magst du dem Zauberer meinen feierlichen Schwur überbringen, dass Weir nicht gegen ihn ins Feld ziehen wird.«

Tania wusste nicht, was Herzog Aldritch mit der »Macht der Sieben« meinte, aber es war ganz offensichtlich Rathinas Verrat, der ihn zur Änderung seiner Haltung bewogen hatte.

Er beugte sich auf dem Thron vor und sah seinen Sohn durchdringend an. »Du sagst, dass Titania ins Elfenreich zurückgekehrt sei. Und doch willst du mir weismachen,

dass sie nichts tun könne, um den Hexenkönig aufzuhalten? Wer sagt dir, dass sie all ihre Macht verloren hat?«
»Sie versteckt sich in den Wäldern von Esgarth«, erwiderte Gabriel. »Es ist nur eine Frage der Zeit, bis sie gefunden wird. Einige von ihren Töchtern sind aus dem Wald entkommen, aber sie werden aufgespürt und getötet werden.«
»Ist Prinzessin Tania unter ihnen?«
Tania lief ein Schauer über den Rücken.
»Ja, in der Tat«, sagte Gabriel stockend. »Es ist seltsam, aber ich spüre ihre Gegenwart. Das war schon so, als ich mich Caer Liel näherte. Aber sie kann unmöglich hier sein; sie wird im Süden bei ihrer Mutter geblieben sein, und Weir ist der Ort, den sie am meisten meiden müsste.« Misstrauisch kniff er die Augen zusammen. »Sagt, Vater – sind Reisende durchgekommen in den letzten Tagen?«
»Nicht, dass ich wüsste«, antwortete Herzog Aldritch. »Aber das musst du Hauptmann Ambrose fragen. Soll ich ihn rufen lassen?«
»Nein«, sagte Gabriel. »Sie ist nicht hier. *Kann* nicht hier sein.« Tania wollte schon aufatmen, aber da drehte Gabriel sich noch einmal um und ballte die Fäuste. »Ja, doch. Lasst ihn rufen, Mylord. Ihr Bild brennt in meinem Kopf. Als müsste ich nur die Hand ausstrecken, um sie zu berühren.«
»Nun, so sei es«, sagte der Herzog und rief einen Diener herbei. »Lass Hauptmann Ambrose holen«, befahl er ihm.
Tania trat von der Brüstung zurück. Drake spürte ihre Gegenwart, so wie sie die seine. Er war sich noch nicht sicher, aber das würde sich ändern, sobald er mit dem

Hauptmann gesprochen und erfahren hatte, dass in dieser Nacht drei Reisende eingetroffen waren. Jetzt war höchste Eile geboten – sie mussten alle fort, und zwar gleich. Tania schlüpfte zwischen den Vorhängen hindurch zurück auf den Balkon. Dort verharrte sie einen Augenblick und blickte dem Diener nach, der durch die Vorhalle huschte und zur Tür hinaus verschwand. Dann lief sie wie der Wind die Treppe hinunter und zu den Schlafkammern im Torhaus zurück. Keuchend stieß sie Edrics Zellentür auf und rüttelte ihn wach.

»Tania? Was ist denn?«

»Wir müssen sofort hier weg«, flüsterte sie aufgeregt. »Drake ist hier.«

»Was?«

»Ich kann's dir jetzt nicht erklären, aber wir müssen weg. Sofort.«

Edric zog sich hastig an, und bald war auch Cordelia wach und angekleidet, zu dritt standen sie auf dem Treppenabsatz.

»Es gibt nur einen Weg aus der Burg«, sagte Edric. »Aber der ist versperrt und bewacht. Dort kommen wir niemals raus.«

»Dann müssen wir Waffen auftreiben«, sagte Cordelia. »Und uns den Weg freikämpfen.«

»Gegen so viele?«, sagte Tania. »Vergiss es! Aber könnten wir nicht unsere Bettlaken zusammenknoten und zum Fenster rausklettern?«

»Es ist viel zu hoch«, antwortete Edric. »Nein, ich weiß was Besseres. Schnell, folgt mir!« Er führte sie die Treppe hinunter, auf einem der unteren Treppenabsätze stieß er eine Tür auf.

»Die war offen, als wir hergebracht wurden«, erklärte er. »Es muss ein Lagerraum sein oder etwas Ähnliches. Ich habe Seile gesehen.« Tatsächlich lagen mehrere längliche Schlingen auf dem Boden.

»Hier gibt es keine Fenster«, stellte Cordelia fest. »Geschwind, nehmt die Seile, wir klettern vom oberen Stockwerk herunter.«

Jeder der drei schleppte eins der Seile mit nach oben in Tanias Zimmer. Sobald sie die Tür hinter sich geschlossen hatten, knoteten sie die Seile aneinander. Tania testete die Knoten, indem sie mit aller Kraft an den Seilenden zerrte.

»Meint ihr, das hält?«, fragte sie ängstlich.

»Wir werden es nur zu bald erfahren«, antwortete Cordelia.

Edric band das Seil um Cordelias Taille, und sie stieg auf den breiten Fenstersims. Dann saß sie rittlings im Fenster, bevor sie in die Nacht hinaus verschwand. Edric und Tania hielten zusammen das Seil fest und ließen es langsam hinunter. Es dauerte eine Ewigkeit, bis es sich lockerte.

»Sieh nach, ob sie okay ist«, sagte Edric. »Und dann gehst du als Nächste.«

»Aber wie willst du dann runterkommen?«

»Ich binde das Seilende am Bettpfosten fest und rücke das Bett an die Wand. Das müsste halten.«

Tania küsste ihn. »Sei vorsichtig«, bat sie.

»Du auch«, sagte Edric und half ihr auf den Sims hinauf. Tania lehnte sich aus dem Fenster und spähte in den

Abgrund hinunter. Das braune Seil baumelte an der glänzenden grauen Steinmauer hinab – und dort, etwa vierzig Fuß tiefer, stand Cordelia und winkte ihr zu. Tania schwang ein Bein über den Sims, verlagerte langsam ihr Gewicht und klammerte sich mit beiden Händen am Seil fest, dann kletterte sie aus dem Fenster in die kalte Nachtluft hinaus. Unter ihr gähnte der Abgrund.

Ihr Herz klopfte wie verrückt, aber sie biss die Zähne zusammen, angelte mit den Füßen nach dem Seil und klemmte es zwischen Spann und Sohle fest. Dann ließ sie sich langsam hinunter. Cordelia streckte ihr die Hände entgegen und half ihr auf dem letzten Stück. Schließlich standen sie nebeneinander, Hand in Hand, und starrten schweigend nach oben, wo Edrics Kopf im Fenster auftauchte. Mit angehaltenem Atem schaute Tania zu, wie er herauskletterte und den Abstieg begann.

Als Edric noch gut fünfzehn Fuß vom Boden entfernt war, erschien eine zweite Gestalt am Fenster über ihm und brüllte lauthals: »Halt! Oder du bist des Todes!«

»Barmherzige Geister!«, rief Cordelia erschrocken. »Wir sind entdeckt!«

»Spring, Edric!«, schrie Tania. Im selben Moment blitzte etwas Weißes am Fenster auf, das Seil riss, und Edric landete zwischen ihnen auf dem Boden. Die Seilschlingen fielen über ihn.

Er hatte den Aufprall geschickt abgefangen und sich auf den Beinen halten können. »Schnell!«, keuchte er. »Runter vom Weg!«

Dann stürzte er zu der Felsenklippe, die senkrecht in die

pechschwarze Tiefe abfiel, und drehte sich noch einmal um. »Leicht wird es nicht«, keuchte er und Tania sah die Angst in seinen Augen. Er kauerte sich an den Rand und war plötzlich verschwunden. Raue Männerstimmen erschallten über ihnen. Bald würden die Burgtore aufgestoßen werden und die Soldaten hinter ihnen herjagen. Tania setzte sich an den Rand und spähte in die Tiefe, wo sie gerade noch Edrics Silhouette erkennen konnte, der unter ihr kletterte. Sie holte einmal tief Luft, drehte sich um und tastete mit den Füßen nach einem Halt. Cordelia kauerte startbereit über ihr. Endlich ertastete Tania mit ihrem Fuß einen winzigen Vorsprung und sie ließ sich hinunter. Ihre eine Hand fand einen Spalt, dann die andere. Jetzt drehte Cordelia sich um, ihr Fuß strampelte haltsuchend an der Wand herum, während sie sich über den Rand schob. Tania verlagerte ihr Gewicht und begann den gefährlichen Abstieg.

XVI

Die Sonne ging am blassblauen Himmel auf und erleuchtete eine Landschaft mit wogenden Heidehügeln und weiten steinigen Tälern. Tania, Edric und Cordelia rasteten an einem kleinen Wildbach, der in eine enge Felsenkluft hinabstürzte. Tania zog ihren Mantel enger um sich. Der Ausblick war fantastisch, aber die kalte Morgenluft ließ sie frösteln. Alle paar Sekunden spähte sie ängstlich über die Schulter, falls irgendwo ihre Verfolger mit Gabriel Drake an der Spitze auftauchten.

Die schroffe Bergwelt von Weir lag jetzt hinter ihnen. Sie waren die ganze Nacht marschiert, bis sie diese Hügel erreicht hatten, immer in der Angst, entdeckt und gefangen zu werden. Aber nur einmal hatten sie ihre Verfolger in der Ferne erblickt: ein Reitertrupp mit roten Fackeln, der sich rasch auf einem Kamm entlangbewegte.

Die Gewitterwolken hatten sich in der Nacht nach Westen verzogen und der Himmel war jetzt hell und klar.

Tania warf einen Blick zu Edric hinüber, der auf einem Grasbuckel stand, die Arme fröstelnd vor der Brust verschränkt. Er starrte angestrengt nach Norden, wo die Hügel in blauem Dunst verschwammen. Cordelia hatte unterwegs einen Feuerstein aufgelesen, den sie an einem Stein wetzte. Jetzt blickte sie auf, als ob sie Tanias Blick gespürt hätte.

»Ich gehe nicht unbewaffnet in die Wildnis«, verkündete sie, während sie ihren Stein hob und wie einen Dolch in die Luft rammte. »Lass sie nur kommen, Schwester – der Erste, der uns angreift, wird sein Ungestüm bitter bereuen.«

Edric kam langsam zum Lagerplatz zurück.

»Nun, Master Chanticleer«, rief Cordelia und sah ihn mit schief gelegtem Kopf an, »seid Ihr sicher, dass Ihr uns führen könnt?«

»Ja, Mylady, ich hoffe es«, sagte Edric und zeigte nach Norden. »Seht Ihr die zwei Hügel dort? Den großen mit dem kleineren daneben? Das sind der Große Erl und der Kleine Erl. Dazwischen verläuft der Grantorpass. Wenn wir diesen Weg nehmen, kommen wir zu den Wildwasser- und Skarnsidefällen und zum Fluss Lych.«

»Ihr kennt diese Gegend gut«, bemerkte Cordelia.

»Um die Wahrheit zu sagen – nein«, gestand Edric. »Die Gegend nördlich der beiden Erls ist mir vertrauter. Die Hügellandschaft hier kenne ich nicht so gut. Als Kinder wurden wir immer gewarnt, dorthin zu gehen.«

»Und warum?«, fragte Tania.

»Weil hier die wilden Einhörner von Caer Liel hausen, nicht wahr, Master Chanticleer?«, warf Cordelia ein. »Ich habe überall ihre Spuren entdeckt.«

»Wilde Einhörner?«, fragte Tania. »Sind die gefährlich?«

Edric nickte. »Sehr sogar. Unberechenbar und gefährlich. Sie beißen und treten, und ihr Horn ist wie ein scharfer Bratspieß, mit dem sie dich erdolchen können. Habt Ihr Spuren gesehen, die verraten, dass sie in unserer Nähe sind, Mylady?«, fügte er zu Cordelia gewandt hinzu.

Cordelia lächelte grimmig. »Oh ja – nahe genug.«

Die Sonne stand bereits hoch am Himmel, und von der nächtlichen Kälte war nichts mehr zu spüren, als sie sich durch einen weiten Talgrund bewegten, der mit weichen grünen Moospolstern und unzähligen gelben und weißen Blüten bedeckt war. An der einen Talseite ragten Kalksteinkliffs und Felsvorsprünge auf, die andere war ganz von wogendem violettem Heidekraut überwuchert. Die Luft war warm und still und Schwärme von schimmernden weißen Schmetterlingen flatterten umher. Die drei Reisenden hielten sich bewusst am Talgrund und mieden die Hochflächen und Hügelkuppen, wo sie leicht zu entdecken waren. Nichts deutete darauf hin, dass sie verfolgt wurden, aber Tania war überzeugt, dass Gabriel die ganze Burgwache aufgeboten hatte, um sie zu fangen.

Der moosige Boden fiel jetzt sanft ab und mündete in eine tiefe kreisförmige Lichtung. In der Mitte dieser Lichtung lag ein kleiner Weiher, glänzend wie ein Spiegel.

»Am besten, wir füllen gleich unsere Wasserflaschen«, sagte Edric. »Es gibt zwar viele Flüsse in der Gegend, aber sicher ist sicher.«

»Unsere Lage ist wahrhaftig nicht die beste«, bemerkte Cordelia, während sie auf den schimmernden Teich zuliefen. »Ynis Maw liegt meilenweit von hier entfernt. Gibt es keine Höfe in dieser Gegend, Master Chanticleer, wo wir uns Pferde beschaffen könnten?«

»Nördlich der beiden Erls gibt es ein paar einsame Höfe und Weiler«, antwortete Edric. »Aber selbst wenn sie Pferde zu verkaufen hätten, wie sollten wir sie bezahlen?«

»Nun, wir geben unser Ehrenwort, dass wir die Schuld zu gegebener Zeit begleichen werden«, sagte Cordelia. Tania lächelte schwach. »Ja, genau«, schnaubte sie. »Wir sagen ihnen, dass wir sie bezahlen, wenn wir den Krieg gegen Lyonesse gewonnen haben. Das muss ihnen doch einleuchten, oder?«

Doch Cordelia gab keine Antwort. Ihr Blick ging an Tania vorbei in die Ferne, und Tania erschrak, als sie die Panik in den Augen ihrer sonst so furchtlosen Schwester sah.

»Ich habe mir schnelle Rosse gewünscht«, wisperte Cordelia. »Und die bekommen wir nun!«

Ohrenbetäubendes Hufgetrappel erfüllte die Luft und eine wilde Herde stürmte den Hang herunter.

»Die Einhörner von Caer Liel«, stieß Edric hervor. »Seid ganz still. Rührt euch nicht. Es ist zu spät, um wegzulaufen.«

Tania starrte den Einhörnern mit klopfendem Herzen entgegen. Sie sahen aus wie Pferde, aber etwas an ihnen schien fremd und furchterregend. Ihr Fell war hellgrau, ihre Körper wirkten kantig und grob gebildet, als seien sie von ungeschickter Hand aus Marmor gehauen worden. Die Mähnen und Schweife waren ungewöhnlich lang und von einem eigenartigen blasslila Farbton. Die Augen der Tiere waren tiefviolett, fast schwarz, sprühend vor Leben und zeugten von einer wilden, gefährlichen Intelligenz.

»Bleibt zusammen«, flüsterte Cordelia kaum hörbar.
Die Einhörner teilten sich in zwei Gruppen wie zwei reißende Ströme und schnitten auf diese Weise den Gefährten jeden Fluchtweg ab. Tania wich entsetzt vor der wogenden Schar der Leiber zurück, die sie umzingelten. Die Tiere kamen abrupt zum Stehen und drehten sich so, dass alle Köpfe ihr zugewandt waren, die Hörner angriffslustig gesenkt. Tania starrte wie gelähmt auf diese langen, schlanken, spiralförmigen Dolche mit den gefährlichen Spitzen – mindestens zwanzig davon waren direkt auf sie gerichtet.

»Ihr lieben Brüder und Schwestern«, begann Cordelia mit bebender Stimme.

Eines der Einhörner schnaubte und stampfte mit dem Fuß auf.

»Verzeiht uns, denn wir wussten nicht, dass dies hier euer Wasser ist«, fuhr Cordelia fort. »Es geschah aus Unwissenheit, nicht Respektlosigkeit, dass wir davon tranken.«

Die Einhörner bewegten sich vorwärts. Tania spürte, wie Edric und Cordelia sich enger an sie drückten. »Kannst du dich nicht mit ihnen anfreunden?«, flüsterte sie Cordelia zu.

»Ich fürchte, sie trauen mir nicht, und ich sehe Mordlust in ihren Augen«, wisperte Cordelia zurück. »Höre, Tania! Ich spreche jetzt mit ihnen und ihr nützt die Chance und flieht. Wenn alles versagt, so habe ich noch mein Steinmesser, auch wenn ich es nur ungern benütze.«

»Sie werden dich töten«, sagte Edric. »Und uns trotzdem erwischen. Das ist kein Ausweg.«

»Habt Ihr etwa einen besseren Plan, Master Chanticleer?«, zischte Cordelia. »Oder wollt Ihr warten, bis ein Engel vom Himmel herunterschwebt und uns durch die Luft davonträgt?«

Kaum hatte sie zu Ende gesprochen, als ein hohes schrilles Pfeifen die Luft erfüllte. Die lang gezogenen, süßen Töne gingen nach und nach in eine einfache Melodie über, ein Gesang voll Sehnsucht und tiefer Einsamkeit. Die Einhörner wichen vor ihnen zurück und drängten sich in einiger Entfernung wachsam zusammen.

»Was war das denn?«, fragte Tania verwundert.

»Ich weiß nicht«, sagte Cordelia. »Doch war eine Botschaft in der Melodie verborgen, das könnte ich beschwören.«

Wie aus dem Nichts erschien eine Gestalt auf der Hügelkuppe, schwarz umrissen vor dem hellen Himmel. Ein Reiter auf einem Pferd, dachte Tania, doch dann sah sie, dass es ein junger Mann auf einem Einhorn war. In einiger Entfernung von ihnen brachte er sein Reittier zum Stehen und sprang ab.

»Liebt ihr euer Leben so wenig, dass ihr es leichtfertig aufs Spiel setzt, nur um aus einer Einhornquelle zu trinken?«, fragte er und kam mit großen Schritten auf sie zu.

Er war ungefähr so alt wie Tania, sehr groß und schlank, und trug einen einfachen Bauernkittel und braune Lederbeinlinge. Unter seinem dichten schwarzen Haarschopf blitzten lebhafte dunkle Augen hervor.

Cordelia trat einen Schritt vor, den geschärften Feuersteinkeil in der Hand. »Komm nicht näher, Fremder«, warnte sie ihn. »Magst du auch der Herr der Einhörner sein, ich werde dich auf der Stelle niederstrecken, wenn du uns angreifst.«

Der Junge blieb abrupt stehen. Ein Lächeln spielte um seine Mundwinkel. »Ich bin nicht der Herr dieser Tiere«, sagte er. »Ich bin nur ihr Freund. Aber sie werden es dir übel nehmen, Mädchen, wenn du mich grundlos tötest.«

Cordelia ließ den Steinkeil fallen und starrte den Jungen durchdringend an. »Wer bist du, Einhornfreund?«

»Es ziemt sich, dass derjenige, der fremd in der Gegend ist, seinen Namen zuerst nennt«, sagte der Junge. »Aber ich will dir entgegenkommen. Ich bin Bryn, Sohn von Baldon Lightfoot.«

»Mein Name ist Edwin Paladore«, mischte Edric sich ein. »Das hier sind meine Schwestern Brosie und Dorimar. Wir wollten unsere Verwandten in Lud besuchen, aber unser Wagen hat ein Rad verloren und unsere Pferde sind durchgegangen.«

Bryn sah ihn nachdenklich an. »Nein«, sagte er schließlich. »Das ist nicht die Wahrheit.« Er nickte zu Tania hinüber. »Ihr dort seid Prinzessin Tania und die wilde Kriegerin hier muss eine Eurer königlichen Schwestern sein. Welche, kann ich allerdings nicht sagen.« Dann wandte er sich wieder zu Edric um. »Und Ihr seid der treulose Gefolgsmann unseres Herzogs Gabriel Drake. Ich weiß es, weil Ihr im ganzen Land gesucht werdet. Wie ich gehört habe, ist ein Beutel voll kostbarer Edelsteine auf Eure Köpfe ausgesetzt. Wer Euch zu den Toren von Caer Liel bringt, tot oder lebendig, ist ein gemachter Mann.«

»Wage es, deine Hand nach diesen Edelsteinen auszustrecken, und du bist tot, ehe du sie zählen kannst«, knurrte Cordelia und hob wieder ihren Steinkeil. »Uns fängt niemand.«

»Solcher Tand bedeutet mir nichts«, erwiderte Bryn unbekümmert. »Und Ihr habt Glück, dass es Euch in dieses unbewohnte Hügelland verschlagen hat. Die Reitersoldaten suchen Euch im Westen, Norden und Süden, aber hier, im Reich der Einhörner, werdet Ihr sie nicht so leicht antreffen. Hierher kommen sie nur, wenn sie Jagd auf die Einhörner machen, in großen Gruppen und schwer bewaffnet.«

Tania hörte die kalte Wut in seiner Stimme, als er von der Einhornjagd sprach, und dachte an die ausgestopften Köpfe in der Burg. Aus dem Augenwinkel sah sie, dass die Einhörner näher rückten und sie wachsam umkreisten, mit neugierigem Blick.

»Woher kennst du uns?«, fragte sie.

»In dieser Gegend fliegt kein Falke am Himmel und kein Hase hoppelt durch die Heide, ohne dass ich es weiß«, antwortete Bryn. »Ich sprach heute Morgen mit Raben, Hühnerhabichten und Feldlerchen, und alle erzählten mir von der großen Jagd, die nun ausgerufen sei – von der Rückkehr des jungen Herzogs und seiner Suche nach Prinzessin Tania und ihren Gefährten, die bei Nacht und Nebel aus der Burg hierher ins Hügelland geflohen seien. Ich fürchte, er will ihnen nichts Gutes, wenn er sie findet«, fügte er mit einem verschmitzten Lächeln hinzu. Dann hielt er einen Augenblick inne und sah sie durchdringend an. »Ich kann Euch Unterschlupf gewähren, wenn Ihr es wünscht«, sagte er.

»So bist du kein Getreuer des Hauses Weir?«, fragte Cordelia.

»Treu bin ich wohl, aber nur diesem Land hier, Mylady«, sagte er. »Den Vögeln und Tieren, den Hügeln und Bächen. All das würde ich mit meinem Leben verteidigen. Doch wer Einhörner zum Vergnügen tötet, dem kann ich nicht dienen, ebenso wenig wie einem gewissen jungen Herrn, den unser guter König Oberon zu Recht verbannt hat. Besonders, seit sich dieser hoffnungsvolle Spross des Hauses Weir zum Handlanger des Monsters von Lyonesse gemacht hat.«

Eines der Einhörner war zu ihm hinübergetrottet, und Bryn streichelte den langen weißen Hals des Tiers, das Tania herausfordernd anstarrte, als wollte es seinen Freund vor ihr beschützen.

»Kannst du uns helfen, von hier wegzukommen?«, fragte sie. »Wir sind auf dem Weg nach Ynis Maw. Denn König Oberon sitzt dort gefangen und wir möchten ihn befreien.«

Cordelia warf ihr einen missbilligenden Blick zu.

»Wir müssen ihm vertrauen, Cordelia«, sagte Tania schulterzuckend. »An wen sollen wir uns sonst wenden?«

Bryns dunkle Augen weiteten sich. »Prinzessin Cordelia?«, rief er aus, ehrfürchtiges Staunen lag in seiner Stimme. »Ich habe von Eurer innigen Verbindung zu den wilden Tieren gehört, Mylady. Es heißt, Ihr könnt mit allem sprechen, was auf dieser Erde kreucht und fleucht – mit den Vögeln in der Luft und den Fischen im Wasser.«

»Das ist wahr, nur nicht mit wilden Einhörnern, wie mir

scheint, Master Lightfoot«, antwortete Cordelia. »Das ist eine Kunst, die ich noch lernen muss.«

»Ich kann es Euch gerne lehren, sofern die Zeit dafür reicht«, antwortete Bryn. »Kommt – mein bescheidenes Heim liegt ganz in der Nähe. Wenn Ihr damit vorliebnehmen wollt, seid Ihr mir willkommen. Essen und Trinken ist genügend da, und wir werden darüber beraten, wie wir Euch schnell und sicher auf den Weg bringen können.«

Bryns Hütte schmiegte sich unter einen Kalkfelsen, sodass es aussah, als würden die unverputzten Wände direkt aus dem Hang herauswachsen. Das Dach war mit einem dichten grünen Grasteppich bedeckt und fügte sich nahtlos in die raue Hügellandschaft ein.

Geduckt gingen sie unter dem niedrigen Türsturz der rindenbedeckten Holztür durch, aber innen weitete sich die Hütte zu einem großen luftigen Raum, der von Binsenlichtern erleuchtet war. Der Steinboden und die Wände waren mit geflochtenen Schilfmatten ausgekleidet.

In einem steinernen Herd flackerte ein kleines Feuer, und darüber hing ein brauner Tonkessel, in dem ein dicker Eintopf blubberte. Tania zog den köstlichen Duft nach Kräutern und gekochtem Gemüse ein. Der Raum war nur spärlich möbliert. Ein schmales Bett mit Wolldecken stand an der Wand, und auf ein paar flachen Steinen lagen Messer, Schalen und Binsenlichter. Eine schalenförmige Vertiefung in einem großen Stein war mit Essen gefüllt, mit Früchten, Fleisch und Dörrfisch, und an der Seite standen Steinkrüge, randvoll mit klarem Wasser.

»Lebst du hier allein?«, fragte Tania.

»Nein, Mylady«, sagte Bryn. »Ich teile dieses Tal mit allen Tieren und Vögeln.« Er zog an einem Seil, worauf sich ein Teil des Daches öffnete und helles Sonnenlicht hereinließ. Dann hakte Bryn das Seil fest, ging herum und löschte die Binsenlichter. »Ihr müsst hungrig und müde sein«, sagte er. »Nun kommt – esst und trinkt und ruht Euch aus.«

Die Reisenden setzten sich auf den Boden, und Bryn schöpfte von dem Eintopf in hölzerne Schalen, die er ihnen reichte. Tania aß gierig. Das warme Essen war eine Wohltat nach der eisigen Nacht im Bergland von Weir.

»Ist es üblich im Herzogtum Weir, dass die Bewohner mutterseelenallein in der Wildnis leben, fernab von ihren Landsleuten?«, fragte Cordelia neugierig. »Ich habe bisher nichts dergleichen gehört.«

Bryn hatte sich auf den Bettrand gesetzt. »Weit gefehlt, Mylady«, antwortete er. »Ich bin wohl der Einzige, der sich ein solches Zuhause erwählt hat. Ich suche nicht die Gesellschaft von meinesgleichen, und hier habe ich alles, was ich brauche. Die Einhörner schützen mich vor unerwünschten Besuchern, und die Vögel halten mich über alles auf dem Laufenden, was in der Welt draußen geschieht.« Er runzelte die Stirn. »Auf diese Weise habe ich auch erfahren, dass der Hexenkönig befreit wurde. Ein Brachvogel, der nach Norden flog, brachte mir vor ein paar Tagen die Nachricht – er sagte, der Zauberer hinterlasse nichts als Verwüstung, wo immer er sich zeige, und alles Leben ersterbe bei der Berührung mit ihm.« Eine tiefe Traurigkeit trat in Bryns Augen. »Ist das denn wahr? Besitzt er wirklich so viel Macht über das Land?«

»Oh ja, und ob!«, rief Tania. »Aber wir werden etwas dagegen unternehmen.« Es klang zuversichtlicher, als ihr selbst zumute war.

»Bis zur nördlichsten Küste von Fidach Ren sind es noch siebzig Meilen«, sagte Bryn. »Ihr werdet schnelle Reittiere brauchen.«

»Gibt es hier irgendwo Pferde, die wir reiten könnten?«, fragte Edric.

»Nein, nicht südlich der beiden Erls. Aber Pferde hatte ich nicht im Sinn. Die Einhörner von Caer Liel laufen schneller als jedes Pferd.«

Tanias Herz klopfte. »Und sie würden uns auf ihren Rücken lassen?«

»Ja, ich glaube schon – wenn ich ihnen erkläre, wie wichtig diese Reise ist.«

»Doch wie sollen wir ein wildes Einhorn reiten?«, wandte Cordelia ein.

»Wenn sie Euch vertrauen, werden sie sich Eurem Willen beugen«, erklärte Bryn und lächelte sie an. »Wünscht Ihr mit ihnen zu sprechen, Mylady?«

Cordelias Augen leuchteten auf. »Oh ja, gewiss.«

»So kommt«, sagte Bryn. »Meine Freunde werden sich geehrt fühlen, Eure Bekanntschaft zu machen.«

Cordelia und die anderen folgten ihm nach draußen, wo die Einhornherde ganz in der Nähe graste. Bryn stieß einen Pfiff aus und die Tiere trotteten zu ihm herüber. Tania wich schnell einen Schritt zurück, als sie näher kamen. Sie fürchtete sich immer noch ein bisschen vor den spitzen Hörnern.

»Brüder«, begann Bryn und legte seine Hand auf den anmutig gewölbten Hals eines Einhorns, das sich am nähesten herangewagt hatte, »diese guten Leute sind in großer Not und erbitten eure Hilfe.« Tania fühlte sich von den unergründlichen violetten Augen der Einhörner beobachtet. Sie versuchte ihren Blicken standzuhalten, aber nach einer Weile musste sie wegsehen. Die stolzen Köpfe senkten sich, und einige der wilden Tiere stampften mit den Hufen.

»In den hohen Norden und ohne Verweilen«, fuhr Bryn fort, als ob er auf eine Frage antwortete, die nur er gehört hatte.

Eines der Einhörner trat zu Cordelia und ließ sich von ihr die Hand auf die Mähne legen. »Sei mir gegrüßt, Kind der einsamen Hügel«, wisperte sie und schmiegte ihre Wange an den Hals des Einhorns.

»Er heißt Zephyr«, sagte Bryn.

Das Einhorn schnaubte und nickte mit dem Kopf.

»Ich hätte nie gedacht, dass sie so sein können«, sagte Edric. »Ich hielt sie immer für unzähmbar.«

Bryn sah ihn an. »Das sind sie auch, Edric Chanticleer. Nichts kann ihnen ihre Wildheit rauben. Wenn sie Euch zu Diensten sind, so nur aus freien Stücken.«

Ein zweites Einhorn näherte sich jetzt Tania. Das Tier hob den Kopf und brachte sein breites Maul an ihr Gesicht heran, seine Nüstern schnaubten sanft.

»Er heißt Tanz, Mylady«, sagte Bryn.

Das Einhorn schnaubte, wandte den Kopf und hielt ihr seinen geschwungenen Nacken hin. Vorsichtig legte Tania ihre Hand auf das glatte grauweiße Fell, das sich warm und seidig anfühlte. Tanz stupste sie spielerisch, sodass Tania einen Augenblick aus dem Gleichgewicht kam.

»Ich glaube, er mag dich«, sagte Edric.

»Ja, sieht ganz so aus«, stimmte Tania überrascht zu. Sie wechselte einen Blick mit Edric, der den Hals eines Einhornweibchens namens Drazin streichelte. »Oh Mann, wir reiten auf Einhörnern!«, sagte sie. »Wenn das nicht cool ist!«

Um die Mittagszeit, als die Sonne unbarmherzig auf die Heidehügel herabschien, hatten Tania und die anderen auf ihren Einhörnern das Tal zwischen dem Großen und dem Kleinen Erl erreicht und hielten an. Vor ihnen erstreckte sich das Hügelland in die dunstige blaue Ferne.

Bryn war bis hierher mitgekommen. »Von jetzt an werdet Ihr allein reiten«, sagte er, und Tania bemerkte, dass seine Augen besonders lange auf Cordelia ruhten, die seinen Blick eine Sekunde lang erwiderte und dann wegsah.

»Bis zum Fluss sind es noch fünf Meilen«, fuhr er fort. »Wenn Ihr ihn überquert, kommt Ihr nach Prydein. Die Berge im Norden sind voller Gefahren«, warnte er. »Und in den Wäldern von Fidach Renn sollen grässliche Kreaturen hausen.«

»Weißt du, ob sie Flügel haben?«, fragte Tania, die sofort an die Karken von Ynis Maw dachte, die sie suchten.

»Das kann ich nicht sagen«, antwortete Bryn. »Doch

sind es mörderische Kreaturen, die kein Erbarmen kennen. Ich rate Euch, immer wachsam zu sein.«

»Worauf du dich verlassen kannst«, sagte Tania. »Aber dasselbe wurde uns über die Einhörner erzählt, also sind sie vielleicht gar nicht so schlimm.«

»Wäre ich nicht in der Nähe gewesen, hätten sie Euch getötet«, wandte Bryn ein. »Und im Norden dürft Ihr nicht auf Freunde hoffen, Mylady – dort findet Ihr keine.«

Bryn wendete sein Einhorn, um auf demselben Weg zurückzureiten, den sie gekommen waren, doch plötzlich hielt er noch einmal an. Er griff in seinen Bauernkittel, holte etwas heraus und reichte es Cordelia. Es war eine seltsam geformte doppelte Pfeife oder Flöte.

»Die Einhörner lieben Musik am Ende des Tages, Mylady«, sagte er lächelnd.

Cordelia warf ihm einen ratlosen Blick zu. »Ich danke dir, doch habe ich nicht die Gabe zu musizieren«, sagte sie. »Meine Schwester Zara ist die Musikerin in unserem Haus.«

Bryn erwiderte nichts, hielt ihr stumm die Pfeife hin, und Cordelia nahm sie zögernd an. »Ich danke dir«, sagte sie noch einmal.

»So lebt denn wohl!«, rief Bryn schließlich, nachdem das Schweigen schon einen Augenblick zu lange gedauert hatte. »Mögen Euch die Glücksgeister gewogen bleiben, meine Freunde. Vielleicht treffen wir uns wieder, wenn Eure Aufgabe vollbracht ist.« Er drückte dem Einhorn die Fersen in die Weichen und das Tier wirbelte herum und galoppierte davon.

Cordelia sah ihm lange nach, mit einer Sehnsucht im Blick, die Tania bei ihr noch nie bemerkt hatte. Dann schob sie die Doppelflöte in ihren Bauernkittel und wandte sich ab.

»Kommt«, sagte sie. »Auf nach Ynis Maw!«

XVII

Sie ritten durch eine Landschaft mit gedrungenen Bergen, die sich bis zum weißen Horizont erstreckten. Gräser und Flechten krallten sich in Kämme und graue Felsbänke und ließen kahle Gesimse entstehen, die einwärts stürzten und eine lange, von endlosen Regenfluten und Sturzbächen ausgehöhlte Schlucht bildeten. Tania saß auf ihrem Einhorn und betrachtete staunend die Myriaden von Wasserfällen, die ihren feinen Dunst in den Abendhimmel versprühten und die Luft mit schimmernden Regenbögen erfüllten.

Unten stürzte der Wildbach in einen brodelnden Kessel, um dann südwärts durch ein tief eingeschnittenes Tal mit Heidekraut und Ginstergestrüpp zu fließen. Hier, wo das Land weniger karg und zerklüftet war, hatten sie den Fluss an einer breiten, steinigen Stelle überquert, die von der reißenden Strömung umtost wurde.

»Das ist Reganfal«, verkündete Edric.

Reganfal war der Ort, von dem er in Crystalhenge gesprochen hatte. Seine Augen leuchteten und feine Wassertröpfchen schimmerten auf seinem Gesicht.

»Es ist wunderschön«, sagte Tania lächelnd.

Edric lächelte zurück. »Ich hab's dir ja gesagt.«

Cordelia, die weiter in die Felsklüfte hinaufgeritten war,

hatte auf einem flachen Plateau etwa zwanzig Fuß über ihnen angehalten und blickte nach Süden. Sie war den ganzen Tag ungewohnt still gewesen, hatte nur geredet, wenn sie gefragt wurde, und den Rest der Zeit verträumt in die Ferne gestarrt, vielleicht weil sie an Bryn dachte. Cordelia zeigte von allen Elfenprinzessinnen am wenigsten Interesse an anderen Leuten, geschweige denn an jungen Männern, aber vielleicht war Bryn eine Ausnahme, weil er Tiere genauso liebte wie sie?

»Kommt weiter«, drängte Edric. »Ich möchte über den Berg sein, ehe es Nacht wird.«

Tania blickte zweifelnd zu den Gipfeln auf. »Okay«, sagte sie und trieb Tanz an. »Wer als Letzter oben ist, kriegt die erste Wache!«

»So sei es!«, rief Cordelia und Zephyr sprang über den Fels hinauf wie eine Bergziege.

»Hey!«, brüllte Tania und trieb Tanz hinter ihr her. »So leicht lass ich dich nicht gewinnen!«

Der Nachthimmel lag hinter einer dicken Wolkenbank verborgen. Tania hielt Wache. Sie rasteten auf einem Hochpass zwischen zwei steil aufragenden Gipfeln. Es war so dunkel, dass sie kaum die Hand vor Augen sehen konnte, aber sie spürte die erdrückende Gegenwart der Berge, und das war kein angenehmes Gefühl. Je weiter sie nach Norden kamen, desto feindseliger schien die Landschaft – ein Gedanke, der im Grunde total verrückt war, aber Tania konnte ihn nicht abschütteln. Prydein wollte sie nicht.

Edric hatte sie noch extra ermahnt, wachsam zu sein,

ehe er schlafen gegangen war. »Ich habe seltsame Geschichten über diese Gegend gehört«, hatte er gesagt, »über die Irrlichter von Prydein. Es heißt: Wer sich nachts in die Berge verirrt, wird von seltsamen Erscheinungen heimgesucht. Er sieht Dinge, die nicht da sind.«

»Ich habe auch schon von diesen Erscheinungen gehört«, sagte Cordelia. »Heimtückische Geister, die verirrte Wanderer in den Tod locken.«

Tania hatte ihre Wache mit gemischten Gefühlen angetreten, aber bisher war nichts passiert, außer dass ihr vor Erschöpfung immer wieder die Augen zufielen. Die Einhörner lagerten in der Nähe, eng aneinandergeschmiegt, die Vorderbeine unter dem Körper und mit vorgereckten Hälsen, sodass jeweils der Kopf des einen auf dem Körper eines anderen ruhte.

Eine Sekunde lang kam der Mond zwischen den jagenden Wolkenfetzen hervor und schien Tania ins Gesicht. Sie gewöhnte sich allmählich an den abrupten Wetterwechsel im Elfenreich. Das ging den ganzen Tag so: Erst brannte die Sonne auf sie herab, dann fegte ein eisiger Wind von Westen her, der dicke graue Regenwolken mit sich führte. Die Wolken regneten ab und lösten sich auf und der Himmel war wieder blau.

Tanias Augenlider wurden immer schwerer, je weiter die Nacht voranschritt. Sie hatte Edric versprochen, ihn zu wecken, wenn sie nicht mehr konnte, aber sie wollte ihn so lange wie möglich schlafen lassen. Irgendwann sackte ihr der Kopf hinunter und ihre Augen fielen zu. Die Berge wisperten im Dunkeln, die wuchtigen alten Steinblöcke neigten sich ächzend und knirschend über ihr, als wollten sie sie zermalmen.

Mit einem Aufschrei fuhr Tania hoch. Vor ihr stand eine verschwommene Männergestalt, wabernd wie eine blasse Flamme, und winkte ihr zu. »Kommt mit«, sagte der Mann, dessen Gesicht ihr irgendwie vertraut war. »Kommt, und Ihr sollt alles erfahren.«

Tania stand auf wie in Trance. »Gabriel?«

»Die Zeit drängt, Mylady. Ihr müsst zu mir kommen.«

Dunkle Wolken wirbelten durch Tanias Kopf. »Nein ... Ich muss Wache halten ...«, sagte sie stockend. Etwas Schreckliches ging vor, das spürte sie, aber sie wusste nicht mehr, warum sie der flackernden silbrigen Gestalt nicht folgen sollte. Unsicher bewegte sie sich vorwärts, die Hände zu Gabriel ausgestreckt, der langsam von ihr wegschwebte.

»Nur noch ein paar Schritte, Mylady.«

»Ja.«

Dann ertönte eine Stimme hinter ihr. »Tania!« Zwei Hände packten sie und zerrten sie zurück.

Als Tania wieder zu sich kam, stand sie direkt am Abgrund. Mit dem nächsten Schritt wäre sie ins Nichts gestürzt.

Edric zog sie in seine Arme. Jetzt stürzte auch Cordelia zu ihnen herauf. Tania sah, dass sie gut fünfzig Meter von ihrem Lagerplatz entfernt war. Verwirrt blinzelte sie Edric an, als er sie an den Schultern packte und ihr in die Augen sah.

»Es war Gabriel«, murmelte sie. »Er wollte, dass ich ihm folge.«

»Das ist ein böser Schlag«, murmelte Cordelia. »Wenn der Verräter sich in deinen Geist einschleichen und deinen Willen lenken kann, wie sollen wir uns dann je vor ihm schützen?«

Der Nebel in Tanias Kopf löste sich auf, jetzt stieg die Angst in ihr hoch. »Heißt das, dass er weiß, wo wir sind?«

»Ich bin mir nicht sicher«, sagte Edric. »Aber vielleicht war er es gar nicht, sondern eines dieser Irrlichter, vor denen ich dich gewarnt habe. Bist du eingeschlafen, bevor du ihn gesehen hast?«

»Ja, ich glaub schon«, gab Tania zu. »Ich hatte so komische Träume von den Bergen.«

»Die Geisterlichter suchen gern Schlafende heim«, erklärte Cordelia. »Master Chanticleer hat sicher Recht: Was du gesehen hast, war eine Illusion.«

»Also, von jetzt an bleib ich wach, komme, was wolle«, sagte Tania schaudernd. »So was will ich nicht noch mal erleben.«

»Nein, ich löse dich ab«, entgegnete Edric, als sie zu ihrem Lager zurückgingen. »Du brauchst jetzt erst mal ein bisschen Schlaf.«

Tanz blickte ihnen entgegen, behielt aber den Kopf unten, ein Zeichen, dass alles in Ordnung war. Tania legte sich hin und zog sich ihren Mantel über den Kopf. Sie war zu müde, um die Augen aufzuhalten. Während sie langsam in den Schlaf hinüberdriftete, spürte sie, dass tief im Herzen des Berges etwas lauerte, etwas Grausames, Kaltes, das sie verhöhnte.

Am nächsten Morgen, der sich hell und frisch ankündigte, galoppierten sie am Ufer eines langen stillen Seearms entlang. Die seidige Wasserfläche spiegelte die jagenden Wolken und die fernen braunen Berge wider, die senkrecht am gegenüberliegenden Ufer aufragten. Der Wind rauschte in Tanias Ohren und fegte ihre nächtlichen Ängste hinweg. Der Boden, der unter den Hufen ihrer Einhörner dahinglitt, war mit hohem braunem Gras bedeckt. Dort, wo das Land jenseits des Seeufers anstieg, waren die Hügel mit dichten grünen Kiefern bewachsen, deren Duft die kühle Luft erfüllte.

Sie rasteten eine Weile am nördlichen Ende des langen Sees, aßen etwas von dem Proviant, den Bryn ihnen mitgegeben hatte, und die Einhörner trotteten ans Ufer hinunter und tranken. Weiße Wolken türmten sich am Horizont auf. Die Kiefernwälder reichten jetzt weiter ans Ufer herunter, sodass nur ein schmaler Streifen Land zwischen Wald und See lag. Im Norden ragten Heidehügel auf, die ihr nächstes Ziel waren.

Edric streckte sich der Länge nach im Gras aus und starrte in den Himmel hinauf. Tania und Cordelia saßen dicht daneben. Cordelia hatte die Beine überkreuzt und hielt die doppelte Pfeife im Schoß, die Bryn ihr gegeben hatte.

»Probier sie doch mal aus«, schlug Tania vor.

»Nein, nein, ich habe nicht die Gabe«, wehrte Cordelia ab.

»Ach Quatsch – du setzt einfach deine Finger auf die Löcher und bläst rein. Das kann doch jeder.«

Cordelia gab keine Antwort.

»Wäre es dir recht gewesen, wenn Bryn mitgekommen wäre?«

»Vielleicht«, murmelte Cordelia. »Er ist in meinen Gedanken, das ist wahr.« Sie sah Tania an. »Ich möchte ihn gern wiedersehen.«

»Na klar doch.«

Tania stand auf, streckte sich und spähte zum Wald hinauf. Die schlanken braunen Stämme unter dem grünen Nadeldach verloren sich in tiefem Dunkel. Plötzlich runzelte Tania die Stirn. Was war das für eine Bewegung zwischen den Bäumen? Etwas leise Schwankendes, das aussah wie Astgeflecht oder ein Baumschatten.

Die Augen zusammengekniffen, ging sie zum Waldrand. Ein paar Sekunden lang geriet ihr die Stelle, an der sie die Bewegung erhascht hatte, aus dem Blick, dann rührte sich wieder etwas im Schatten, und plötzlich kam eine merkwürdig verästelte Silhouette zum Vorschein, und sie begriff, dass sie auf ein großes majestätisches Geweih blickte.

Aufgeregt drehte sie sich um. »Da drin ist ein Hirsch. Er muss riesig sein!«, rief sie den anderen zu.

Cordelia und Edric standen auf und kamen zu ihr herüber. Schweigend spähten sie ins Baumdickicht, dann sagte Cordelia mit gedämpfter, eindringlicher Stimme. »Kommt weg hier, schnell! Wir müssen hier weg!«

»Warum?«, fragte Tania verwundert. »Er tut uns doch nichts, oder? Kannst du nicht auch mit Hirschen reden?«

»Ja, das kann ich wohl«, flüsterte Cordelia. »Aber das hier ist kein Hirsch. Hast du seine Hinterläufe gesehen?«

Verwirrt starrte Tania in das Dunkel hinter dem Geweih. Cordelia hatte Recht; das war kein Hirsch …

»Das ist ein Mann«, murmelte Edric.

Im selben Moment drehte die Kreatur den Kopf, und Tania starrte sekundenlang in zwei blattförmige gelbe Augen, die wie Sonnen in einem pelzigen Gesicht glühten, das halb menschlich und halb tierhaft war. Das Wesen öffnete jetzt sein breites Maul, die gespaltene Oberlippe zog sich zurück, und darunter kamen lange weiße Zähne zum Vorschein. Ein tiefer bellender Schrei ertönte, so durchdringend, dass die Vögel von den Bäumen aufstoben.

Voller Panik ergriffen sie die Flucht. Die Einhörner warteten mit rollenden Augen und stampften aufgeregt mit den Hufen. Tania schwang sich auf den Rücken von Tanz, der davonschoss, dass die Erde hinter ihm aufspritzte. Als sie noch einmal über die Schulter blickte, trat der Geweihmann aus dem Wald und starrte ihnen nach. Er war breitschultrig und kräftig, sein ganzer Körper von zottigem braunen Fell bedeckt. Die Gestalt war riesig, mindestens drei Meter groß. Dann galoppierten sie um die nächste Seebiegung und er verschwand aus ihrem Blickfeld.

»Was war das?«, rief Tania Edric zu.

»Der Furlingsbarl!«, rief Edric zurück. »Er ist ein Walddämon!«

»Das ist eine üble Gegend!«, rief Cordelia und der Wind trug ihre Stimme davon. »Ein Land, in dem Ungeheuer leben!«

Die Nacht brach herein, diesmal war sie sternenklar und still. Sie waren jetzt wieder in den Bergen und kampierten an einer engen steinigen Stelle. Unter ihnen senkte sich das Land in einer Reihe von schmalen Bergseen ab, die durch Wasserläufe wie mit weißen Fäden verbunden waren.

Tania lag in einem tiefen traumlosen Schlaf, als eine leise Stimme an ihr Ohr drang und eine Hand sie wach rüttelte. »Ist das schon meine Wache?«, murmelte sie schlaftrunken.

»Nein«, wisperte Cordelia, ihr Gesicht dicht an ihrem Ohr. »Aber da ist etwas, was ich dir zeigen will.«

Tania stand auf und ging mit ihr zum Rand des Plateaus. Edric war schon dort. Er hockte auf den Fersen und schaute hinunter. Sie folgte seinem Blick und bemerkte ein Feuer, das auf einem der unteren Hänge brannte.

»Sei still und sieh es dir an«, sagte Cordelia.

Tania kauerte sich neben Edric, eine Hand auf seiner Schulter. Dunkle Gestalten bewegten sich um das Feuer. Ganz schwach hörte sie ihre Stimmen, die schrill und heiser klangen.

»Sie tanzen«, sagte sie und rieb sich den Schlaf aus den Augen. Dann sah sie genauer hin. Es war eine ganze Gruppe von Leuten, die um das Feuer sprangen, und jetzt vernahm sie leise Flötenklänge und Trommelschläge in der Ferne.

»Fällt dir nichts auf?«, fragte Edric.

Tania kniff die Augen zusammen. Da stimmte etwas nicht mit der Art, wie sie sich bewegten. Ihr Tanz hatte etwas Ruckartiges, fast Vogelähnliches.

»Oh!«, rief sie entsetzt, als die Gestalten sich deutlicher abzeichneten. »Ihre Beine zeigen ja in die falsche Richtung!«

Von der Hüfte aufwärts sahen die fernen Gestalten wie ganz normale Menschen aus, aber ihre Beine waren verkehrt herum angewachsen, die Knie nach hinten durchgebogen, sodass sie mehr einherstelzten als gingen.

»Was sind das für Wesen?«

»Ich weiß nicht«, gab Edric zu.

»Sie dürfen uns nicht sehen«, warnte Cordelia. »Kommt, weg hier! Ich sagte euch ja, dass diese Gegend voll seltsamer Wesen ist. Legt euch wieder hin und schlaft.«

Tania beobachtete noch für ein paar Augenblicke den bizarren Tanz, ehe sie zu ihrem Lagerplatz zurückging und sich wieder hinlegte. Sie schlief auch sofort ein, aber die springenden Flammen und unheimlichen Tänzer verfolgten sie bis in ihre Träume.

Schließlich standen sie auf hohen dunklen Felsklippen und blickten auf eine endlose, leuchtend blaue Wasserfläche hinaus. Wellen klatschten in der Tiefe an die Felsen und jagten meterhohe weiße Gischtfontänen herauf. Der Wind fegte vom Meer her, zerrte an ihren Mänteln und fuhr in die Mähnen und Schweife der Einhörner. Schwarze Vögel kreisten in der Luft und schossen kreischend auf und ab.

»Wenn ich mich nicht irre«, schrie Edric über das Heulen des Windes hinweg, »ist die dunkle Masse dort drüben entweder Obervoltar oder Rhoth!«

Tania starrte mit zusammengekniffenen Augen in die Ferne. Eine niedrige Landmasse ragte aus dem dunklen Wasser am Horizont empor. »Ist das gut?«

»Es bedeutet, dass wir Fidach Ren erreicht haben«, antwortete Cordelia. »Unsere Rosse haben uns gute Dienste geleistet. Wir sind rasch vorangekommen, wenn das Elfenreich in den Karten, die mir gezeigt wurden, richtig wiedergegeben ist.«

»Und wie weit ist es noch bis Ynis Maw?«, fragte Tania und zog ihren Mantel enger um sich.

»Heute kommen wir nicht mehr dorthin«, sagte Edric. »Aber morgen vielleicht.«

»So lasst uns reiten!«, rief Cordelia. »Reiten wie der Nordwind!«

Tania tätschelte Tanz den Hals, und die drei Einhörner schossen am Klippenrand entlang zu den düster aufragenden Bergen.

Keiner von ihnen machte auch nur ein Auge zu. Die Nacht war pechschwarz und vom Ächzen des Sturmes erfüllt. Sie drängten sich in ihren Mänteln zusammen und lauschten auf den Wind, der zwischen den Felsen heulte und zischte. Aber es war nicht das Geräusch des Windes, das sie am meisten beunruhigte.

Tania hatte es während ihrer Wache zum ersten Mal gehört: ein tiefes dumpfes Geräusch, wie von etwas Großem, Schwerem, das sich durch die Berge schleppte. Und dann kam das Lachen und Schreien und Rufen, da erklangen die Stimmen im Wind, weit entfernt, aber gespenstisch und furchterregend. Ein roter Glanz hatte sich über den Bergen ausgebreitet. Tania hatte sich hinter einen großen Felsen geschlichen und hinübergespäht, da hatte sie eine Herde schwarzer Pferde auf dünnen Heuschreckenbeinen durch die Nacht galoppieren sehen, mit Mähnen und Schweifen wie lodernde Flammen. Zitternd vor Angst war sie zu den anderen zurückgekrochen.

Jetzt waren sie alle wach und klammerten sich aneinander, während der Boden unter dem Gewicht eines langsam dahingleitenden Wesens erbebte. Was es war, wollte Tania gar nicht wissen; ihre Angst war auch so schon groß genug.

Sie weinte fast vor Erleichterung, als es in den östlichen Bergen zu dämmern begann.

XVIII

Am nächsten Morgen, der seltsam still war, ritten sie an der Küste von Fidach Ren entlang. Von all den gespenstischen Erscheinungen, die sie nachts wach gehalten hatten, war keine Spur zu sehen. Das Land war kahl und rau, als hätte man der Erde die Haut abgezogen, sodass die nackten Knochen hervortraten. Bäume gab es jetzt nicht mehr, nur windgepeitschtes Gestrüpp, scharfblättriges Farndickicht und raue Gräser, die aus dem Geröll hervorragten wie Messer.

Der Himmel über ihren Köpfen war eine düstere graue Decke, und jede halbe Stunde wurden sie mit kalten Regengüssen überschüttet. Unablässig klatschten die Wellen gegen die Klippen, ein Geräusch, das Tania kaum noch wahrnahm. Sie ritt mit gesenktem Kopf, erschöpft von der endlosen Reise, von diesem schrecklichen Land. Ihr Proviant war fast aufgebraucht. Sie schlangen ein karges Mittagessen hinunter, ohne dabei zu rasten, und alle drei wünschten sich sehnlich, dass es endlich vorüber wäre.

Am späteren Nachmittag wurde Tania plötzlich unsanft aus ihrer Lethargie gerissen. Als sie den Kopf hob, sah sie etwas, das sie im ersten Moment für einen Vogel hielt, der ein Stück weit vor ihnen am Boden dahinflog. Blitzschnell war es wieder fort, tauchte zwischen den Felsen unter, ehe sie es richtig erkennen konnte. Doch als sie in die Ferne blickte, wurde ihr klar, dass es viel weiter weg gewesen sein musste, als sie gedacht hatte. Wenn das tatsächlich ein Vogel war, dann ein sehr großer.

Kurze Zeit später schoss wieder etwas durch ihr Blickfeld, tief unten am Himmel, und flog von Kluft zu Kluft, eine schwarze Silhouette am einförmigen Horizont.

»Was war das?«, fragte sie.

»Geflügelte Wesen«, antwortete Cordelia. »Aber keine Vögel.«

Darauf ließen sie ihre Einhörner ins Schritttempo fallen und nahmen den Weg in ein Tal, dessen Wände senkrecht über ihnen aufragten. Tania hörte einen schrillen Schrei in der Luft. Erschrocken spähte sie hinauf. Dort oben lauerte etwas auf einem zackigen Gipfel. Schweigen lag über dem Tal, so als hielten die Berge den Atem an. Die Einhörner tasteten sich langsam abwärts in das Tal, das sich endlos dahinschlängelte.

»Sie sind überall um uns«, murmelte Cordelia. »Ich glaube, sie wollen angreifen. Hätten wir doch nur Schwerter, um uns zu verteidigen.«

»Vielleicht können wir sie abhängen«, sagte Edric.

»Auf diesem Untergrund dürfen wir die Einhörner nicht galoppieren lassen«, protestierte Cordelia. »Sie könnten sich ein Bein brechen.«

Die Spannung stieg, je weiter sie bergab ritten. Tania hielt es kaum noch aus. Am liebsten hätte sie die Kreaturen angebrüllt, nur um die tödliche Stille zu beenden. Steine knirschten und polterten unter den Hufen der Einhörner. Die Kreaturen zeigten sich nicht. Die Stille schrie jetzt geradezu.

Dann plötzlich ein Krachen hinter ihnen. Tania fuhr herum, und ihr Herz setzte aus, als sie den Steinhagel sah, der von den Felszacken herunterdonnerte. Im nächsten Moment war die Luft von fliegenden Ungeheuern erfüllt, die kreischend auf und nieder schossen, Steine und Felsbrocken auf sie schleuderten.

Einer der Steine traf Tanz im Nacken. Er stieg, wieherte und schlug mit den Hufen aus. Wieder traf ihn ein Stein, sodass er auf die Seite stürzte. Tania rutschte von seinem Rücken und krallte sich an seiner Mähne fest. Vergeblich. Sie krachte auf den Boden, während Tanz aufsprang und mit klappernden Hufen talaufwärts stürmte.

Mühsam rappelte Tania sich auf. Überall flogen Steine durch die Luft und sie riss schützend die Arme über den Kopf. Einer fiel donnernd auf einen Felsen direkt neben ihrem Fuß. Ein anderer streifte sie an der Schulter. Erschrocken stolperte sie zurück, als Cordelias Einhorn sich auf den Hinterbeinen aufbäumte und seitlich wegrutschte. Cordelia lag auf dem Boden, Zephyr fand sein Gleichgewicht wieder und raste unter lautem ängstlichem Wiehern hinter Tanz her. Dann schoss Drazin so dicht an Tania vorbei, dass sie fast stürzte. Edric saß nicht auf Drazins Rücken, aber sie hörte ihn laut »Hierher!« rufen.

Sie wirbelte herum und sah ihn weiter oben stehen, dicht neben einem Höhleneingang in der Talwand. In Panik stolperten Tania und Cordelia den Hang hinauf und duckten sich unter den Geschossen, die rings um sie niederprasselten. Ein Stein traf Edric im Rücken. Er stürzte und Tania rannte zu ihm.

»Alles okay«, keuchte er. »Schnell, rein in die Höhle!«

Einen Augenblick später waren sie unter dem niedrigen Höhlendach in Sicherheit. Der Steinhagel hielt noch eine Weile an, ein paarmal wurden sie fast von Querschlägern getroffen, die von den Höhlenwänden abprallten.

Tania kroch zum Höhleneingang. »Hört auf!«, brüllte sie. »Hört sofort auf! Wir haben euch nichts getan!«

Wie auf ein Stichwort hörte der Steinhagel auf. Tania schaute die anderen verblüfft an. »Das war cool«, sagte sie. »Meint ihr, die verstehen Englisch?«

»Du kannst es ja versuchen«, sagte Edric.

Tania verbarg sich halb im Höhleneingang. »Hallo?«, rief sie. »Wir sind Freunde! Wir wollen nur mit euch reden!«

Gespannt wartete sie auf Antwort, aber es kam keine. »Ich geh mal da raus«, sagte sie mit einem Blick zu Edric und Cordelia.

»Nein, das darfst du nicht!«, protestierte Edric.

»Weißt du was Besseres? Wir können doch nicht ewig hierbleiben!«

»Dann gehe ich«, verkündete Edric.

»Nein, ich gehe. Für dich ist es genauso gefährlich wie für mich.« Tania stand auf und trat ins Freie. Eines hatte sie den anderen verschwiegen: Sie fühlte sich insgeheim mit diesen Wesen verbunden. Sie hatten Flügel – leichte durchsichtige Flügel, so wie das Flügelpaar, das ihr vor ein paar Wochen aus den Schultern gewachsen war.

»Bitte tut uns nichts!«, rief sie. »Wir wollen doch nur mit euch reden!«

Im Tal blieb es totenstill. Vielleicht waren die geflügelten Geschöpfe fort?

Da stieg eine einzelne Gestalt über einem Felsen in der Nähe auf. Das Wesen segelte durch die Luft und landete leichtfüßig auf der Felsenkuppe. Dort kauerte es mit gebeugten Knien, in der einen Hand einen Stein, die andere um den Fels geklammert. Tania starrte es ungläubig an. Es trug menschliche Züge, sah aber trotzdem so fremdartig aus, dass ihr fast der Atem stockte.

»Hallo«, krächzte sie, denn ihr Mund war ganz trocken vor Angst.

Die Kreatur schien weiblich zu sein. Sie trug einen schlichten braunen Bauernkittel, Arme und Beine waren nackt. Die schillernden Flügel ragten hoch über ihrem Kopf auf. Meergrüne Augen in einem schmalen dreieckigen Gesicht musterten Tania. In aufrechter Haltung musste das Geschöpf knapp einen Meter groß sein. Sein Körper war schlank und feingliedrig, die Haut schimmerte in einem Elfenbeinton, der an manchen Stellen ins Grünliche oder Bläuliche ging, als würden die Adern durchscheinen. Lange, ungekämmte blaugrüne Haare hingen ihr über die Schultern.

»Sag an, was du bist!«, rief die geflügelte Frau mit schriller Stimme und in ihrem geöffneten Mund konnte Tania nadelspitze Zähne erkennen.

»Ich heiße Tania und das hier sind meine Freunde – Cordelia und Edric.« Tania breitete ihre Arme aus. »Wir tun euch nichts.«

Die Kreatur legte den Kopf schief, schnitt eine Fratze und verlagerte dabei unbehaglich ihren Fuß. »Ihr tut uns nichts, sagst du? Nein, wahrhaftig, das würde euch schlecht bekommen, Fid Foltaigg.«

»Äh ... Entschuldigung«, sagte Tania und trat langsam auf das Wesen zu. »Ich verstehe nicht, was das heißt – wie hast du uns genannt?«

»Fid Foltaigg«, wiederholte die Kreatur. Sie richtete sich auf und schlug sich mit der Hand gegen die Brust. »Wir sind Lios Foltaigg.«

»Ich weiß nicht, was das bedeutet.«

Staunend bemerkte Tania ein Dutzend anderer Kreaturen, die überall zwischen Felsen auftauchten und sie umringten – Männer und Frauen, alle ebenso gekleidet wie die erste, alle geflügelt und von gleicher Gestalt.

»Ihr seid die Unfertigen«, verkündete die erste Kreatur. »Wo bleibt dein Stolz?«

»Mein Stolz?« Tania blickte um sich und plötzlich ging ihr ein Licht auf. »Oh, du meinst meine Flügel. Ich habe keine. Früher hatte ich welche, aber ... äh, also, ich hab sie verloren.«

Plötzlich spürte sie eine Hand auf dem Rücken. Einer der Männer hatte sich leise an sie herangeschlichen und starrte sie neugierig an. »Einst warst du geflügelt«, sagte er. »Ich spüre die Flügel an deinem Rücken. Ihr Verlust schmerzt dich sehr.«

»Ja, das stimmt«, gab Tania zu. Immer mehr der Geschöpfe näherten sich und blickten sie fragend an. Tania wandte sich zu Edric und Cordelia um, die im Höhleneingang standen. »Ich glaube nicht, dass sie uns etwas tun werden«, sagte sie zu ihnen.

Dann wandte sie sich wieder dem ersten Weibchen zu. »Wie heißt du?«

»Clorimel Emalia Entarrios«, sagte die Kreatur.

»Wow«, sagte Tania. »Das ist ein schöner Name.«

»Ihr seid die Bezähmer der wilden Horntiere«, sagte Clorimel und spähte in die Richtung, in der die Einhörner verschwunden waren. »Nie habe ich etwas dergleichen gesehen. Ihr müsst besondere Zauberkräfte besitzen.«

»Nein, nicht wirklich«, antwortete Tania. »Sie haben uns nur geholfen. Sie sind nicht richtig zahm.«

»Und warum seid ihr in unser Land gekommen?«, fragte das Männchen, das sich als Erstes an sie herangeschlichen hatte. »Dieses Land wurde uns zugesprochen vor urdenklichen Zeiten. Die Sonne kam zur Erde und gab Fidach Ren für alle Ewigkeit den Lios Foltaigg – uns ganz allein, damit wir ungestört von den Fid Foltaigg leben können.« Er winkte. »Ihr müsst fort von hier.«

»Verzeiht, das können wir nicht«, sagte Cordelia, die jetzt neben Tania trat. »Nicht, bevor wir unsere Aufgabe erfüllt haben.«

»Und was ist eure Aufgabe?«, fragte Clorimel.

»Wir sind gekommen, um König Oberon aus Ynis Maw zurückzuholen«, warf Edric ein. »Man sagte uns, dass ihr uns vielleicht helfen könnt.«

»Niemand kommt nach Ynis Maw und niemand verlässt es«, raunte Clorimel. »Das ist ein uraltes Gesetz, das die Sonne selbst uns gegeben hat.«

»Bitte hört uns zu«, bat Tania. »Im Süden passieren schlimme Dinge. Wir sind den weiten Weg vom anderen Ende des Elfenreichs gekommen. Ich weiß nicht, wie viel ihr versteht von dem, was ich euch jetzt sage, aber dort herrscht ein böser Hexenkönig, der das Elfenreich erobern und zerstören will. Nur einer kann ihn aufhalten, aber der sitzt in Ynis Maw gefangen.«

»Wir haben Legenden über euer Volk gehört«, erklärte Cordelia, »und es heißt, dass ihr ein geheimes Wissen und eine geheime Macht besitzt. Sagt, seid ihr etwa die Karken von Ynis Maw?«

Leises Gemurmel war von den Wesen zu hören, die immer zahlreicher erschienen. Ein paar von ihnen umringten Cordelia und Edric, betrachteten sie staunend und berührten ihre Kleider.

»Ja, wir sind die Karken von Ynis Maw«, gab Clorimel jetzt zu. »Dieser Name wurde uns in grauer Vorzeit von der Sonne selbst gegeben. Wir sind die Hüter der Schwarzen Insel. Niemand darf kommen oder gehen. Solange wir unserem Gelöbnis treu sind, wird Fidach Ren für immer uns gehören.«

»Ich glaube euch«, sagte Tania. »Aber wenn ihr uns nicht helft, werden bald böse Leute hierherkommen, die sich nicht um das Versprechen kümmern, das euch gegeben wurde. Das ist ihnen ganz egal, glaubt mir. Sie nehmen euch euer Land weg und vielleicht töten sie euch sogar.«

»So sagt mir doch«, begann Cordelia erneut, »was der Name ›Fid Foltaigg‹ bedeutet?«

Clorimel zeigte mit dem Finger auf sie. »Ihr seid Fid

Foltaigg – die Unfertigen«, sagte sie. »Wir sind Lios Foltaigg – die Vollendeten.«

»Sie meint die Flügel«, erklärte Tania. »Wir sind unvollständig, weil wir keine Flügel haben.«

Cordelia war sichtlich schockiert, sagte aber nichts.

Clorimel zeigte auf Tania. »Du bist Alios Foltaigg. Halb fertig – halb Lios.« Mit funkelnden Augen fügte sie hinzu: »Du bist zwischen den Dingen. Du stehst mit einem Fuß auf dem Land und mit dem anderen im Meer. Die Sonne ist dein rechtes Auge und der Mond dein linkes. Das ist der Grund für deine Traurigkeit und dein Schicksal.«

Tania lief ein Schauder über den Rücken. Clorimel hatte den wahren Grund für ihre Ruhelosigkeit erkannt – dass sie halb Mensch und halb Elfe war. Und sie schien Mitleid mit ihr zu haben. »Werdet ihr uns helfen?«, fragte sie.

»Was verlangst du von uns? Was sollen wir tun?«, antwortete Clorimel.

»Habt ihr schwarzen Bernstein?«, fragte Tania. »Wir brauchen schwarzen Bernstein, um die Isenmort-Bande aufzubrechen, die Oberons Bernsteingefängnis umgeben.«

Clorimal starrte sie verständnislos an. Wahrscheinlich hatte sie noch nie von schwarzem Bernstein gehört.

»Hopie hat sich geirrt«, murmelte Cordelia. »Diese Leute können uns nicht helfen. Es war alles vergeblich.«

»Wir sollten trotzdem nach Ynis Maw gehen, wenn sie uns lassen«, sagte Edric. »Wir sind schon so weit gekommen – da können wir doch nicht einfach umkehren und den König seinem Schicksal überlassen.«

»Gut gesprochen, Master Chanticleer«, sagte Cordelia

und wandte sich an Clorimel. »Erlaubt ihr uns, das Wasser nach Ynis Maw zu überqueren, oder werdet ihr unsere Pläne durchkreuzen? Wisst, dass wir nicht aus freien Stücken diesen Ort verlassen werden, ehe unsere Aufgabe erfüllt ist. Blut wird fließen, wenn ihr uns daran zu hindern versucht.«

Tania sah Cordelia warnend an – jetzt war nicht der Moment, Drohungen auszusprechen. Sie hielt Clorimel ihre Hände hin. »Bitte helft uns«, flehte sie. »Es ist auch in eurem Sinn. Vertraut mir. Wenn ihr uns ziehen lasst, sorgen wir dafür, dass ihr niemals wieder von den Fid Foltaigg bedrängt werdet. Also, helft ihr uns?«

Clorimel sprang in die Luft und stieg an der schwindelerregend steilen Talwand auf. Jauchzend folgten ihr die anderen, die Flügel schillernd wie Regenbogen, die schlanken Körper federleicht. Ein heftiger Schmerz durchzuckte Tania, eine unbändige Sehnsucht, von dem harten kalten Boden aufzuspringen und mit den anderen in die Lüfte zu steigen. Aber sie konnte nur dastehen, den Hals verdrehen und zuschauen, wie die andern schwerelos in den Himmel hinaufschwebten.

Lange Zeit hingen die Karken in der Luft und palaverten miteinander, stritten sich wahrscheinlich, ob sie ihre alten Gesetze brechen durften oder nicht. Endlich flogen sie auseinander, kreisten nach unten und landeten mühelos auf den Felsen ringsum. Clorimel kam zu Tania herunter und schwebte dicht über dem Boden, um Auge in Auge mit ihr sprechen zu können.

»Wir werden tun, was du verlangst, Alios Foltaigg«,

sagte sie. »Um unserer Heimat und um des Friedens willen. Aber wisse: Solltest du uns getäuscht haben, werden wir euch töten.«

Tania nickte. »Ihr könnt sicher sein, dass ich die Wahrheit spreche«, sagte sie.

»Wohlan, dann sollt ihr nach Ynis Maw reisen«, sagte Clorimel. »Folgt uns.«

Die Lios Foltaigg breiteten wieder ihre Flügel aus und ließen sich vom Wind forttragen wie welke Blätter, während Tania und die anderen mühsam in das gewundene Tal hinabstiegen. Als sie um eine scharfe Biegung kamen, öffnete sich der Horizont vor ihnen. Das Tal fiel steil in eine weite Felsenbucht ab, gegen die das graugrüne Meer anbrandete, mit einem Geräusch wie von splitterndem Glas. Ungefähr eine Meile weit draußen auf den unruhigen Wellen ragte ein schwarzer Buckel aus dem Meer auf.

»Dort seht ihr die Schwarze Insel«, verkündete Clorimel. »Ynis Maw liegt vor euch!«

XIX

Tania stand am Meeresufer und starrte auf den düsteren schwarzen Buckel hinaus, der sich Ynis Maw nannte. Edric und Cordelia waren bei ihr und viele Lios Foltaigg versammelten sich in ihrer Nähe. Tania dachte an Gabriel Drake, den Oberon auf diesen schwarzen Felsklotz verbannt hatte, bis er durch die bösen Kräfte des Hexenkönigs befreit worden war.

»Schade, dass Zara nicht da ist«, sagte Edric. »Sie könnte uns ein paar Schildkröten herbeirufen, die uns nach Ynis Maw bringen würden.« Er wechselte einen Blick mit Tania und flüsterte ihr zu: »Meinst du, diese Wesen würden sich herbeilassen, uns hinüberzutragen?«

Tania riss sich vom trostlosen Anblick der Schwarzen Insel los. »Wir können ja mal fragen«, sagte sie. »Aber sie sind so klein – ich weiß nicht, ob sie das schaffen.«

»Und wie sollen wir mit dem König zurückkehren?«, fügte Cordelia hinzu. »Ihn heil zu unserer Mutter bringen? Selbst wenn wir es auf diese verfluchte Insel schaffen, sind wir noch längst nicht am Ende unseres Wegs.« Sie lächelte grimmig. »Eine würdige Herausforderung, fürwahr!«

Tania gab ihr insgeheim Recht: Alles, was sie bisher durchgemacht hatten, war ein Kinderspiel im Vergleich zu dem, was sie in Ynis Maw erwartete, wenn sie Oberon gefunden hatten. Ohne den schwarzen Bernstein gab es keine Möglichkeit, ihn aus seinem Gefängnis zu befreien.

Ein Schwirren in der Luft riss sie aus ihren Gedanken. Es war ein Lios Foltaigg, der in einer Spiralbewegung zu ihnen herunterschwebte. Er landete leicht und elegant, seine kleinen Füße berührten kaum den Boden.

»Eure wilden Horntiere galoppieren nach Süden«, verkündete er. »Sie laufen schnell wie der Wind. Sie werden nicht zurückkehren.«

»Danke, dass du uns diese Nachricht gebracht hast«, antwortete Tania und hoffte, dass Tanz und seine Gefährten heil nach Hause kommen würden. »Wir müssen irgendwie auf die Insel kommen und zum Schwimmen ist es zu weit«, sagte sie zu Clorimel.

»Es gibt ein Boot«, sagte Clorimel. »Es ist alt, sehr alt. Ich bin mir nicht sicher, ob es euer Gewicht verkraftet, nach all den Jahren.«

»Ein Boot?«, fragte Tania überrascht. »Wo denn?«

»Es liegt in einer Höhle nicht weit von hier.«

»Bringt uns dorthin, wenn ihr so gut sein wollt«, bat Cordelia. »Und lasst uns die Seetauglichkeit des Bootes auf die Probe stellen.«

Clorimel entfaltete anmutig ihre Flügel und segelte über die Uferlinie. Tania und die anderen folgten ihr, zusammen mit mehreren Lios Foltaigg, die an den Felsen vorbeistriften. Schließlich erreichten sie eine Stelle, wo die dunklen Klippen senkrecht in den Himmel aufragten und die Wellen sich in einem weißen Schaumwirbel brachen. Clorimel führte sie über nasse, von schlüpfrigem Tang bedeckte Felsblöcke.

Ein dunkler Spalt tauchte in der Klippenwand auf. Die Höhle hatte einen einzigen Boden und reichte tief ins Dunkel hinein. Neben dem Eingang lag ein schmales schwarzes Ruderboot.

Edric beugte sich darüber, die Hände am Schandeck. »Es scheint in Ordnung zu sein«, sagte er zu Clorimel, die am Höhleneingang stand. »Wann wurde es das letzte Mal zu Wasser gelassen? Und warum liegt es hier?«

»Es wurde nicht von den Lios Foltaigg geschaffen und wir benützen es auch nicht«, erwiderte sie. »Die Günstlinge der Sonne sind einst mit dem Boot gefahren, nur weiß ich nicht, zu welchem Zweck. Doch heißt es, das Blut der Steine sei Nahrung für die Sonne.«

»Was bedeutet das?«, fragte Tania.

Clorimel legte den Kopf schief. »Es bedeutet, was es bedeutet«, sagte sie. »Nicht mehr und nicht weniger. Ist das Boot noch zu gebrauchen?«

»Ich glaube schon«, sagte Edric. Er sah Tania und Cordelia an. »Helft ihr mir, es an den Strand hinunterzuziehen?«

Zu dritt schleppten sie das Boot aus der Höhle und über die Steine hinunter. Tania sah zwei Ruder im Kiel liegen. Es war klar, dass jemand mit dem Boot nach Ynis Maw gerudert war. Oberon brauchte kein Boot, um Verbannte nach Ynis Maw zu schicken – dafür setzte er seine Magie ein. Wer also hatte das Boot genommen und wozu?

Mit vereinten Kräften schoben sie das Boot ins Wasser.

Edric watete knietief nebenher und kämpfte mit den Wellen, die ihm beinahe das Boot entrissen.

»Es dringt offenbar kein Wasser ein«, stellte Cordelia fest. »Der Rumpf ist noch heil.«

Edric hielt das Boot fest, während Tania und Cordelia hineinkletterten. Das Gefährt hüpfte wild auf den Wellen, aber sie schafften es, Edric hineinzuziehen, ohne dass es kenterte. Cordelia nahm eines der Ruder, um das Boot auf Abstand zu den Felsen zu halten. Edric kroch zu ihr ins Heck und gemeinsam stießen sie sich vom Ufer ab. Tania saß im engen Bug, Cordelia im Heck, Edric platzierte sich in der Mitte und begann mit langen, festen Schlägen zu rudern. Er brauchte seine ganze Kraft, um das Boot zu beherrschen. Verbissen kämpfte er gegen die Wellen an und steuerte geschickt vom Ufer weg.

»Das klappt super, Edric!«, munterte Tania ihn auf. »Du schaffst es!«

Edric nickte. Schweißüberströmt beugte er sich vor, um die Ruder in einem weiten Bogen aus dem Wasser zu heben. Dann führte er sie zurück und drehte die Ruderblätter, während er sie eintauchte und erneut durchs Wasser zog. Es dauerte einige Zeit, bis sie die schäumende Brandung hinter sich gelassen hatten. Erst jetzt sah Tania, dass ein paar Lios Foltaigg ihnen gefolgt waren und leicht wie Löwenzahnschirmchen neben ihnen herschwebten.

Die Überfahrt war alles andere als einfach. Das kleine Boot wurde herumgeworfen wie eine Nussschale, als wollte das Meer sie mit aller Gewalt vom Kurs abbringen. Tania klammerte sich am Bootsrand fest und spähte über die Schulter, sah den schwarzen Strand von Ynis Maw langsam näher rücken.

Schließlich landeten sie in einem wilden Schaumstrudel. Nass bis zu den Hüften kämpften sie gegen die See an, die ihnen das Boot mit aller Gewalt entreißen wollte, und zogen es mit letzter Kraft auf den schwarzen Kiesstrand hinauf. Tania starrte auf die glatten schwarzen Felsen, die weiter oben aufragten und gespenstisch unter dem grauen Himmel schimmerten.

Cordelia legte den Kopf in den Nacken und schaute zu den Lios Foltaigg auf, die ein Stück vom Ufer entfernt in der Luft schwebten. »Was glaubst du, Schwester? Sind sie mitgekommen, um uns zu helfen oder um uns auszuspähen?«, fragte sie misstrauisch.

»Ich weiß nicht.« Tanias Herz machte einen Satz, als sie zu den zarten Gestalten mit den schimmernden Libellenflügeln aufblickte, die wie Spielzeugdrachen am Himmel schwebten und mit ihren mandelförmigen grünen Augen zu ihnen herunterblickten.

In diesem Augenblick beneidete sie die Lios Foltaigg glühend.

Clorimel kreiste tiefer. »Wir werden euch bei eurer Suche helfen!«, rief sie ihnen zu. »Sagt uns jetzt, wonach ihr sucht.«

»Danke!«, rief Tania zurück. »Das ist echt nett von euch! Wir suchen eine große Bernsteinkugel, in der ein Mann gefangen sitzt.«

»Habt Dank für eure Hilfe!«, fügte Cordelia hinzu. »Unverhoffte Freundlichkeiten sind die größten aller Wohltaten!«

Clorimel nickte und stieg wieder zu den anderen auf. Dann schossen die Lios Foltaigg über die Insel und verschwanden landeinwärts hinter den Klippen. Ein Knirschen wie von Kies drang an Tanias Ohr, und als sie sich umdrehte, liefen Edric und Cordelia bereits den Strand hinauf. Rasch folgte sie ihnen zu den ölig glänzenden Felsen.

Es war sehr mühsam, an dieser ersten schroffen Klippenwand hinaufzuklettern, und Tanias Arme und Beine zitterten vor Anstrengung, als sie endlich oben stand und auf Ynis Maw hinunterblickte.

»Ein finsterer Ort fürwahr«, murmelte Cordelia. »Gerade gut genug für einen Verräter.«

Messerscharfe Klippen und wild zerklüftete Täler breiteten sich vor ihnen aus, kahl und unwirtlich, mit ein paar windgepeitschten, verkümmerten Sträuchern und rauem Gras bewachsen, das zwischen dem schwarzen Geröll hervorstach. Das Gelände stieg in unregelmäßigen Terrassen zu einer Kuppel aus Felszacken an. Die Berge sahen aus wie mit einem Riesenhammer zertrümmert, das Land wie aufgerissen und von gigantischen Äxten zerfleischt.

Edric nahm Tanias Hand und sagte mit einer Stimme, die vor Grauen bebte: »Ich weiß, was der Verräter Drake dir angetan hat, was er uns allen antun wollte, aber das hier ... nein, das wünsche ich nicht einmal meinem ärgsten Feind.«

Tania wollte jetzt nicht an Gabriel Drake erinnert werden – der Ort hier war schon schrecklich genug. Außerdem waren sie hergekommen, um eine Aufgabe zu erfüllen. »Wo sollen wir als Erstes suchen?«, fragte sie. Die ganze Zeit über hatte sie geglaubt, sie müsse die Gegenwart ihres Vaters spüren, sobald sie in Ynis Maw waren – als eine tröstliche Wärme in der Luft. Aber hier war nichts.

»Das Bernsteingefängnis kann überall sein, hier oben im Freien oder in einem Versteck im Tal unten oder in einer Höhle«, antwortete Edric. »Wir müssen alles absuchen.«

»Dann lasst uns beginnen«, sagte Cordelia. »Bleiben wir zusammen oder sucht jeder für sich allein?«

»Lieber zusammenbleiben«, sagte Tania schnell. Ihr schauderte bei dem bloßen Gedanken, allein auf dieser Geisterinsel herumzuirren. »Das dauert zwar länger, aber ich glaube nicht, dass es gut ist, wenn wir uns trennen.«

»So sei es.« Cordelia brach sofort auf und tastete sich zwischen den Felsen hindurch.

Sie suchten ewig lange, stiegen in steile Schluchten hinab, kletterten über reißzahnscharfe Bergkämme und stolperten durch die zertrümmerten, teilweise zu Staub zermahlenen Überreste einer Felsenlandschaft. Hin und wieder tauchten ein oder zwei Lios Foltaigg am Himmel auf, aber Tania hatte längst jede Hoffnung aufgegeben, dass das fliegende Völkchen den König finden würde. Von Norden her drängten dicke Sturmwolken herein und die Welt wurde immer finsterer.

Cordelia blickte sorgenvoll zum Himmel auf. »Was werden wir tun, wenn wir den König nicht finden, solange das Tageslicht anhält?«, fragte sie, eine Angst, die Tania schon die ganze Zeit quälte. »Werden wir auf dieser verfluchten

Insel nächtigen oder müssen wir aufs Festland zurückkehren? Gewiss, sie halten sich fern, doch sah ich sie durch die Felsen huschen – sie beobachten uns, folgen uns.«

Tania riss entsetzt den Kopf hoch. »Wer? Von wem sprichst du? Von wilden Tieren?«

»Nein, nicht von Tieren, es sei denn, dass Tiere in diesen Breiten auf zwei Beinen wandeln und sich in zerlumpte Kleider hüllen.«

Tanias Augen weiteten sich. »Du meinst Menschen?«

»Ja, gewiss – sofern man bei diesen elenden Kreaturen noch von Menschen sprechen kann«, erwiderte Cordelia und warf Tania einen seltsamen Blick zu. »Oder dachtest du, der Verräter Drake sei der Einzige, der an diesen Ort verbannt wurde? Oh nein, Schwester – da sind noch andere.«

Tania überlief es kalt, und sie blickte sich vorsichtig um, ob nicht irgendwo eine irre Fratze zwischen den Felsen hervorspähte.

»Wir haben noch etliche Stunden Tageslicht vor uns«, sagte Edric. »Das können wir später entscheiden.« Ein hohes, durchdringendes Rufen wie der Schrei einer Seemöwe driftete zu ihnen herunter. Tania starrte zum grauen Himmel hinauf. Drei Lios Foltaigg schwebten in der Nähe der Küstenlinie, zwei männliche und ein weiblicher.

»Vielleicht haben sie etwas gefunden«, sagte Tania und schöpfte wieder Hoffnung.

»Oder vielleicht geben sie auf«, brummte Edric.

Hastig kletterten sie über die Felsen zu einem hohen Überhang. Die drei geflügelten Wesen schwebten näher. Das Weibchen war Clorimel.

»Hört, Fid Foltaigg!«, rief sie ihnen zu. »Die Sonne ruht in einer Höhle im Norden der Insel. Ithacar und Uriban haben sie gesehen. Sie liegt in einem gelben Lichtschein und schläft mit offenen Augen.«

»Oberon!«, stieß Tania aufgeregt hervor. »Sie haben ihn gefunden.« Dann rief sie den Lios Foltaigg zu: »Könnt ihr uns den Weg dorthin zeigen?«

»Ja!«, rief Clorimel. »Kommt mit, es ist nicht weit!«

Die Lios Foltaigg führten sie um die Westküste der Insel zu einem höhlenübersäten Tal, das in einem Ring zerklüfteter Berge lag.

»Barmherzige Geister!«, rief Cordelia. »Seht ihr das Licht dort?«

Ein bernsteinfarbener Glanz drang aus einer der Höhlen. Tania ließ den Lichtschein nicht aus den Augen, als sie den Hang hinunterschlitterten, und betete, dass sie den König lebend in der Höhle finden würden. Die Höhle war nicht viel mehr als eine Vertiefung in den Klippen, das Dach niedrig und zerklüftet, der Boden aus grauem Schiefer. Aber der Bernsteinglanz erleuchtete die Wände, sodass der Raum wie vergoldet war.

Das Bernsteingefängnis hing in der Luft, eine Handbreit vom Boden entfernt und mit einem Netz von grauen Eisenbändern umhüllt, durch dessen Maschen Licht sickerte. Eine reglose Gestalt war in der Kugel eingeschlossen. Cordelia schluchzte und schlug die Hände vors Gesicht. Tania trat vor und dachte schaudernd an den Tag, an dem sie Edric in einer solchen Kugel gefunden hatte.

Oberon lag auf der Seite, in ein dunkles, weiß verbrämtes Pelzgewand gehüllt. Die blauen Augen in seinem schönen, bärtigen Gesicht waren geöffnet, doch leer und ohne Leben. Er hatte einen Arm erhoben, als sei er mitten in der Bewegung erstarrt.

Tania trat noch näher heran. Eine Träne rollte ihr über die Wange, als sie hinter dem tödlichen Eisengitter das Gesicht ihres Elfenvaters erblickte. Sein leerer Blick raubte ihr jede Hoffnung. Hinter ihr schluchzte Cordelia und sie biss sich verzweifelt auf die Lippen.

Edric trat stumm neben sie.

So verharrten sie einen Moment lang und starrten auf die Bernsteinkugel. Schließlich streckte Tania die Hand danach aus. Ein blauer Funke schoss aus den Eisenbändern und brannte wie Feuer auf ihrer Haut. Der Schmerz schoss durch ihren Arm, sodass sie schreiend die Hand wegzog.

»Ich kann die Kugel ja noch nicht mal anfassen«, schluchzte sie. »Jetzt sind wir so weit gekommen und trotzdem war alles umsonst!« Verzweifelt sank sie zu Boden. »Aus, vorbei!«, rief sie. »Es ist hoffnungslos! Total hoffnungslos!«

XX

Die Nacht legte sich über Ynis Maw wie eine schwere schwarze Decke. Es gab keine Sterne, keinen noch so winzigen Lichtschimmer, außer dem traurigen Bernsteinglanz, der wie eingeschlossenes Mondlicht aus Oberons Gefängnis drang.

Sie brachten es nicht übers Herz, Oberon eine weitere Nacht in seinem Gefängnis allein zu lassen, und so hatten sie sich schlecht und recht in der Höhle eingerichtet. Tania hatte die erste Wache übernommen, Edric und Cordelia schliefen auf dem harten Schieferboden, Tania hatte die erste Wache übernommen. In ihren Mantel gehüllt, kauerte sie in der Höhlenöffnung, den Rücken an den kalten Fels gelehnt, und spähte ins Dunkel, das jenseits des Bernsteinschimmers lag. Finstere Gedanken gingen ihr durch den Kopf. Sie hatten keinen schwarzen Bernstein, um die Isenmortfesseln zu schmelzen und das Gefängnis aufzubrechen. Und wie sollten sie Oberon befreien, wenn sie die Bernsteinkugel nicht einmal anfassen konnten?

Das Geräusch gedämpfter Schritte riss sie aus ihren Gedanken. Tania dachte an die düsteren Gestalten, die Cordelia gesehen hatte – die Verbannten. Waren sie mitten in der Nacht hier draußen, um die Gefährten zu überfallen?

Das tappende Geräusch wurde lauter und ein schwerer Regentropfen klatschte auf Tanias Hand. Dunkle Punkte erschienen auf dem grauen Stein vor der Höhlenöffnung. Der Regen wurde heftiger, im Licht der Bernsteinkugel blitzten die Tropfen wie Juwelen. Tania zog sich tiefer in die Höhle zurück. Bald war der Fels klatschnass, der Regen peitschte herunter, das Wasser zischte und fauchte wie ein Nest voller Schlangen und Eidechsen. Donner grollte und Blitze zuckten, sodass sekundenlang die Umrisse der Berge ringsum hervortraten. Die Gewitterwolken luden ihre Last über Ynis Maw ab. Es würde eine unruhige Nacht werden.

Als Tania erwachte, war der Himmel mit düsteren rotbraunen Wolken bedeckt, als sei er über Nacht im Regen verrostet. In dem gespenstischen Licht sahen die schwarzen Felsen wie blutige Knochen aus, die aus dicken, geronnenen Blutlachen aufragten. Tania kauerte noch immer am Höhleneingang und jeder einzelne Muskel in ihrem Körper schmerzte. Mühsam stand sie auf, zog ihren Mantel fester um sich und trat ins Freie. Die Felsen ringsum schimmerten in einem feuchten Rot und unter ihren Füßen spritzte dunkelrotes Wasser auf. Vorsichtig spähte sie herum und dachte an die Verbannten. Wie konnten diese armen Geschöpfe nur auf diesem kahlen Felsklotz überleben?

»Und sie haben nicht mal die Chance zu sterben«, murmelte Tania vor sich hin. »Sie leben ewig.« Die Unsterblichkeit des Elfenvolks war nicht immer nur ein Segen, sondern manchmal auch ein Fluch.

Ihr Mund war trocken, und sie griff nach dem Wasserschlauch an ihrer Hüfte, aber der war schlaff und leer. Neben dem Eingang hatte sich unter einem überhängenden Felsen eine kleine Lache gebildet. Das Wasser war dunkel. Tania ging in die Knie, zog den Stöpsel aus ihrer Flasche und schöpfte ein wenig Wasser damit. Als sie sich über die Lache beugte, blickte sie in ihr Spiegelbild.

»Bin das wirklich ich?«, wisperte sie und starrte entsetzt auf die wirren, ungepflegten Haare und die tief liegenden, traurigen Augen. In ihrem Gesicht waren deutlich die erlittenen Schrecken zu lesen.

Tania schwankte, und plötzlich war es, als geriete das Universum aus den Fugen und alles stürzte zusammen.

»Tania?«

Ungläubig starrte sie in die Pfütze. Das Gesicht hatte sich verändert. Es war ihr Gesicht – und auch wieder nicht. Die Lippen bewegten sich und eine Stimme in ihrem Kopf sagte: »Ich bin's, Tania.«

»Titania?«, rief sie atemlos und beugte sich näher zum Wasser hin.

»Ich versuche euch schon seit vielen Tagen zu erreichen«, sprach Titania aus dem Wasser. »Wo in aller Welt seid ihr?«

»In Ynis Maw«, antwortete Tania. »Ist bei euch alles in Ordnung?«

»Ja, wir sind alle in Sicherheit. Edens Zauber schützt uns.«

»Bei uns läuft alles total schief«, stieß Tania mit bebender Stimme hervor. »Wir sind so weit gekommen, und dann ...«

»Ich weiß, meine Tochter«, sagte Titania beruhigend. »Verzweifle nicht. Ich habe mit Hopie gesprochen, und sie hat mir alles erzählt, was geschehen ist ...«

Tania wischte sich die Tränen aus den Augen. »Aber es ist noch viel mehr passiert, seit wir von Hopie weg sind.«

»Erzähle es mir später, wenn ihr zurück seid«, sagte Titania. »Doch jetzt hör zu, Tania, denn ich werde dir ein großes Geheimnis anvertrauen, ja vielleicht das größte im ganzen Elfenreich. Ich wagte nicht, es euch früher zu erzählen, da ich Angst hatte, ihr könntet dem Feind in die Hände fallen.« Sie verstummte einen Augenblick. »Die geheime Bernsteinmine ist auf Ynis Maw.«

Tania starrte in das Gesicht ihrer Elfenmutter, das von der Bewegung des Wassers verzerrt wurde. »Waaas?«

»In der Mitte der Insel befindet sich ein tiefer Krater, dort ist die Mine verborgen. Der schwarze Bernstein dort wird die Bande aus Isenmort um Oberons Gefängnis aufbrechen, und sobald das Isenmort entfernt ist, wird Oberon gewiss stark genug sein, um das Bernsteingefängnis zu zerstören und sich selbst zu befreien.«

Tania schwirrte der Kopf. »Ist das dein Ernst? Die berühmte Bernsteinmine ist wirklich hier?«

»Oh ja, ganz sicher«, versicherte Titania. »Ich wollte es euch schon damals sagen, als wir alle hier zusammensaßen und über den schwarzen Bernstein sprachen. Doch ich habe es nicht gewagt.« Tania erinnerte sich an Titanias ungewohnte Schweigsamkeit, als sie im Jagdhaus beisammen gewesen waren. Daran also hatte sie gedacht! Und Clorimels rätselhafte Bemerkung ergab nun plötzlich auch einen Sinn: Das Blut der Steine ist Nahrung für die Sonne. Oberon war die Sonne und der schwarze Bernstein war das Blut der Steine. Und das Ruderboot diente seit urdenklichen Zeiten dazu, den schwarzen Bernstein aufs Festland hinüberzutransportieren.

»Es wird allerdings nicht leicht für euch sein«, fuhr Titania fort. »Die Mine ist bewacht.«

»Bewacht? Von wem?«, fragte Tania verwirrt.

»Ich weiß nicht«, gab Titania zu. »Es ist schon lange her, dass der König den Wächter berufen hat. Ich fürchte, es wird gefährlich sein.«

»Auch nicht gefährlicher als das, was wir schon erlebt haben!«, schnaubte Tania. »Okay, dann geh ich jetzt zu Edric und Cordelia zurück und erzähle ihnen alles. Und dann suchen wir die Bernsteinmine und retten den König.« Sie streckte ihre Hand nach der Wasserpfütze aus. »Danke«, sagte sie leise. »Ich bin so froh.«

Titania reichte ihr ebenfalls die Hand. »Hätte ich es euch doch nur früher erzählen können, mein Kind!«

»Nein, nein – ist schon gut.« Einen Augenblick berührten sich ihre Fingerspitzen an der Wasseroberfläche und das Spiegelbild löste sich in tausend kleine Kräuselwellen auf. Die Königin war verschwunden.

Tania sprang auf und lief in die Höhle zurück.

Edric und Tania lagen am Rand des Kraters im Herzen der Insel. Es war ein mühsamer Aufstieg durch den schwarzen Geröllsplitt gewesen, aber nun waren sie endlich oben und blickten auf die berühmte Bernsteinmine von Tasha Dhul hinab.

Cordelia war bei Oberon geblieben, obwohl sich alles in ihr dagegen sträubte, die anderen allein der Gefahr auszusetzen, doch Edric und Tania hatten sie überzeugt, dass es so besser war. Edrics Worte hatten den Ausschlag gegeben.

»Der König kann uns sehen«, hatte er eingewandt. »Ich weiß es, ich war ja selbst im Bernsteingefängnis. Bleibt bei ihm, Mylady. Das wird ihn trösten.«

Die Kraterhänge fielen zu einer ovalen Vertiefung ab, die mit Löchern und gähnenden Höhlenschlünden übersät war. Zu ihrer Linken waren die Überreste eines alten Pfads zu sehen. Er schlängelte sich an einer Steilwand bis auf den Grund der Schlucht hinunter und endete in einem großen, abfallenden Höhleneingang.

»Bin mal gespannt, wer der Wächter ist«, murmelte Edric. »Ein Tier oder ein Elfenwesen?«

»Ich glaube, Titania wusste es auch nicht. Er wurde vor langer, langer Zeit dorthin befohlen. Vielleicht ist er längst tot.«

»Du glaubst doch nicht, dass der König einen sterblichen Wächter berufen würde?«

»Wohl kaum«, gab Tania stirnrunzelnd zu. »Kannst du sehen, ob sich dort unten etwas bewegt?«

»Nein, ich sehe nichts. Was aber nicht heißt, dass nichts da ist.«

Schließlich standen sie auf und kletterten über den Kraterrand, um den Abstieg zu beginnen. Loses Geröll rutschte unter ihren Füßen weg. Hand in Hand schlitterten sie nach unten. Dann überquerten sie vorsichtig auf einem Trampelpfad den Talboden. Über ihnen zogen dicke Wolken auf und verdeckten die Sonne. Eine unnatürliche Dunkelheit senkte sich auf sie herab, wie Dämmerlicht am hellen Mittag.

»Wenn wir doch nur Schwerter hätten«, wisperte Tania.

»Oder einen Raketenwerfer«, zischte Edric zurück.

Sie wechselten einen bangen Blick und fassten einander noch fester bei den Händen.

Als sie den hohen Eingang der Mine erreichten, begann es zu regnen. Das Bergwerk reichte tief in den klaffenden Schlund hinab. Schwarze Wasserlachen sammelten sich in den Löchern und Furchen am Boden. Weiter innen bemerkte Tania, dass die Wände über ihnen von schwarzen Adern durchzogen waren, die im schwachen Lichtschein glitzerten. Hinter ihnen rauschte der Regen stetig herab.

Edric ließ jetzt Tanias Hand los. Er bog zur Seite ab und balancierte vorsichtig zwischen den immer größer werdenden Wasserlachen hindurch. Tania folgte ihm und sah ihn im Dunkeln kauern, ein paar kleine schwarze Bernsteinstücke in der hohlen Hand.

»Das ist alles, was wir brauchen«, sagte er und blickte zu ihr auf. »Kommt mir fast zu einfach vor, dir nicht?«

»Ach, weißt du, ich hab's gern einfach«, antwortete Tania und hockte sich neben ihn. »Ich hab solchen Durst, Edric – meinst, das Wasser hier drin ist trinkbar?«

»Warum nicht? Ist doch nur Regenwasser.«

Tania probierte eine Handvoll von dem eisigen Nass. Es

schmeckte ein wenig bitter, vielleicht wegen der Minerale, die darin enthalten waren, aber es war erfrischend und nicht unangenehm. Sie trank noch ein paar Handvoll und füllte dann ihren Wasserschlauch.

Da stand Edric plötzlich auf und spähte angestrengt in den großen schwarzen Höhlenschlund.

»Was ist?«, fragte Tania.

»Ich dachte, ich hätte was gehört.«

Tania stand auch auf und band ihre Wasserflasche am Gürtel fest. »Nichts wie weg hier!«, sagte sie, denn jetzt hörte sie es auch. Ängstlich spähte sie in die undurchdringliche Schwärze.

Am anderen Ende der Höhle zeichnete sich eine Gestalt ab, rote Augen funkelten sie an.

»Lauf!«, schrie Tania. Diese Augen hatte sie schon einmal gesehen – in einem Albtraum.

Doch bevor sie auch nur einen Finger rühren konnten, stürzte das Monster ins Licht heraus. Es stand auf vier Klauenfüßen und war fast zwei Meter groß, mit einem zottigen Rumpf und einer Löwenmähne, doch die Hinterbeine waren statt mit Haaren von schwarzen Schuppen bedeckt. Der dicke, mehrgliedrige Schwanz wölbte sich über seinem Rücken auf wie ein Skorpionstachel, und aus der Spitze oben tropfte zähes gelbes Gift.

Doch das Schlimmste an dem Untier war sein hassverzerrtes Gesicht, das entfernt an das eines Menschen erinnerte und darum umso furchterregender wirkte. Die roten Augen glühten gespenstisch und aus dem breiten, weit aufgerissenen Maul ragten spitze gelbe Fangzähne hervor.

»Eine Mantigora«, flüsterte Edric. »Der Wächter ist eine Mantigora!«

Tania bückte sich, hob einen Stein auf und schleuderte ihn mit aller Kraft nach dem Monster. Sie hatte gut gezielt: Der Stein traf die Mantigora an der Stirn, konnte ihr aber nichts anhaben. Mit ohrenbetäubendem Gebrüll setzte sie zum Sprung an.

Tania und Edric rannten auf der Stelle los.

»Nicht zurückschauen«, keuchte Edric, während sie über den holprigen Boden sprinteten.

»Hast du den Bernstein?«, stieß Tania hervor.

»In der Brusttasche meines Hemds.«

Dann stürzten sie aus der Höhle und in den strömenden Regen hinaus. Die Wolken hingen bis fast zur Erde herunter. Hinter ihnen polterte die Mantigora über die Steine, und bald drang ihr keuchender Atem an Tanias Ohr und das Stampfen ihrer schweren Füße. Das Geräusch kam stetig näher, aber Tania wagte nicht, über die Schulter zu blicken, um nicht zu stolpern oder gar zu stürzen.

»Hier lang!«, rief Edric und wich vom Weg ab. Er war ein Stück vor ihr, als sie die Steilwand erreichten. Der Fels sah im Regen wie zerbrochenes schwarzes Glas aus.

Tania kletterte auf Händen und Füßen den Hang hinauf. Grelle Blitze zuckten über den Himmel und hinter ihr bellte das Monster. Sie waren jetzt fast oben; sie mussten nur noch den scharfkantigen Felsgrat überwinden, dann hatten sie es geschafft.

»Jetzt komm schon!«, drängte Edric.

Tanias Fuß rutschte auf dem Geröllsplitt ab. Sie stürzte auf die Knie und schrie auf vor Schmerz.

»Steh auf, schnell!«, brüllte Edric zu ihr herunter. »Sie holt uns gleich ein! Ich muss dich jetzt loslassen. Ich brauche beide Hände für das nächste Stück.« Er ließ ihre Hand los und stolperte über den Kraterrand. Tania rappelte sich auf, nass bis auf die Knochen und völlig durchgefroren. Hinter ihr ertönte ein tiefes Röcheln. Die Mantigora hatte sie fast eingeholt.

»Tania!«

Als sie hinaufsah, kauerte Edric am Kraterrand und streckte seine Hand zu ihr herunter. Es war wie in ihrem Albtraum, als er sich in Gabriel Drake verwandelt hatte. Tania zögerte, seine Hand zu nehmen. Der Albtraum schien wahr zu werden.

»Tania!« Edric streckte seinen Arm noch weiter herunter, die Finger gespreizt, und ehe Tania reagieren konnte, verlor er die Balance und purzelte an ihr vorbei den Kraterhang hinunter.

Im letzten Moment schaffte er es, seinen Sturz zu bremsen, doch die Mantigora war nur noch wenige Meter hinter ihm. Mit glühenden Augen stampfte sie durch den Regen und ihr wütendes Bellen übertönte selbst das Donnergrollen.

Tania zögerte keine Sekunde. Entschlossen richtete sie sich an dem Steilhang auf, drehte sich um, kämpfte eine Sekunde lang um ihr Gleichgewicht, dann sprang sie hinunter. Mit den Füßen voran knallte sie auf die Mantigora, die gerade Edrics Arm zwischen ihren Kiefern zu zermalmen drohte. Das Monster wurde zurückgeschleudert, aber es fuhr mit einer seiner scharfen Klauen über Tanias Handrücken, dass das Blut nur so hervorspritzte. Die hinteren Klauen der Mantigora scharrten hilflos über die losen Steine, als sie bergab stürzte und wild mit ihrem Skorpionstachel peitschte. Tania knallte mit voller Wucht auf den Hang und konnte sich gerade noch an einem Sims festklammern, sonst wäre sie zusammen mit der Mantigora in die Tiefe gestürzt.

Edric lag der Länge nach am Hang, die Kleider völlig zerfetzt. Hastig rappelte er sich auf und zog Tania hoch. Dann kletterten sie die letzten paar Meter zum Kraterrand hinauf. Oben drehte Tania sich um und spähte durch den strömenden Regen hinunter. Die Mantigora hetzte bereits wieder den Hang herauf, brüllend und zähnebleckend, den grässlichen Stachel hoch aufgerichtet. Edric packte Tania an der Hand und zerrte sie am äußeren Kraterhang hinunter.

Als sie fast unten am Fuß des Kraters waren, verlor Tania den Halt und stürzte auf die Knie. Edric hielt an, um ihr aufzuhelfen. Er hob einen Stein auf und zielte auf das Monster.

Aber die Mantigora folgte ihnen nicht. Sie stand oben am Kraterrand, scharf umrissen vor dem brodelnden Himmel, und stampfte mit bebendem Schwanz und aufgerissenem Rachen hin und her. Als Tania hinaufschaute, bellte das Monster und scharrte mit den Klauen am Boden. Eine riesige Steinlawine polterte herunter. Tania rappelte sich auf. »Sie verfolgt uns nicht«, keuchte sie. »Warum?«

»Weil sie die Mine bewacht«, erklärte Edric. »Und wir sind jetzt draußen.«

Tania lachte laut vor Erleichterung. »Dann haben wir's geschafft! Wir haben den schwarzen Bernstein!«

Edric wurde totenblass. »Nein«, stieß er mit erstickter Stimme hervor, »haben wir nicht.«

Tania starrte ihn verständnislos an und Edric deutete hilflos an sich hinunter. Sein Hemd war bei dem Sturz zerrissen, und die kostbaren schwarzen Bernsteinstücke waren aus der Brusttasche herausgefallen und irgendwo in der Tiefe verschwunden.

»Oh nein!«, stöhnte Tania. »Dann müssen wir wieder zurück.«

»Nein, unmöglich«, sagte Edric. »Wir sind gerade noch mal davongekommen. Die Mantigora weiß jetzt, dass wir da sind.«

»Aber wir waren so nahe dran!«, rief Tania. »Das gibt's doch einfach nicht!«

Edric packte ihr Handgelenk und untersuchte die Kratzer, die die Klauen der Mantigora hinterlassen hatten. »Du bist verletzt.«

»Ist nur ein Kratzer. Das macht nichts.«

»Oh doch. Vielleicht bist du vergiftet. Komm jetzt hier weg, wir müssen die Wunde auswaschen.«

Tania war viel zu niedergeschlagen, um zu protestieren. Schweigend stolperten sie durch den strömenden Regen, stets vom heiseren Bellen der Mantigora verfolgt.

»Wir haben eine Schlacht verloren, aber nicht den Krieg«, sagte Cordelia. »Diese Mantigora mag ein furchterregendes Geschöpf sein, aber wir werden eine Möglichkeit finden, sie zu besiegen.«

Tania sah sie finster an. »Und wie kommst du darauf?«, fragte sie herausfordernd.

Cordelia runzelte die Stirn. »Weil es uns bestimmt ist.«

Tania beneidete Cordelia um ihre Zuversicht. Wie sollten sie in die Mine kommen, solange die Mantigora dort lauerte? Und wie das Monster besiegen? Mit Steinen? Lächerlich!

»Pst, halt still!«, sagte Edric sanft. Tania war zurückgezuckt, als er ihre Wunde mit einem Zipfel seines Hemdes betupft hatte.

»Das brennt«, jammerte sie. »Lass das, Edric. Mir fehlt nichts.«

»Nein, ich lass es nicht«, beharrte Edric. »Wenigstens auswaschen will ich die Wunde.«

Tania reichte ihm ihren Wasserschlauch. Sie biss die Zähne zusammen, als das kalte Wasser über ihre Wunde lief. Der Schnitt war nicht besonders tief, zog sich aber über ihren ganzen Handrücken und war sehr schmerzhaft.

»Hört mich an«, sagte Cordelia plötzlich. »Ich habe einen Plan. Das nächste Mal gehen wir alle drei in die Mine. Ich zeige mich dem Monster und locke es von euch fort. Dann könnt ihr in die Höhle gehen und den schwarzen Bernstein stehlen.«

»Und wenn die Mantigora dich tötet, solange wir in der Mine sind?«, wandte Tania ein.

Cordelias Augen blitzten. »Sei unbesorgt, Schwester, das werde ich schon zu verhindern wissen!«

Tania schüttelte den Kopf. »Es ist zu gefährlich. Wir müssen uns was Besseres ausdenken.«

Cordelia ging wortlos zum Höhleneingang und setzte sich, die Arme um die Beine geschlungen, das Kinn in den Händen. Mit grimmiger Miene starrte sie in die Ferne.

»Soll ich dich verbinden?«, fragte Edric und betrachtete die gereinigte Wunde.

»Nein, ist schon gut.«

»Sicher ist sicher, Tania.«

»Ach, hör auf damit, Edric«, sagte Tania unwillig und riss ihre Hand weg. Dann stand sie auf und strich ihm übers Haar. »Ich bin okay, ehrlich.«

»Bist du sicher?«

»Es ist nur ... verstehst du ...« Tania drehte sich um, ging in die Höhle und starrte auf Oberons lebloses Antlitz in der Bernsteinkugel. Titania hatte versichert, er werde stark genug sein, um sich selbst zu befreien, wenn die Eisenbänder geschmolzen waren. Tania hätte ihn so gern aus diesem schrecklichen Gefängnis gerettet – ihr brach fast das Herz, ihn so zu sehen. Doch sie unterdrückte die Tränen – zum Weinen war jetzt keine Zeit.

Vorsichtig streckte sie die Hand nach den Isenmortbändern aus. Die Schmerzen fürchtete sie nicht; die waren nur die gerechte Strafe dafür, dass sie so kläglich versagt hatte. Mit zusammengebissenen Zähnen drückte sie ihre Finger gegen das Eisen.

Der Schmerz schoss ihr durch den Arm bis in die Schultern, aber es war nicht so schlimm wie beim ersten Mal, als sie die Bernsteinkugel angefasst hatte. Dünne Rauchfäden stiegen von ihrer Hand auf, und das Isenmort zischte und schmolz an der Stelle, an der sie es berührt hatte. Mit ihrer *nassen* Hand, die Edric mit dem Wasser aus der Mine gewaschen hatte!

Tania griff nach ihrem Wasserschlauch und leerte ihn über der Bernsteinkugel aus. Das Eisen knisterte und zischte und schmolz wie Eis an der Sonne. »Edric! Cordelia!«, schrie sie und wich zurück, als eine Wolke von grauem Rauch die Bernsteinkugel einhüllte.

»Was hast du gemacht?«, fragte Edric.

»Es war das Wasser aus der Mine!«, rief Tania. »Die Kraft, die das Eisen besiegt, ist nicht nur im schwarzen Bernstein, sondern auch in dem Wasser.«

»Glaubst du mir jetzt? Ich sagte dir ja, dass wir einen Weg finden werden«, triumphierte Cordelia und legte ihre Hand auf Tanias Schultern.

»Ja, das stimmt«, gab Tania zu.

Die graue Rauchwolke löste sich auf und das Licht der Bernsteinkugel erfüllte wieder die Höhle.

»Vater!«, rief Cordelia. »Wach auf!«

Doch der König lag reglos in der Kugel, den leeren Blick in die Ferne gerichtet.

»Warum wacht er nicht auf?«, fragte Tania. »Titania hat gesagt, er würde aufwachen und sich aus eigener Kraft aus dem Bernsteingefängnis befreien.« Sie griff nach der Kugel, legte ihre gespreizten Finger über die warme Oberfläche und brachte ihren Kopf dicht an die schimmernde Bernsteinhülle. »Wach auf, Oberon!«, rief sie. »Bitte, lieber Vater, wach auf!«

Lange Zeit passierte gar nichts. Dann spürte Tania, dass die Kugel sich unter ihren Händen erwärmte und das Bernsteinlicht heller strahlte. So hell, dass sie die Augen schließen musste.

Plötzlich hörte sie Cordelia sagen: »Er erwacht!«

Die Bernsteinkugel war jetzt zu heiß zum Anfassen. Tania trat zurück, die Hand vor den Augen, und eine unglaubliche Hitzewelle schlug ihr entgegen.

Dann kam es zu einer Explosion, die Tania zu Boden warf. Verwirrt setzte sie sich auf, geblendet von dem grellen Licht, ihr Kopf von zuckenden Blitzen erfüllt. Es dauerte einige Zeit, bis sie wieder klar sehen konnte. Die Kugel war in tausend Splitter zerborsten. Oberon lag leblos am Boden.

Cordelia stürzte an seine Seite und strich ihm die Haare aus der Stirn. »Vater? Wach auf! Du bist frei.«

Edric und Tania traten ebenfalls näher. Der König rührte sich nicht. Er war totenblass und seine Augen blieben geschlossen.

Cordelia blickte tränenüberströmt zu ihnen auf. »Er stirbt«, schluchzte sie. »Es war alles vergebens. Unser Vater stirbt!«

Die Macht der Sieben

XXI

In düsteres Schweigen gehüllt, standen sie am Strand von Fidach Ren. Schweren Herzens hatten sie den leblosen König über die Insel zu ihrem Boot getragen und ihn behutsam hineingebettet. Dann hatte Edric sie zum Festland gerudert. Ihr einziger Trost war, dass der König noch atmete und seine Haut sich warm anfühlte. Tania blickte auf sein Gesicht, die goldenen Locken, den goldenen Spitzbart. Die blauen Augen des Königs waren jetzt unter den geschlossenen Lidern verborgen – Augen, so leuchtend wie ein Sommerhimmel.

Zum ersten Mal seit vielen Tagen dachte Tania an ihre Eltern in der Welt der Sterblichen. Sie hatte längst jedes Zeitgefühl verloren, aber ihre Eltern würden jetzt sicher bald aus dem Urlaub in Cornwall zurückkommen – in eine Wohnung, die von der Schlacht mit den Grauen Rittern total verwüstet war. Und Tania selbst war spurlos verschwunden, ohne jede Erklärung, genau wie Edric. Ihr Herz zog sich zusammen, als sie daran dachte, was ihre Eltern jetzt durchmachten, die ganze Aufregung, die Besuche bei der Polizei, Edric wieder der Sündenbock ... Heftig schüttelte sie den Kopf, um die quälenden Bilder loszuwerden.

Ein Schwarm Lios Foltaigg umschwirrte den schlafenden König und stieß Schreie der Verzweiflung aus.
»Die Sonne ist tot«, schluchzte Clorimel. »Nun wird unser Land Eis und Feuer anheimfallen, die Lios Foltaigg werden erfrieren und verbrennen, und bald wird jede Erinnerung an unser Geschlecht ausgelöscht sein.«
»Er ist nicht tot«, sagte Tania. »Er ist nur müde. Wir müssen ihn von hier fortbringen.«
»Wir bringen ihn zu seiner Königin«, fügte Cordelia hinzu. »Und betet, dass sie die Kraft besitzen möge, ihn wieder aufzuwecken und gesund zu machen.«
»Wird er nicht auf seinem Luftpferd reiten?«, fragte Clorimel, die sich neben den Kopf des Königs kniete. »Wird er nicht die vier Winde heraufbeschwören, um sich von ihnen davontragen zu lassen?«
»Er hat nicht die Kraft dazu«, erklärte Cordelia. »Sagt, liebe Freunde, besitzt ihr vielleicht einen Wagen oder eine Kutsche, mit der wir ihn fortbringen könnten?«
»Wir sind Lios Foltaigg«, erwiderte Clorimel. »Wir brauchen keine Wagen – die Luft ist unsere Kutsche, der Wind unser Ross!«
»Das hilft uns jetzt auch nicht weiter«, schnaubte Tania. »Kapiert ihr's denn nicht? Wenn wir ihn nicht so schnell wie möglich zur Königin bringen, dann stirbt er, und der Hexenkönig wird die Macht an sich reißen und alles zerstören!«
Clorimel schoss erschrocken von Tania weg und starrte sie mit vorgerecktem Hals an. »Deine Wut ist wie das Meer, deine Verzweiflung wie die Erde, wenn sie nach Regen

dürstet«, verkündete sie. »Du allein bist Alios Foltaigg – und darum helfen wir dir.« Dann flog sie hoch und rief seltsame Worte in alle vier Himmelsrichtungen. Gleich darauf war die Luft voll von geflügelten Wesen, die von den Felsen aufstoben und landeinwärts segelten.

»Was können sie schon tun, um uns zu helfen?«, fragte Edric, der den Lios Foltaigg gebannt nachblickte. »Die Königin ist zweihundert Meilen weit entfernt. Wie sollen wir den König zu ihr schaffen?«

»Wir werden ihn auf unserem Rücken tragen, wenn es sein muss«, sagte Cordelia entschlossen.

Zu dritt setzten sie sich neben den König und warteten stumm, während die Wellen endlos gegen die finstere Küste klatschten und die Wolken langsam über den Himmel zogen.

Plötzlich erfüllte Flügelschwirren die Luft und eine Schar Lios Foltaigg schwebte zu ihnen herab. Ein paar von ihnen führten einen großen ovalen Gegenstand mit. Als sie näher kamen, sah Tania, dass es eine Trage aus geflochtenem Gras war. Dicke Graskordeln waren zu beiden Seiten in den Rand eingearbeitet und dienten als Haltegriffe.

»Wir dürfen die Grenzen von Fidach Ren nicht überschreiten«, erklärte Clorimel. »Aber wir tragen die Sonne, so weit wir können. Danach müsst ihr mit den Fid Foltaigg in den Südländern sprechen und sie bitten, euch auf eurer Reise weiterzuhelfen.«

»Danke«, sagte Tania. »Vielen, vielen Dank.«

Zehn Lios Foltaigg waren nötig, um den König hochzuheben, nachdem Tania, Cordelia und Edric ihn behutsam in die Hängematte gelegt hatten. Die Grasschlaufen über die Schultern geschlungen, stiegen die Flugwesen in die Luft und trugen ihn dicht am Boden, sodass Tania und die anderen neben der Trage hergehen konnten, auf dem Weg durch das lange Tal, das von der Küste abzweigte. Clorimel gab den Reisenden Proviant mit: getrockneten Fisch und harte Brotfladen und ein dunkles, salziges Gemüse mit gummiartigen Blättern. Eigentlich schmeckte es nur nach Tang und Salz, aber sie aßen es dankbar auf ihrer anstrengenden Reise durch die tiefen Täler von Fidach Ren. Eine große Schar Lios Foltaigg begleitete sie und trug abwechselnd die Trage.

Gegen Mittag rasteten sie. Tania und Edric saßen zusammen auf einem Felsen. Tania knabberte an einem Brotfladen und verdrängte den Gedanken, wie langsam sie am Morgen vorangekommen waren und wie viele schroffe Täler noch vor ihnen lagen. Cordelia stand auf einem hohen Felszacken und spähte Richtung Süden.

Nach einer Weile sprang sie herunter und setzte sich zu Tania und Edric. »Es zieht etwas herauf«, meinte sie, »der Wind hat sich gedreht und weht von Süden her. Noch ist er schwach und fern, doch ich spüre ihn.« Lächelnd griff sie in ihren Kittel und holte die Pfeife hervor, die Bryn ihr gegeben hatte. »Ja, da kommt etwas.«

»Was?«, fragte Tania.

Cordelia setzte die Flöte an die Lippen und blies hinein. Ein einzelner, hoher, schwebender Ton hing in der Luft.

»Du wirst schon sehen«, sagte sie. »Möge das Glück uns günstig sein.«

Tania schien es, als habe die Landschaft sich kaum verändert, seit sie am Nachmittag wieder aufgebrochen waren. Selbst wenn sie auf einem hohen Hügel standen, waren ringsum nur Berge zu sehen, die sich in dunstige, blaugraue Fernen ausdehnten. Edric und Cordelia gingen links und rechts von der Trage. Tania war etwas zurückgefallen und Clorimel schwebte an ihrer Seite. Andere Lios Foltaigg umschwirrten sie und sprachen im Flug miteinander.

»Kommt ihr oft so weit landeinwärts?«, fragte Tania.

»Nein, wir verlassen nicht oft den Strand«, erwiderte Clorimel. »Wir sind die Karken von Ynis Maw. Wir haben unsere Pflicht im Großen Weltengesang zu erfüllen.«

»Aber es ist so düster dort«, seufzte Tania.

»Es ist unser Land«, sagte Clorimel. »Unser Zuhause. Im Frühjahr, wenn die Luft frisch und süß von Ynis Boreal hereinweht, ist das Leben schön genug.«

»Und im Winter? Ist es da nicht schrecklich kalt?«

»Kalt? Ja, gewiss ist es kalt, doch der Fimbulsturm bringt uns dicke Schneedecken, die uns vor dem eisigen Wind schützen. Dann sitzen wir in unseren Höhlen um ein wärmendes Feuer und erzählen uns die alten Geschichten.« Clorimels Augen verdüsterten sich. »Einst waren wir alle geflügelt«, raunte sie Tania geheimnisvoll zu. »Vor langer, langer Zeit waren alle Lios Foltaigg.«

»Und was ist dann passiert?«, fragte Tania gespannt. »Warum ist es jetzt nicht mehr so?«

Im selben Moment ertönte ein Schrei hoch oben in der Luft, und Clorimel blickte auf. Einer der Lios Foltaigg schwebte über ihnen und zeigte nach Süden.

»Da kommt etwas«, sagte Clorimel. Schnell stieg sie in die Luft, gefolgt von allen anderen Lios Foltaigg um sie herum.

Cordelia drehte sich mit einem strahlenden Lächeln zu Tania um. »Er kommt!«, rief sie. »Ich wusste es, doch konnte ich nicht genau sagen, wie schnell er uns erreichen würde.«

»Wer kommt?«, fragte Tania verständnislos.

»Der Einhornfreund!«, rief Cordelia mit leuchtenden Augen. »Bryn kommt!«

Es dauerte nicht lange, bis Tania in der Ferne das Donnern der Hufe hörte und die Einhörner auf sie zugaloppierten. Es waren ungefähr zwanzig Tiere, angeführt von Bryn, der auf einem von ihnen dahinjagte. Cordelia lief ihnen entgegen, und Edric und Tania folgten ihr, aber die Lios Foltaigg blieben zurück, setzten den König behutsam auf dem Boden ab und stiegen ängstlich in die Höhe.

Die Einhörner kamen in einer gewaltigen Staubwolke zum Stehen und Bryn sprang ab. »Gut gemacht!«, rief er und sah sich als Erstes nach Cordelia um. »Wir waren noch eine gute Meile entfernt, als ich im Geist den Ruf der Flöte hörte, Mylady. Da wusste ich, dass Ihr nicht weit sein könnt, und bin Euch entgegengaloppiert.«

»Ich habe deine Gegenwart gespürt, Master Lightfoot«, sagte Cordelia. »Die Flöte muss mystische Kräfte besitzen.«

»Sie ist aus einer Hexenweide geschnitzt«, sagte Bryn. »Es heißt, das Holz sei von einem Zauber durchwirkt.« Zweifelnd blickte er zu den geflügelten Wesen auf. »Sind alle unversehrt?«

»Oh ja«, antwortete Cordelia. »Und wir haben sogar Freunde im Norden gewonnen. Dies hier sind Lios Foltaigg und sie sind weder wild noch mordlüstern.«

Bryn verneigte sich tief. »So bitte ich, dass ihr mir meine törichten Worte verzeiht«, sagte er. »Ich sprach aus Unwissenheit und lasse mich gern eines Besseren belehren.«

Die Lios Foltaigg kamen zögernd herab, aber nur Clorimel wagte sich in die Nähe der Einhörner. »Freunde der Alios Foltaigg, seid uns willkommen in Fidach Ren«, sagte sie. »Doch zögert nicht, auch weiterhin Geschichten über unsere Wildheit zu verbreiten – solche Legenden halten die Bewohner der restlichen Welt fern, denen wir aus Erfahrung misstrauen.«

»Dann wird euer Geheimnis bei mir gut aufgehoben sein«, versprach Bryn und verneigte sich wieder.

»Aber was machst du hier?«, fragte Edric. »Warum bist du uns gefolgt?«

»In der Nacht, als Ihr abgereist seid, wurde ich von unheilvollen Träumen und Visionen heimgesucht«, erzählte Bryn. »In der Dämmerung rief ich meine Freunde zusammen und ritt hinter Euch her, so schnell ich konnte.« Erst jetzt bemerkte er Oberon, der auf der Trage der Lios Foltaigg lag. »Barmherzige Geister!«, rief er. »Und ich habe so inbrünstig gebetet, dass unser König nicht tot sein möge!«

»Er lebt noch«, sagte Cordelia. »Doch müssen wir ihn rasch zur Königin bringen. Kannst du uns helfen?«

Bryn runzelte die Stirn. »Die Einhörner werden ihn nicht den ganzen Weg zum Elfenpalast tragen können«, sagte er. »Doch kaum fünf Meilen südöstlich von hier liegt das Lehensgut Shard. Die Pächter sind einsame Leute und misstrauisch gegenüber Fremden, doch gut und ehrlich und dem Haus Aurealis treu ergeben. Wir könnten sie um einen Wagen bitten, mit dem Ihr nach Caer Circinn fahren könnt. Von dort führen breite gerade Straßen direkt durch die Herzogtümer Llyr und Anvis.«

»Das hört sich nach einer langen Reise an«, bemerkte Tania. »Vielleicht sollte jemand vorausreiten, um allen zu sagen, was passiert ist.« Sie wandte sich an Bryn. »Kann mich ein Einhorn so weit tragen?«

Bevor Bryn etwas antworten konnte, löste sich eines der Einhörner aus der Herde und trottete zu Tania hinüber. Es beugte seinen edlen Kopf und sah sie mit seinen klugen Augen an.

»Tanz!«, rief Tania, als das Tier sie mit der Nase anstupste. »Das bist du doch, oder?« Sie tätschelte ihm den Hals. »Wie schön, dass du wieder da bist!«

»Ich habe Drazin, Zephyr und Tanz in der Wildnis im Süden gefunden«, erklärte Bryn. »Sie sagten mir, Ihr wäret von geflügelten Wesen angegriffen worden.«

»Das war ein Missverständnis«, antwortete Edric. »Die Lios Foltaigg haben uns geholfen, nach Ynis Maw zu gelangen.«

»Doch dürfen wir nicht über die südliche Grenze von

Fidach Ren hinausfliegen«, warf Clorimel ein. »Von dort an müssen jedoch andere die Last der schlafenden Sonne übernehmen.«

»Das werde ich gern tun«, versicherte Bryn.

Cordelia trat vor und pfiff laut durch die Zähne. Zephyr trottete zu ihr und sie streichelte seinen Hals. Mit einem Blick über die Schulter zu Tania sagte sie: »Zwei reisen sicherer als einer«, und zu Edric gewandt: »Wollt Ihr so gut sein und mit Bryn nach Shard reisen, um für die Sicherheit und Bequemlichkeit des Königs zu sorgen, Master Chanticleer?«

»Gewiss, Mylady«, sagte Edric.

»Dann reiten Tania und ich voraus, um der Königin die Kunde zu bringen«, fuhr Cordelia fort. »Und Ihr tragt den König nach Süden, so schnell Ihr es vermögt.«

»Es könnte gefährlich sein, in die Wälder von Esgarth zurückzukehren«, warnte Edric. »Vielleicht sind die Grauen Ritter noch dort.«

»Das ist ein weiser Rat, Master Chanticleer«, sagte Cordelia. »Wir werden stattdessen nach Caer Ravensare reisen, von jeher Versammlungsort aller Lords und Ladys des Elfenreichs in Zeiten der Not. Der Marschall, Herzog Cornelius, wird dort Dienst tun, und lasst uns hoffen, dass sich außer ihm viele andere Ritter und Heerführer eingefunden haben.« Sie sah Bryn an. »Ich habe kein Abschiedsgeschenk für dich, Bryn Lightfoot«, sagte sie. »Außer der Hoffnung, dass wir uns in besseren Zeiten wiedersehen werden.«

»Was könnte ich mir Schöneres wünschen, Mylady?«,

antwortete Bryn. Cordelia blickte ihm eine Sekunde lang in die Augen und errötete sanft.

Dann wandte sie sich ab. »Komm, Schwester!«, rief sie. »Steig auf und reite mit mir!«

»Ja, gleich«, sagte Tania und lief schnell zum König hinüber. Sie kniete sich an seine Seite und küsste ihn leicht auf die Stirn. »Bis bald, Vater«, flüsterte sie und sah Edric an. »Pass gut auf ihn auf, ja?«, sagte sie zu ihm.

»Das werde ich.«

Tania tippte ihm zärtlich mit den Fingerspitzen auf die Brust. »Und auf dich auch, okay?«

Edric lächelte. »Ja, aber dasselbe gilt für dich.« Sie umarmten sich und hielten einander für einen Herzschlag lang fest.

Schließlich löste sich Tania von Edric und stieg auf ihr Einhorn. Mit einem letzten Blick über die Schulter drückte sie ihm die Fersen in die Weichen. Das Einhorn warf sich herum und stürmte hinter Cordelia und Zephyr her, seine violette Mähne flatterte fröhlich im Südwind.

XXII

Tania und Cordelia hielten ihre Einhörner auf der Kuppe eines niedrigen runden Hügels an. Vor ihnen führte eine weiße Straße bergab und der Himmel über ihnen leuchtete hell. Ein warmer Wind zerzauste ihnen die Haare und hob die langen seidigen Mähnen ihrer Reittiere an. Fidach Ren lag bereits sechs Tagesreisen hinter ihnen.

»Siehst du dort vorn Ravensare und die Flammenraine?«, erkundigte sich Cordelia. »Ein prächtiger Anblick, nicht wahr?«

Riesige Mohnfelder dehnten sich vor ihnen aus und wogten im Wind. Die Farben waren atemberaubend. Eben noch schillerte der Blütenteppich in allen nur denkbaren Rot- und Orangetönen, um dann beim leisesten Windhauch in unzählige Violettschattierungen umzuschlagen. Der nächste Windstoß färbte alles leuchtend grün, türkis und aquamarin, bis schließlich Braun- und Gelbtöne aufschimmerten.

Die weiße Straße führte den Hang hinab und durch das changierende Blütenmeer zu einer hohen Burg aus schimmerndem Kristall, so blau wie Mondstein. Selbst aus der Ferne sah Tania, dass dieses Gebäude der Schönheitsliebe entsprungen und nicht zu kriegerischen Zwecken erbaut war. Die kunstvoll verzierten Mauern und Zinnen waren mit üppigem Grün bepflanzt und von wildem Wein überwuchert, leuchtende Blütenkaskaden flossen die Erker hinab. In den Wiesen um die Burg drängten sich zahlreiche Zelte, über denen weiße, gelbe und himmelblaue Standarten wehten. Reiter bewegten sich dazwischen und schwer beladene Wagen, Kutschen und Kaleschen waren zu sehen.

»Die Elfenarmeen sammeln sich«, stellte Cordelia fest.

»Das ist gut.« Sie schnalzte mit der Zunge, und Zephyr warf den Kopf hoch und stürmte den Hang hinunter.

Tania war so verzaubert von dem märchenhaften Anblick, dass sie nicht gleich reagierte. Aber schließlich gab sie sich einen Ruck, trieb Tanz an und folgte Cordelia die weiße Straße hinunter zur Burg Ravensare.

Die Wachen hatten ihre Ankunft bereits weitergemeldet, denn als Tania und Cordelia unter dem Wehrgang durchritten und in den Burghof kamen, der wie ein blühender Garten war, erwartete sie bereits eine stattliche Menge, um sie willkommen zu heißen.

Ein großer, breitschultriger Mann mit roten Haaren und rotem Bart stand auf den Stufen eines wuchtigen Wehrturms. Zwei hochgewachsene junge Männer mit rabenschwarzem Haar und tiefdunklen Augen in den schön geschnittenen Gesichtern hielten sich rechts und links von ihm. Hopie und Lord Brython waren bei ihnen, ebenso Zara und ein grauhaariger alter Mann, der sich auf einen Stock stützte. Das konnte nur Edens Gemahl, Graf Valentyne, sein. Außer ihnen waren viele andere hochgeborene

Lords und Ladys anwesend, die mit ihren Rittern gekommen waren, um ihren König gegen den Hexenmeister von Lyonesse zu verteidigen.

Tania und Cordelia stiegen ab. Die Stallburschen in ihrer Umgebung wichen misstrauisch vor den Einhörnern zurück.

»Sie tun euch nichts«, beruhigte sie Cordelia. »Führt sie in den schönsten Stall von Ravensare und gebt ihnen Futter und Wasser.« Dann tätschelte sie Zephyrs Hals. »Nun ruh dich schön aus, liebes Herz; ihr habt es verdient, du und dein Bruder. Ich werde später nach euch sehen und mich überzeugen, dass ihr gut versorgt seid.« Dann nahm sie Tania am Arm und ging mit ihr zu der Treppe.

»Seid uns willkommen, Cordelia und Tania!«, rief der rothaarige Mann mit dröhnender Stimme und kam die Stufen herunter. Er verneigte sich und küsste Tania die Hand. »Wir haben uns noch nicht gesehen, seit Ihr von Euren Wanderungen in der Welt der Sterblichen zurückgekehrt seid«, sagte er. »Ich bin der Bruder Eures Vaters, Euer Onkel Cornelius.«

»Oh, hallo«, sagte Tania. »Freut mich, Euch kennenzulernen.« Sie schaute in seine blitzenden blauen Augen, und jetzt, von Nahem, bemerkte sie auch seine Ähnlichkeit mit dem König. Cornelius wandte sich ab und deutete auf die beiden dunkelhaarigen jungen Männer. »Meine Stiefsöhne, Titus und Corin, und meine Gemahlin, Herzogin Lucina.«

Die Herzogin war ein bezauberndes Wesen mit langem honigblondem Haar und klaren Augen, in denen sich das Kristallblau der Burgmauern spiegelte. »Seid mir gegrüßt,

Tania«, sagte sie. »Eure Gegenwart bringt Freude in unsere Mauern.«

»Danke«, begann Tania, doch im nächsten Moment fegte ein blauseidener Wirbelwind die Treppe herunter, und Zara warf sich ihren beiden Schwestern in die Arme und tanzte mit ihnen im Kreis herum. »Ich bin so froh, dass ihr da seid!«, rief sie mit Freudentränen in den Augen. »Ich habe wahrhaftig um euer Leben gebangt.«

»Scht, Zara!«, sagte Hopie, die neben sie trat. »Vergiss nicht, dass du eine Prinzessin bist.«

»Ja, aber ich bin auch eine Schwester!«, rief Zara. »Und Tochter!« Sie sah Tania und Cordelia an. »Wie geht es unserem Vater? Lebt er?«

»Ja, er lebt, doch er ist schwach und will nicht erwachen«, berichtete Cordelia. »Wir haben seit zwei Tagen keine Nachrichten mehr von ihm erhalten. Davor schickte Bryn Lightfoot uns einen Hühnerhabicht, der uns die Kunde brachte, dass sie in Caer Circinn angekommen seien und Graf Ryence von Minnith Bannwg ihnen einen Wagen und Begleiter für die Weiterreise geben werde.«

Hopie runzelte die Stirn. »Dann sind sie noch viele Tagesreisen entfernt«, sagte sie. »Ich hatte auf bessere Nachrichten gehofft. Ohne Oberon gegen den Hexenkönig ins Feld zu ziehen, dürfen wir nicht wagen, und doch hörten wir heute Morgen, dass eine Vorhut seiner Armada in Fortrenn Quay vor Anker gegangen ist und zweitausend Graue Ritter an Land gesetzt hat.«

»Ist die Königin noch in Sicherheit?«, fragte Tania erschrocken.

»Wir haben durch den Wasserspiegel mit ihr gesprochen«, erzählte die Herzogin. »Titania hält sich noch immer mit ihrem Gefolge im Jagdschloss auf, wo sie durch Edens Zauber geschützt ist. Doch die Grauen Ritter schwärmen weiter durch den Wald, sodass sie ihre Zuflucht nicht verlassen können.«

»Und jetzt kommen noch mehr Graue Ritter, um sie zu jagen«, sagte Cordelia. »Das gefällt mir nicht. Wie sollen wir unseren Vater mit der Königin zusammenbringen, wenn die Speere und Schwerter von Lyonesse sie trennen?«

»Das ist nur eine der vielen Fragen, über die wir uns noch beraten müssen, ehe wir gegen den Hexenkönig ins Feld ziehen«, sagte Herzog Cornelius. Er sah Cordelia und Tania an. »Ihr seid gewiss erschöpft und hungrig von der langen Reise und müsst euch erst erholen, ehe wir weitersprechen.« Dann wandte er sich an die anderen: »Wir versammeln uns im Rosengarten, wenn die Sonne im Zenit steht. Und mögen die Glücksgeister uns gewogen sein, denn das Geschick des Elfenreichs liegt in unserer Hand.«

Der Rosengarten lag unter der hohen, fensterreichen Wand des Schlossturms. Schmale Wege schlängelten sich zwischen den Beeten voll roter und weißer Rosen hindurch und führten zu einem Rasenplatz in der Mitte. Dort standen geschnitzte Stühle um einen ovalen Teich mit stillem, klarem Wasser. Alles quoll über vor Rosen: Sie rankten sich an den Spalieren hoch und wuchsen über die Fenstersimse, sodass der ganze Garten ein einziges Blütenmeer und die Luft von süßem Duft erfüllt war.

Tania beobachtete die Gäste, die nach und nach eintrafen. Hopie und Lord Brython waren da und Marschall Cornelius mit seiner Familie. Cordelia saß mit Zara in der Nähe. Graf Valentyne hielt sich abseits, beide Hände auf seinen Stock gestützt, die Augen halb geschlossen und einen finsteren Ausdruck im Gesicht. Tania erspähte auch den unglücklichen Lord Gaidheal, der um seine Gemahlin trauerte. Er saß mit mehreren Lords und Ladys aus fast allen Herzogtümern des Elfenreichs zusammen, außer Weir natürlich und dem äußersten Norden.

Herzog Cornelius eröffnete die Versammlung. »Aus dem Süden sind Kundschafter zurückgekehrt«, begann er, »und sie bringen schlimme Nachrichten. Die Armada von Lyonesse wurde vor der Küste von Udwold gesichtet: tausend Schlangenboote, die uns angreifen werden. Es kann jetzt nicht mehr lange dauern, bis ihre Truppen vor Anker gehen.«

»Tausend Schiffe?«, wiederholte Lord Brython. »Das ist zwanzigmal so viel, als wir aufbieten können. Wie sollen wir gegen eine solche Übermacht bestehen? Unsere einzige Hoffnung wäre, gegen Lyonesse ins Feld zu ziehen und ihn niederzumachen, ehe die Armada an Land geht.«

»Doch wie sollen wir das zuwege bringen?«, fragte Corin. »Er wird nicht gegen uns kämpfen, ehe er alle seine Kräfte zusammengezogen hat. Und ist es erst so weit, wird er mit einer solchen Übermacht über uns herfallen, dass wir ihm nichts entgegenzusetzen haben.«

»Wenn er geheilt ist, besitzt Oberon die Macht, den Hexenkönig herauszufordern«, sagte Hopie. »Doch ist er noch viele Tagesreisen von hier entfernt, und er kann erst gesunden, wenn er mit der Königin vereint ist.«

»Aber wie sollen wir die beiden zusammenbringen?«, fragte Tania. »Titania ist im Wald gefangen. Gibt es denn keine Möglichkeit, sie dort rauszuholen, damit sie Oberon entgegenreisen kann?«

»Nur, wenn es uns gelänge, die Grauen Ritter von Esgarth wegzulocken«, sagte die Herzogin. »Das ist unsere einzige Hoffnung.«

»Warum soll der Hexenkönig sich aus den Wäldern von Esgarth zurückziehen und gegen uns kämpfen?«, fragte Graf Valentyne kopfschüttelnd. »Er wird seelenruhig im Palast sitzen, bis alle seine Truppen gelandet sind und ihm der Sieg nahezu gewiss ist.« Er blickte Tania und Cordelia durchdringend an. »Wie lange, glaubt Ihr, wird es dauern, bis Oberon im Süden eintrifft?«

»Zwei Tage«, antwortete Cordelia. »Vielleicht auch drei. Doch ohne die Königin wird er nicht in der Lage sein, uns gegen Lyonesse zu helfen. Wir dürfen nicht auf ihn warten, sondern müssen unsere Kräfte zusammenziehen und um die Westflanke der Wälder von Esgarth herummarschieren. Lasst uns unsere Banner über der Salisocheide hissen und den Hexenkönig zum Kampf herausfordern!«

»Gut gesprochen, Prinzessin«, sagte Herzog Cornelius. »Ja, wir werden nach Süden marschieren und ihn dort herausfordern. Jedoch sollten die Töchter des Königs nicht mit uns reisen, sondern hier in Ravensare warten, bis die Schlacht vorüber ist, sei es nun zum Guten oder zum Schlechten.«

Cordelias Augen funkelten.»Das werde ich niemals tun!«, rief sie entrüstet.

»Ich auch nicht«, stimmte Zara zu. »Ich kämpfe so gut mit dem Schwert wie jeder Ritter hier.« Dann wandte sie sich an Hopie:»Und du, Schwester? Willst du etwa in Ravensare versauern, während die anderen in die Schlacht ziehen?«

»Nein, gewiss nicht«, erwiderte diese.

Tania schwieg beklommen, während die Lords und Ladys diskutierten. Alle waren sich einig, dass die Prinzessinnen in Ravensare bleiben sollten – außer diese selbst natürlich. Doch hatte niemand eine brauchbare Idee, wie man die Grauen Ritter aus dem Wald locken könnte. Und wie sollten Titania und Oberon je zusammenkommen, wenn die Wälder von Esgarth von diesen Kreaturen heimgesucht wurden?

Tania wollte nicht kämpfen. Die Schlacht in der Kymry-Bucht hatte ihr gereicht, aber sie konnte sich nicht verstecken, wenn die anderen in den Krieg zogen. Das wäre ihr feige und sinnlos erschienen. Allmählich entstand ein Plan in ihrem Kopf, wie der Hexenkönig aus der Reserve gelockt werden könnte – eine Idee, die ihr aber nicht besonders gefiel. Schweigend saß sie da und hoffte, dass jemand einen besseren Einfall hatte. Aber keiner meldete sich.

»Ich weiß, was wir tun könnten«, sagte sie schließlich.

Alle Köpfe fuhren zu ihr herum und Tania schluckte. »Der Hexenkönig wird nur kämpfen, wenn wir ihm einen Köder vor die Nase halten, dem er nicht widerstehen kann«, erklärte sie und hielt einen Augenblick inne.»Und der einzige Köder, der ihn wirklich interessiert, sind wir«, fuhr sie fort und deutete auf Hopie, Zara und Cordelia. »Wir müssen die Elfenarmee anführen. Er wird sich die Chance, vier von Oberons Töchtern auf einmal töten zu können, garantiert nicht entgehen lassen.«

Betroffenes Gemurmel war aus der Versammlung zu hören. Tanias Schwestern waren als Einzige nicht entsetzt.

»Nein, wahrhaftig, ich werde Euch nicht in eine solche Gefahr bringen«, erwiderte Herzog Cornelius endlich. »Euer Vorschlag ist sehr mutig, Tania – doch es darf nicht sein.«

Im selben Moment ertönte eine ruhige, entschlossene Frauenstimme, die aus der Luft zu kommen schien. »Ich stimme Euch nicht zu, Cornelius.«

»Titania!«, rief der Herzog und blickte sich um.

»Sie spricht aus dem Wasser«, erklärte Hopie, die aufgestanden war, um zu dem Teich zu gehen. »Mutter?«

Auch die anderen sprangen jetzt auf und versammelten sich um das Wasser.

»Bitte teilt uns Eure Gedanken mit, Hoheit«, bat Lord Brython.

»Wenn die Prinzessinnen unsere Streitmacht anführen, wird der Hexenkönig überzeugt sein, dass Oberon keine Bedrohung mehr für ihn darstellt«, erklärte Titania. »Er wird es nicht für möglich halten, dass wir ohne den König in die Schlacht ziehen, solange auch nur die geringste Hoffnung auf seine Rückkehr besteht. Er wird glauben, dass wir in äußerster Not handeln und den Palast angreifen, weil wir den König in den Verliesen anzutreffen hoffen. Er ahnt ja nicht, dass Oberon längst aus seinem Bernsteingefängnis befreit und auf dem Weg hierher ist.«

»Ich möchte Eure Töchter nicht in Gefahr bringen«, wandte Herzog Cornelius ein.

»Das verlange ich auch nicht von Euch«, sagte Titania. »Ich bitte Euch nur, Prinzessin Tania das Kommando über die Elfenarmee zu übertragen. Dies ist ihr großer Augenblick, denn die Schlacht gegen Lyonesse kann nur von ihr gewonnen werden.«

Tania starrte das Spiegelbild ihrer Mutter entsetzt an. »Nein!«, rief sie. »So hab ich das nicht gemeint! Ich kann doch keine Armee führen.«

Ein scharfes Klopfen ließ alle herumfahren. Graf Valentyne hatte mit seinem Stock gegen die steinerne Umrandung des Teichs geschlagen. »Die Königin hat Recht«, krächzte er. »Vor vielen Hundert Jahren studierte ich alte Texte über den verfluchten Hexenmeister – Bücher, die selbst die Große Palastbibliothek nicht besitzt. Ich hatte sie längst vergessen, doch die Worte der Königin haben sie mir wieder in Erinnerung gerufen.« Langsam blickte er sich im Kreis um. »Wisst ihr, warum der Hexenmeister von Lyonesse nicht von König Oberon in der Schlacht getötet wurde, als das Schlangenbanner vor tausend Jahren fiel?«

»Weil er sich durch einen mächtigen Zauber schützte«, erwiderte die Herzogin. »Niemand vermag seinem Leben ein Ende zu setzen.«

»Das ist nicht wahr«, sagte Graf Valentyne. »Die alten Texte sprechen nicht davon, dass er unsterblich sei; sie sagen nur, er könne von keinem getötet werden, der im Elfenreich geboren ist, genauso wenig wie er von der Hand eines Sterblichen fallen könne.« Der alte Graf hielt inne und nickte zu Tania hinüber. »Prinzessin Tania wurde nicht im Elfenreich geboren und doch ist sie keine gewöhnliche Sterbliche. Sie allein steht mit einem Fuß im Immerwährenden Elfenreich und mit dem anderen in der Welt der Sterblichen. Es ist meine Überzeugung, dass nur sie den Hexenkönig bezwingen kann.«

Tania hörte ihm staunend zu. Clorimel hatte etwas ganz Ähnliches gesagt. Wie waren ihre Worte noch gewesen?

Du bist Alios Foltaigg. Du bist zwischen den Dingen. Du stehst mit einem Fuß auf dem Land und mit dem anderen im Meer. Die Sonne ist dein rechtes Auge und der Mond dein linkes. Das ist der Grund für deine Traurigkeit und dein Schicksal.

»Sagen die alten Text, dass der Sieg uns gehören wird?«, fragte Hopie.

»Nein«, entgegnete Graf Valentyne. »Das tun sie nicht.« Er sah Tania an. »Ich sage nicht, dass es ein sicherer Weg ist, Mylady, oder dass dahinter eine helle Zukunft winkt, doch ist diese Schlacht Euer Schicksal, Prinzessin Tania, wenn Ihr es annehmt.«

»Du wirst nicht allein sein, liebe Schwester«, fügte Cordelia hinzu. »Wähle diesen Pfad und ich stehe an deiner Seite, gleich was kommt.«

»Ich auch«, sagte Zara.

»Ich glaube fest daran, dass alles einen Sinn hat«, sagte

Hopie und sah Tania ernst an. »Vielleicht war dir deine seltsame Lebensreise vorherbestimmt, damit du nun als Einzige von uns die Macht besitzt, den Hexenkönig von Lyonesse und seine finsteren Pläne ein für alle Mal zu zerstören.«

Tania blickte sich langsam in der Runde um. Sie wunderte sich, dass sie das alles so wenig verstörte. Es erschien ihr vielmehr selbst so, als habe alles, was bisher geschehen war, nur dem einen Zweck gedient: sie zur rechten Zeit an den rechten Ort zu bringen.

»Okay«, sagte sie. »Ich mach's.« Sie holte tief Luft. »Ich werde kämpfen.«

Es war später Nachmittag und die Sonne warf ihre langen goldenen Strahlen durch die Fenster der riesigen, weiß getünchten Waffenkammer. Titus, einer der beiden Söhne von Graf Cornelius, hatte die Prinzessinnen hierhergebracht, um ihnen ihre Rüstungen anzupassen. Am nächsten Morgen im ersten Dämmerlicht würde die Elfenarmee aufbrechen.

Tania war völlig überrumpelt von den Ereignissen. Eben noch hatte sie geglaubt, dass Marschall Cornelius die ganze Verantwortung auf seinen Schultern trug, und jetzt war alles auf den Kopf gestellt, und die ganze Versammlung lauschte ihren Vorschlägen. Sie wünschte sich, sie könnte Edric um Rat fragen, oder ihren Vater – nicht Oberon, sondern ihren Vater zu Hause in London, der ihr immer den Rücken gestärkt hatte, wenn ihr die Dinge über den Kopf gewachsen waren. Aber ihr Dad war weit weg – unerreichbar. Wem sonst konnte sie sich anvertrauen? Stumm stand sie an der Seite und beobachtete ihre Schwestern. Hopie und Titus studierten eine große Wandkarte und unterhielten sich leise. Zara schwang ein langes Kristallschwert, dessen Klinge hell in den schrägen Sonnenstrahlen blitzte. Cordelia suchte in den Hängegestellen mit den Rüstungen nach etwas Passendem für die Schlacht.

Die Elfenarmee hier war ähnlich ausgestattet wie die in Caer Kymry: Brustharnische und Schilde aus einer harten, muschelschalenähnlichen Substanz, außen elfenbeinweiß, innen perlmuttfarben schimmernd. Außerdem gab es ein Arsenal von Muschelhelmen, dazu Kettenhemden, gefertigt aus winzigen Muschelschalen, die härter waren als Metall. Schwerter, Speere, Äxte und Streitkolben waren an den Wänden und auf Gestellen aufgereiht. Zwischen den Fenstern hingen Wandteppiche mit Schlachtszenen – Bilder vom Sturz des Hexenkönigs vor über tausend Jahren, als ihn die Elfenarmee besiegt und gefangen gesetzt hatte.

Aber jetzt war er wieder frei, mit Rathina an seiner Seite, und Tania musste sich mit dem Gedanken anfreunden, eine Armee gegen ihn zu führen.

Cordelia trat auf sie zu, einen Burstharnisch unter dem Arm. »Komm, Tania, lass sehen, ob dir dieser hier passt.«

Tania stand auf und ließ sich von Cordelia den Brustharnisch anlegen.

»Sitzt er bequem?«

»Das nicht gerade«, sagte Tania.

»Aber er wird dich schützen.« Cordelia klopfte mit den Fingerknöcheln auf den Harnisch. »Und du wirst darin ein

Schwert führen können.« Sie lächelte düster. »Ich habe mit Zephyr und Tanz gesprochen«, sagte sie. »Sie werden uns in die Schlacht tragen, Tania. Stell dir nur vor – auf den wilden Einhörnern von Caer Liel gegen Lyonesse zu ziehen! Welch ein Abenteuer!«

»Hoffentlich geschieht ihnen kein Leid«, sagte Tania und schluckte. »Hoffentlich wird niemand verletzt.«

»Das ist höchst unwahrscheinlich«, warf Zara ein, die mit dem Schwert in der Hand neben sie trat. »Doch wir werden gewiss mehr austeilen als einstecken, Schwester, und morgen Abend werden wir knietief im Staub der besiegten Lyonesse-Armee waten.« Sie wirbelte herum. »Kommt jetzt von meiner griesgrämigen Schwester weg, Titus, und helft mir, eine Rüstung auszuwählen, die robust und dennoch elegant ist.«

Titus wandte sich von der Karte ab und lächelte. »Das werde ich tun, Mylady«, sagte er. »Jedoch wird mir die Wahl schwerfallen.«

»So sagt mir doch, warum?«, fragte Zara. Dann hakte sie sich bei ihm unter und ging mit ihm zu den Gestellen mit den Rüstungen.

»Nun, weil ich Euch gern von Kopf bis Fuß durch eine schwere Rüstung geschützt wissen möchte«, antwortete Titus galant, »doch gleichzeitig könnte ich nie etwas auswählen, was mir den Blick auf Eure Anmut und Schönheit rauben könnte.«

»Das ist in der Tat eine große Herausforderung, Mylord«, sagte Zara und zwinkerte ihren Schwestern über die Schulter hinweg zu. »Aber in Kriegszeiten müssen wir alle leiden.«

»Ist da vielleicht eine Liebesaffäre im Busch?«, flüsterte Tania.

»Schon möglich«, sagte Cordelia. »Und ich wäre froh, wenn Zara sich endlich zwischen den beiden Stiefsöhnen von Herzog Cornelius entscheiden könnte, damit ihr endloses Geplapper über die Vorzüge und Tugenden ihrer beiden Verehrer ein Ende hat.«

Tania trat grinsend auf das Podest zu Hopie, die noch immer die Karte des Elfenreichs studierte. Hopie sah sie ernst an. »Du hast eine schwere Last auf dich genommen, Tania«, sagte sie. »Die Zukunft des Elfenreichs steht auf dem Spiel und du bist nun das Zünglein an der Waage. An dir liegt es, ob wir siegen oder untergehen.«

»Ja, klar«, spottete Tania. »Aber mach mir nur keinen Stress!«

Hopie runzelte fragend die Stirn.

»Ach, nichts, vergiss es! War nur ein schlechter Scherz.«

Tania starrte auf die Wandkarte, die sehr detailliert war. Die zerklüfteten Bergketten waren braun gefärbt, die Wälder grün, die Flüsse und Seen leuchtend blau.

»Bei Tagesanbruch wird unsere Armee die Westflanke der Wälder von Esgarth umrunden«, erklärte Hopie und beschrieb einen anmutigen Bogen in der Luft. »Und auf der Salisocheide werden wir unser Lager aufschlagen.« Sie lächelte Tania an. »Das ist der berühmte, sagenumwobene Ort, an dem das Heer des Hexenkönigs vor langer Zeit geschlagen wurde.«

»Und was dann?«, fragte Tania mit gedämpfter Stimme.

»Ich weiß, dass ich das Kommando übernehmen soll, aber

ich habe keine blasse Ahnung, wie man eine Schlachtordnung entwirft.«

»Du hast erfahrene Lords und Hauptleute an deiner Seite, die für die Aufstellung der Truppen verantwortlich sind«, sagte Hopie. »Aber ich vermute, dass wir den Hexenkönig am darauffolgenden Morgen bei Sonnenaufgang angreifen werden. Auf diese Weise haben seine Kundschafter genügend Zeit, zu ihm zurückzureiten und unseren Aufmarsch anzukündigen – und ihm vor allem zu verraten, dass Oberons Töchter die Armee anführen und nicht der König selbst.«

»Und dann?«

Hopie legte ihren Arm um Tanias Schultern. »Dann, liebste Schwester, wird sich zeigen, ob du von wahrhaft königlichem Geblüt bist. Wir werden in die Schlacht ziehen und das Elfenreich verteidigen – bis zum letzten Atemzug.«

XXIII

Im Morgengrauen wurde Tania von den Dienerinnen geweckt, und nachdem sie mit ihren Elfenschwestern und der herzoglichen Familie gefrühstückt hatte, kehrte sie in ihr Zimmer zurück, um sich die Rüstung anlegen zu lassen. Über einer leichten Tunika aus winzigen, paillettenartig aufgefädelten Muschelschalen trug sie Brust- und Rückenharnisch, die an der Taille befestigt wurden. Lange, gebogene Muschelschalen schützten ihre Arme und Beine, und ein spitz zulaufendes Muschelhorn wurde ihr auf den Kopf gesetzt, sodass der Rand ihren Nacken bedeckte und sich schützend um ihre Wangen wölbte. Zum Schluss wurde ihr ein Kristallschwert überreicht, das sie in den Gürtel schob.

Einen Augenblick stand sie vor dem Spiegel und betrachtete sich staunend. Wie war es nur möglich, dass sie sich in so kurzer Zeit in eine kriegerische Elfenprinzessin verwandelt hatte? Sie streckte sich die Zunge heraus und sagte grinsend zu sich selbst: »Das Leben ist manchmal echt komisch!«

»Ihr werdet erwartet, Mylady«, verkündete eine Stimme, und Tania drehte sich um und ging aus dem Zimmer, überrascht, wie leicht und geschmeidig die Muschelschalenrüstung war. Rasch folgte sie der Dienerin die Treppe hinunter und auf den Hof hinaus, wo Tanz bereitstand. Sie saß auf und ritt zum Torhaus. Aus allen Fenstern jubelten ihr die Leute zu und ließen Rosenblätter auf sie herabregnen.

Als sie aus dem Torhaus kam, stockte ihr fast der Atem. Ungläubig hielt sie an und starrte auf das großartige Schauspiel, das sich ihr darbot.

Die Morgensonne blitzte auf den Helmen und Speerspitzen von Tausenden von Elfenrittern, die sich in lockerer Schlachtordnung über die weiße Straße ergossen, die zum Haupttor von Caer Ravensare hinunterführte. An der Spitze der Ritter von Ravensare hielt sich der Herzog mit seiner Gemahlin und seinen beiden Söhnen. Die Ritter von Talebolion und Mynwy Clun zur Linken wurden von Lord Brython, Hopie und Graf Valentyne angeführt, und die rechte Flanke besetzten Lord Gaidheal, Cordelia, Zara und viele andere Lords und Ladys aus Llyr, Dinsel und Udwold. In dem Heer, das sie anführten, waren Ritter aus vielen Teilen des Elfenreichs versammelt. Alle waren in voller Rüstung und sahen Tania erwartungsvoll an.

Die Mohnfelder hinter ihnen schimmerten in unzähligen Blau- und Gelbtönen, funkelnd vor Tautropfen, die sich wie ein Diamantnetz oder eine Sternendecke darüberbreiteten.

Nach ein paar Sekunden trieb Cordelia Zephyr an und trabte zu Tania herüber. »Ein schöner Morgen, Schwester! Wie gefällt dir deine Armee?«

Tania riss sich von dem prächtigen Anblick los und sah ihre Schwester an. »Und was jetzt?«

Cordelia lächelte. »Wir reiten nach Süden«, sagte sie. »Komm, deine Schwestern und deine Hauptleute erwarten dich. Reite mit mir.«

Tania trieb Tanz an und folgte Cordelia auf der weißen Straße zu dem wartenden Heer. »Lass mich nicht im Stich«, wisperte sie Cordelia zu, als sie schließlich Seite an Seite ritten. »Ich habe keine Ahnung, was ich tun soll.«

Cordelia warf ihr einen Blick zu. »Das ist gut so, Tania. Mir wäre bang um unser aller Leben, wenn es anders wäre.«

Endlich hatten sie das Ende der Ritterparade erreicht, und ihre beiden Einhörner wateten knietief in die schillernde Mohnwiese hinein. Tania hörte ein Geräusch wie Donnergrollen in ihrem Rücken. Als sie sich umblickte, sah sie, dass die Ritter des Elfenreichs ihnen folgten. Wenig später, als die Sonne im Osten aufging, flammte der Mohn in einer Farbexplosion auf und jagte rote, gelbe und orangefarbene Schauer über die Ebene hin.

»Mit solcher Pracht zieht das Immerwährende Elfenreich in den Krieg«, murmelte Cordelia. »Mögen die Glücksgeister uns begleiten!«

Es dauerte fast einen ganzen Tag, bis sie die Wälder von Esgarth im Westen umrundet und die Armee zu ihrem Lagerplatz auf der Salisocheide geführt hatten. Von hier oben war bereits der Palast zu sehen, der ungefähr zehn Meilen weiter südlich an den Flusswindungen lag. Das Wasser der Tamesis war stumpfbraun, als sei der Fluss von derselben Krankheit befallen, die das ganze Land in ihrem Würgegriff hielt. Selbst so weit vom Palast entfernt war der Boden unter ihren Füßen wie tot, Gras und Heidekraut verdorrt, die Bäume am Waldrand mit dürrem braunem Laub behängt.

»Die Macht des Hexenkönigs breitet sich immer weiter aus«, stellte der Herzog fest, der an Tanias Seite stand und auf den Palast hinunterblickte. »Wir kommen keinen Augenblick zu früh.«

Bald ragten prächtige Zelte und Wagenburgen auf dem Hügel auf, und schnelle Botenvögel wurden auf Cordelias Geheiß in alle vier Himmelsrichtungen gesandt, um Nachrichten von dort ins Hauptquartier zu bringen.

Inzwischen war ihr Aufmarsch entdeckt, und überall sah man Graue Ritter in gestrecktem Galopp zum Elfenpalast reiten, um ihrem Meister Meldung zu machen.

Die besten Nachrichten trafen am späten Nachmittag ein, als die Schatten länger wurden und die Sonne als orangeroter Ball am brennenden Horizont unterging. Ein Wanderfalke, der von Nordosten kam, schoss wie ein Pfeil vom Himmel herab.

Die Grauen Ritter hätten sich aus dem Wald von Esgarth zurückgezogen, berichtete er Cordelia; Eden und Sancha und viele andere Flüchtlinge, die sich im Jagdschloss versteckt hatten, waren bereits zum Salisochügel unterwegs. Königin Titania war nicht bei ihnen; sie war mit Rafe Hawthorne und ein paar vertrauenswürdigen Männern nach Norden, in Richtung Ravensare, aufgebrochen, auf der Route über Anvis, um dem Wagenzug entgegenzureiten, der Oberon nach Süden brachte.

Tania saß in einem großen Rundzelt auf einem gepolsterten Seidenkissen. Das schwere Stoffdach, das an der Spitze oben gut fünf Meter hoch war, wurde von einem weißen Holzpfosten gehalten. Bunte Teppiche lagen auf dem Boden und ließen nur einen kleinen Streifen von welkem braunem Gras vor den geschlossenen Zeltklappen am Eingang frei. Auf den Teppichen waren Sitzkissen in einem großen Kreis ausgelegt, und innerhalb des Kreises standen Platten mit Essen und Krüge voll Elfenwein bereit. Es war Abend, blaue Kugeln, die an der Zeltstange hingen, verbreiteten ein weiches gedämpftes Licht, und die Luft war vom Duft zahlreicher Räucherstäbchen erfüllt.

Tania saß bei den anderen Prinzessinnen, die schweigend aßen und tranken. Zara war bereits fertig und hatte sich etwas abseits niedergelassen. Den Kopf gesenkt, spielte sie auf einer kleinen Handharfe, die das Zelt mit ihren sanften Klängen erfüllte.

Cordelia und Hopie waren auch da, aber Tania hatte nur Augen für Sancha und Eden, die sie nach all den Abenteuern zum ersten Mal wiedersah. Sancha und Eden waren am frühen Abend eingetroffen und die Schwestern hatten einander stürmisch begrüßt.

»Was wird morgen?«, fragte Eden mit einem Blick zu Tania. »Sind alle Pläne fertig ausgearbeitet?«

»Marschall Cornelius hat uns geraten, im Morgengrauen Herolde zum Palast zu schicken«, sagte Tania. »Sie sollen den Hexenkönig zum Kampf herausfordern. Der Herzog sagt, wir sollen uns als die ›Armee der sechs Prinzessinnen‹ ausgeben.«

»Das ist eine gute Kriegslist«, sagte Hopie. »Der Hexenkönig wird gewiss überzeugt sein, dass weder Oberon noch Titania mit uns reiten. Wie viele Graue Ritter stehen uns entgegen?«

»An die dreitausend, soweit ich gehört habe«, sagte Cordelia mit einem grimmigen Lächeln. »Und wir sind nur tausend. Wie können wir da unterliegen?«

»Die Armee der sechs Prinzessinnen?«, sinnierte Eden. »Ich frage mich ...«

Sancha fuhr auf. »Wir sind und bleiben sechs!«, zischte sie. »Niemals werde ich diese Verräterin als meine Schwester anerkennen.«

»Auch eine gestrauchelte Schwester bleibt eine Schwester«, widersprach Hopie. »Rathina ist vom selben Fleisch und Blut wie wir, Sancha, daran lässt sich nichts ändern.« Und zu Eden gewandt fügte sie hinzu: »Warum fragst du?«

»Ehe wir abreisten, ermahnte mich die Königin, an die Macht der Sieben zu denken«, sagte Eden. »Ich fragte sie, was das bedeute, doch sie konnte es mir nicht sagen. Sie weiß nur, dass es einen alten Text gibt, in dem die Rede von der Macht der Sieben ist.«

»Ich hab diesen Ausdruck schon mal in Caer Liel gehört«, sagte Tania. »Lord Aldritch hat diese Worte gebraucht, als Gabriel ihm erzählte, dass Rathina zur Verräterin geworden sei. ›Nun kann die Macht der Sieben nie mehr angerufen werden‹, hat er gesagt oder so ähnlich.«

»Dann ist die Macht der Sieben mit Rathina verknüpft«, murmelte Zara. »Höchst merkwürdig.«

»Nicht nur mit ihr, sondern mit uns allen«, verbesserte

Eden. »Wir sind sieben – oder wären es, wenn Rathina noch auf unserer Seite wäre.«

»Aber das wird nie geschehen«, schnaubte Cordelia.

»Ich habe von dieser Macht gelesen«, meldete sich Sancha zu Wort. »In der Tat ist in einem alten Text die Rede davon. Ich hatte es nur vergessen.«

»Und was bedeutet es, Sancha?«, fragte Eden.

Sancha dachte ein paar Augenblicke nach. »Ach, das ist einerlei«, meinte sie schließlich. »Ich erinnere mich jetzt. Lord Aldritch hat Recht: Die Macht kann nicht mehr angerufen werden.«

»Dann sag uns doch wenigstens, warum nicht«, drängte Tania.

»In dem Text ist von einer heilenden Macht die Rede, einer Macht über Leben und Tod, die angerufen werden kann, wenn die sieben Töchter einer siebten Tochter in Liebe und Harmonie zusammenkommen«, erklärte Sancha. »Titania ist eine siebte Tochter des Hauses Fenodree, und wären wir nicht mit einer Verräterin in unserer Mitte geschlagen, wären wir ebenfalls sieben.« Sie sah ihre Schwestern an. »Ich weiß nicht, welche Macht das gewesen sein mag – für uns ist sie ohnehin verloren.«

»Genauso wie viele andere Dinge«, seufzte Eden.

Die sanften Harfenklänge verstummten plötzlich und Zara stieß hervor: »Ein Wunder ist geschehen – seht nur!«

Die Prinzessin saß neben der geschlossenen Zeltklappe und starrte auf den Boden, wo ein halbmondförmiger Teppich aus kurzem, leuchtend grünem Gras hochschoss. Butterblumen und Gänseblümchen wuchsen darin und öffneten ihre weißen und gelben Blütenköpfchen, als wollte die Natur in Sekundenschnelle die Arbeit von vielen Tagen und Wochen nachholen.

»Hexerei!«, rief Cordelia erbost, sprang auf und griff nach ihrem Schwert. »Das ist die Handschrift von Lyonesse! Sie werden uns in der Nacht überfallen!«

»Nein, Schwester«, sagte Eden und stand ebenfalls auf. »Das ist nicht der Tod – sondern Leben. Neues Leben kündigt sich an.«

»Das muss Oberon sein!«, rief Tania und stürzte zum Eingang des Zelts. Aufregt riss sie die Klappe zurück und spähte in die Nacht hinaus.

Eine Gestalt in Umhang und Kapuze stand ein Stück weit vom Zelt entfernt.

»Vater?«, rief Tania zögernd, denn die Figur war zu schmal, zu zierlich für den König. »Wer ist da?«, rief sie mit bebender Stimme.

Die Gestalt trat vor und streifte die Kapuze ab.

»Sei gegrüßt, liebste Schwester«, sagte eine vertraute Stimme, und als die Gestalt in den Lichtschein der Hängelaterne trat, erkannte Tania ihre siebte Elfenschwester – Prinzessin Rathina.

XXIV

Tania starrte ihre Schwester ungläubig an. Rathinas einst so schönes Gesicht war totenbleich und mit blauen Flecken übersäht, ihr schwarzes Haar hing ihr zerzaust und glanzlos über die Schultern. Aber das Schlimmste waren ihre leeren, verstörten Augen – so als habe Rathina in die schlimmsten Abgründe geblickt und darüber den Verstand verloren.

»Ein warmer Willkommensgruß wäre wohl zu viel verlangt«, sagte Rathina mit leiser, müder Stimme, »und dennoch muss ich mit dir sprechen.«

Tania riss sich aus ihrer Erstarrung. »Ich habe dir nichts zu sagen«, entgegnete sie mit bebender Stimme. »Geh! Geh sofort, oder ...«

Tania hörte eine Bewegung hinter sich. »Nein, Rathina«, sagte Eden sanft, aber bestimmt. »Geh nicht! Komm herein, ich bitte dich. Es gibt vieles zu besprechen zwischen uns.« Gebieterisch streckte sie die Hand aus und winkte Rathina zu sich. Rathina verzog das Gesicht und sträubte sich einen Augenblick gegen Edens Zauber, der sie lenkte. Sie hielt die Arme an den Körper gedrückt, ihre Beine waren steif, die Füße baumelten hilflos in der Luft. Tania wich beiseite, als Rathina von der Magie Edens ins Zelt gezogen wurde. Die anderen Prinzessinnen standen da und starrten ihre abtrünnige Schwester an, die jetzt in ihre Mitte schwebte und hochgerissen wurde, sodass sie wie eine Marionette in der Luft hing.

»Wie bist du an den Wachen vorbeigekommen?«, fragte Cordelia.

»Nicht durch Zauberei«, verteidigte sich Rathina mit bebender Stimme. »Von dir, Cordelia, habe ich gelernt, mich lautlos zu bewegen. Weißt du nicht mehr – unsere Wanderungen im Wald, als wir uns an das Wild angepirscht haben? Ich wäre eine schlechte Schülerin, wenn ich deine Lehren vergessen hätte.«

Zara presste ihre Hand auf den Mund und starrte ihre Schwester an. »Wie konntest du nur?«, murmelte sie mit tränenerstickter Stimme. »Wie konntest du nur so entsetzliche Verbrechen begehen?«

Sancha wollte sich hasserfüllt auf Rathina stürzen, aber Hopie hielt sie an den Schultern fest.

»Du hast wahrlich Schlimmes angerichtet, Schwester«, sagte Hopie zu Rathina. »Bist du gekommen, um Buße zu tun und den Schaden wiedergutzumachen, oder willst du nur über uns triumphieren?« Ihre Augen wurden schmal. »Oder bist du gar eine Sendbotin des Hexenkönigs und wurdest zu uns geschickt, um uns mit falschen Friedensangeboten den Verstand zu vernebeln?«

»Nichts von alledem!«, rief Rathina. »Ich bin gekommen, um euch um Gnade zu bitten.«

»Gnade?«, fauchte Sancha. »Wie kannst du es wagen, du Verräterin, die nichts als Zerstörung, Not und Elend über unser Land gebracht hat? Sag, wie viele Tote hast du auf dem Gewissen? Mit wie viel unschuldigem Blut hast du deine Seele befleckt? Du wirst hier keine Gnade finden. Läge es in meiner Macht, so würde ich dich vernichten und deine Asche in alle vier Winde zerstreuen als Sühne für deine ganze Bosheit.«

»Frieden, Sancha!«, sagte Eden.

Sancha fuhr wütend zu ihr herum. »Frieden? Ihretwegen ist meine Bibliothek abgebrannt und unsere Seelenbücher haben sich in Asche verwandelt.« Ihre Stimme wurde schrill. »Diese Elende hat unsere Seelenbücher zerstört!«

Hopie legte ihren Arm um Sancha, die jetzt hemmungslos schluchzte, und zog sie weg.

Tania starrte Rathina an. Ein tiefer Schmerz lag in den Augen ihrer Schwester. War er echt oder nur gespielt?

Eden schnippte einmal mit den Fingern und Rathina schwebte auf den Boden herab. »Meine Vergebung hast du bereits, Schwester«, sagte Eden sanft. »Sonst stündest du jetzt nicht hier.«

Rathina fiel auf die Knie. »Ich war nie eine Verbündete des Hexenkönigs!«, rief sie. »Ich bitte euch, glaubt mir das, auch wenn es euch schwerfällt.«

»Aber ich habe dich in der Großen Halle gesehen«, sagte Tania mit zitternder Stimme. »Ich habe gesehen, wie du neben ihm gesessen hast, als Lady Gaidheal ermordet wurde. Es war dir egal, was mit diesen Edlen geschieht.«

»Wie willst du das gesehen haben?«, fragte Rathina mit einem Blick zu Eden. »Ein Zauber!«, rief sie dann. »Ihr habt euch durch einen Zauber unsichtbar gemacht.« Flehend sah

sie Tania an.»Dann musst du auch gesehen haben, wie der Zauberer mich verhöhnte und quälte. Er hat mich nur am Leben gelassen, um sich an meinen Leiden zu ergötzen. Hätte ich gegen ihn gekämpft, so hätte er mich getötet.«
»Und wärest du nicht besser tot gewesen, als an seiner Seite auf dem Thron unserer Mutter zu sitzen?«, rief Cordelia.»Lieber wäre ich tausend Tode gestorben, als einer solchen Kreatur zu Willen zu sein.«
»Ja«, murmelte Rathina.»Du hättest den Mut dazu gehabt, das weiß ich.« Verzweifelt blickte sie ihre Schwestern an.»Glaubt ihr, ich wüsste nicht, wie sehr ihr mich hasst? Ich hasse mich doch selbst, mehr als ihr es je könntet! Ihr ahnt ja nicht, was es heißt, im Innersten zerrissen zu sein, wie ich es war, ein Opfer meiner Begierden und Wünsche, meiner Sehnsucht und Verzweiflung. Gefoltert von einer Liebe, die wie Feuer in meinem Herzen brennt. Ach, was wisst ihr davon!«

Tiefes Mitleid regte sich in Tania, denn sie hatte Gabriel Drakes zerstörerische Macht am eigenen Leib erfahren. Sie wusste, wie es war, jeglicher Willenskraft beraubt zu sein und hilflos im Bann jener grausamen, silberglänzenden Augen zu stehen. Gabriel hatte zwar keinen Zauber über Rathina gelegt, aber ihre Liebe zu dem bösen Elfenlord war genauso mächtig wie jeder Zauber.

Entschlossen trat Tania zu Rathina und kniete sich vor sie hin. Rathina senkte den Kopf, ihre Schultern bebten.»Schau mich an«, befahl Tania. Widerstrebend hob Rathina den Blick.»Liebst du Gabriel immer noch?«

»Nein«, flüsterte Rathina kaum hörbar.

»Sag mir die Wahrheit.«
Rathina schluchzte. »Ja.« Sie streckte die Hand nach Tania aus. »Ja, ich liebe ihn noch. Um Himmels willen, schütze mich vor mir selbst!«, rief sie. »Halte mich von ihm fern, bis dieser Wahn vorübergeht.«
Tania legte ihre Arme um Rathina und hielt sie fest. Eine Weile blieb sie so, streichelte die Haare ihrer Schwester, die verzweifelt weiterschluchzte. Ihr ganzer Körper bebte vor Kummer.
Tania drehte sich zu ihren anderen Schwestern um. Sanchas Gesicht war hassverzerrt, Cordelia sah verwirrt und wütend aus. Zara weinte, und Hopie schien zwischen Mitleid und Ungläubigkeit zu schwanken. Nur Edens Gesicht zeigte einen Funken Verständnis. Tania wusste, warum: Eden hatte all die Jahre unter ihrer vermeintlichen Schuld gelitten. Sie wusste, was Reue war.
»Wohlan, Rathina, was willst du von uns?«, fragte Eden jetzt. »Was sollen wir tun?«
Rathina hob ihr tränenüberströmtes Gesicht. »Meinem Elend ein Ende machen«, stieß sie mit erstickter Stimme hervor. »Mich von Lord Drake befreien, das ist alles, was ich erbitte.«
»Das steht allein in deiner Macht«, antwortete Hopie. »Sprich vernünftig, Schwester.«
»Ich kann nicht leben mit all dem Grauen, das ich mir auf die Seele geladen habe«, schluchzte Rathina. »Und ich würde mit Freuden gegen jeden Feind ins Feld ziehen, wenn ich wüsste, dass der Tod mein Lohn wäre. Ich suche Vergessen, mehr bleibt mir nicht zu hoffen.«

»Das sei dir gern gewährt«, sagte Sancha. »Und von meiner eigenen Hand, wenn mir jemand ein Schwert reicht, um die Tat zu vollbringen.«

»Nein«, murmelte Zara. »Sieh sie doch an, Sancha – sie ist eine gebrochene Seele. Und was nützte es uns, sie zu töten?«

»Haben wir denn eine Wahl?«, fragte Cordelia und sah ihre Schwestern an. »Oder wollt ihr sie einsperren, bis die Schlacht verloren oder gewonnen ist? Oder sie von einer Eskorte nach Ravensare bringen lassen? Sprich, Eden, hast du die Macht, sie an einen fernen Ort zu verbannen, wo sie kein weiteres Unheil anrichten kann?«

»Nein«, erwiderte Eden. »Diese Macht besitze ich nicht. Und hätte ich sie, so würde ich sie nicht einsetzen.« Sie drehte sich zu Rathina um, die immer noch am Boden kniete. »Sag, Schwester, willst du mit uns sein am morgigen Tag? Willst du an unserer Seite kämpfen?«

»Pfui!«, schrie Sancha. »Soll nun alles vergeben und vergessen sein? Nie und nimmer!«

»Nein, das ist unmöglich«, sagte Cordelia. »Wie sollen wir ihr vertrauen? Wer sagt uns denn, dass sie nicht doch im Bann des Hexenkönigs steht und mit bösen Absichten gekommen ist?«

»Dem ist nicht so, bitte glaubt mir«, flehte Rathina. »Ich gebe euch mein Wort darauf.«

»Wie bist du dem Hexenkönig entkommen?«, fragte Tania.

»Er war von der morgigen Schlacht abgelenkt«, erzählte Rathina. »Er beriet sich mit seinen Hauptleuten – mit

Gabriel Drake und den anderen Verrätern. Ich stellte mich, als sei ich müde und wollte zu Bett gehen. Dann bin ich an den Wachen vorbeigeschlichen.« Sie hob den Kopf und erwiderte Tanias Blick. »Ich lüge nicht«, sagte sie fest.

Hopie wandte sich an Eden. »Wäre es nicht leichtfertig, sie morgen in der Schlacht mitreiten zu lassen? Warum sollten wir ihr so weit trauen, Schwester?«

»Nicht nur leichtfertig, sondern geradezu wahnwitzig«, bestätigte Eden. »Doch seht nur: Rings um uns erwacht die Macht der Sieben. Willst du etwa nicht, dass wir diese Macht besitzen, wenn wir morgen gegen den Hexenmeister ziehen?«

Tania betrachtete die Stelle, auf die Eden zeigte. Das frische junge Gras und die blühenden Frühlingsblumen breiteten sich jetzt über den ganzen Zeltboden aus und bohrten sich durch die Teppiche, sodass überall grüne, gelbe und weiße Farbkleckse entstanden.

»Ist das die Macht der Sieben?«, fragte Cordelia. »Der Triumph des Lebens über den Tod? Das ist schön und bewegend, gewiss, aber wird es uns in der Schlacht helfen?«

»Ich weiß es nicht«, gab Eden zu. »Doch als unsere Mutter zu mir darüber sprach, betete sie, dass Rathina zu uns kommen würde. Wohlan, Schwestern – wollt ihr sie abweisen und in Ketten legen, oder wollt ihr, dass sie mit uns in die Schlacht reitet und uns hilft zu siegen?«

Plötzlich meldete sich Sancha zu Wort. »Rathina sollte bei uns sein«, sagte sie widerstrebend. »Der Sieg neuen Lebens über den schleichenden Tod von Lyonesse ist etwas Großes. Dieses Wunder wird unsere Ritter mit neuem Mut erfüllen und den Feind verwirren. Wir müssen diese Kraft nützen.« Sie stand auf und ging zu der knienden Rathina. »Steh auf«, befahl sie ihr.

Rathina richtete sich auf, den Kopf gesenkt, um Sancha nicht in die Augen sehen zu müssen.

»Sieh mich an!«, herrschte Sancha sie an.

Rathina hob den Kopf.

»Und jetzt hör mir gut zu, Schwester«, fuhr Sancha fort. »Du ahnst vermutlich nicht, wie viel Unheil du angerichtet hast.«

»Oh doch, ich weiß es«, murmelte Rathina. »Und ich bereue es zutiefst.«

»Nein!«, fauchte Sancha. »Nichts weißt du! Du hast nicht die geringste Vorstellung davon, wie tief die Wunden sein werden, wenn alles vorüber ist.« Für einen Augenblick versagte ihr die Stimme, dann fuhr sie fort: »Ich traue dir nicht, Rathina, doch ohne dich kann die Macht der Sieben nicht angerufen werden. Du wirst mit uns gegen das Pack von Lyonesse reiten, wenn morgen Früh die Sonne aufgeht. Aber solltest du Verrat im Sinn haben und noch mehr Unheil anrichten, Schwester, so wisse dies«, Sanchas Stimme war jetzt eiskalt, »ich werde dich niederstrecken mit eigener Hand. Und wenn ich dadurch mein Seelenheil verwirke, ich werde es tun!«

Ein Schauder lief Tania über den Rücken. Sie zweifelte keine Sekunde daran, dass Sancha ihre Drohung wahrmachen würde.

»So sei es«, sagte Eden. »Es ist spät, wir sollten nun alle zu Bett gehen.«

»Wo wird Rathina schlafen?«, fragte Hopie. »Und wer wird Wache bei ihr halten?«

»Sie schläft in meinem Zelt«, sagte Zara. »Und niemand wird sie bewachen. Wenn sie morgen Früh fort ist, wissen wir, dass sie die Unwahrheit gesprochen hat.«

»Ich danke euch«, murmelte Rathina. »Ihr sollt es nicht bereuen.«

»Sieh zu, dass dem so ist!«, sagte Hopie.

Rathina sah Tania an, die ihren Blick mitleidig erwiderte, doch Rathina schaute schnell weg.

Welche Albträume Rathina wohl peinigten? Tania konnte nur hoffen, dass sie im Kreis ihrer Schwestern die Kraft finden würde, ihre blinde Liebe zu Gabriel Drake zu überwinden. Sonst konnte sich Rathina als die tödlichste aller Gefahren entpuppen ...

Tania fuhr erschrocken hoch. Der Gedanke an die abtrünnige Schwester ließ sie nicht los, hinderte sie daran, richtig einzuschlafen. Sprach Rathina die Wahrheit oder würde sie ihre Schwestern erneut verraten? Und selbst wenn sie ihre Taten aufrichtig bereute, konnte man ihr je wieder trauen? Eine Frage, auf die es keine Antwort gab, und tief in ihrem Herzen wollte Tania nur eines: dass alle sieben Schwestern wieder vereint und diese schrecklichen Dinge nie geschehen wären. Aber das war nicht möglich.

Die Kerzen im Zelt waren heruntergebrannt, doch an der Stille, die sie umgab, erkannte Tania, dass die Nacht noch nicht vorüber war. Eine Weile lag sie reglos da und starrte zum abschüssigen Zeltdach hinauf. Ihre Angst vor der Schlacht am nächsten Morgen war weniger groß, als sie gedacht hatte. Vielleicht weil der Gedanke so absurd war, eine Elfenrüstung anzulegen und gegen ein Heer von Grauen Rittern ins Feld zu ziehen. Irgendwie glaubte sie immer noch, dass alles nur ein Traum war, aus dem sie bald erwachen würde.

Was auf jeden Fall besser wäre, als wenn die anderen sie morgen Früh winselnd vor Angst und völlig handlungsunfähig in ihrem Zelt finden würden.

Tania stand auf und schenkte sich einen Becher Wasser ein. Erquickend und köstlich. Etwas kitzelte ihre Füße, und als sie hinunterblickte, sah sie, dass überall Gras durch den Teppich kam. Der Boden war übersät von Blüten, und an den Zeltwänden rankten sich zarte grüne Winden mit rosa und weißen Blüten hinauf. Es war, als würde die Macht der Sieben ständig zunehmen. Zumindest aber bedeutete es, dass Rathina noch hier sein musste – ob zum Guten oder Schlechten.

Tania schlüpfte aus dem Zelt und trat in die Nacht hinaus. Das Lager lag still und dunkel unter dem schwimmenden Halbmond. Aus der Ferne drangen Geräusche zu ihr – Pferde, die sich auf ihren Koppeln bewegten. Zwischen den Zeltreihen sah sie Wachen hin- und hergehen. Aus irgendeinem Grund zog sie der Grasstreifen vor Sanchas Zelt magisch an. Ihre Schwester saß auf einem Grasbuckel in der Nähe, die Schultern vorgebeugt, die Augen schläfrig auf den langen Heidehang unter dem Palast gerichtet, dessen flackernde rote Lichter die Dunkelheit durchbrachen.

Tania setzte sich neben sie. »Kannst du nicht schlafen?«

»Nein.«

»Ich auch nicht«, seufzte Tania. »Ich kann einfach nicht abschalten.«

Einen Moment lang herrschte Schweigen, dann wandte Sancha den Kopf. Ihre Augen waren verschattet. »Ich möchte nicht über meine Gedanken sprechen«, murmelte sie. »Nein, ich kann es nicht.«

»Warum nicht?«, drängte Tania, als sie die schimmernden Tränen sah, die über die Wangen der Schwester liefen. »Sancha, was hast du denn?«

»Ich kann es nicht sagen«, schluchzte Sancha. »Es ist zu schrecklich.«

Tania legte einen Arm um ihre Schulter. »Sprich mit mir darüber«, sagte sie sanft. »Bitte!«

Sancha wischte mit dem Ärmel über ihre Augen. »Erinnerst du dich, als wir zusammen in der Bibliothek waren und die Seelenbücher verbrannten?«

»Oh ja.« Und ob sich Tania erinnerte – wie hätte sie je die grässlichen Schreie vergessen können, als die Bücher von den Flammen verschlungen wurden? »Ich weiß, wie sehr dich das getroffen hat, Sancha ... aber ... aber Bücher sind doch nur Sachen. Und die kann man ersetzen.«

»Du verstehst nicht«, sagte Sancha. »In diesen Büchern ist unser ganzes Leben enthalten – nicht nur die Dinge, die bereits geschehen sind, sondern auch die Zukunft. Die Bücher sprechen zu mir, Tania. Obwohl sonst jedes Buch nur von demjenigen gelesen werden kann, dessen Leben darin enthalten ist, kann ich alle lesen – das ist meine Gabe ... und sie wurde mir zum Fluch.«

»Warum zum Fluch?«

»Ich wollte nie die Zukunft aus den Büchern erfahren«, erklärte Sancha. »Ich habe immer Augen und Ohren verschlossen. Doch als die Bücher verbrannten, vernahm ich eine Stimme, die nicht verstummen wollte.« Sie schluckte, und ihre Finger krallten sich in Tanias Arm. »Der Tod schrie aus diesen Seiten ...«

Tania zog die Luft ein. »Wessen Tod?«

»Ich darf es dir nicht sagen«, weinte Sancha. »Doch morgen, auf dem Schlachtfeld, wird der Tod eine große Seele mit sich nehmen. Eine geliebte Seele.« Sie stieß Tania von sich. »Geh jetzt, bitte, lass mich allein! Ich habe dir schon zu viel erzählt. Ich werde nicht mehr darüber sprechen. Dir ist es nicht bestimmt, solche Dinge zu wissen.« Damit sprang sie auf und ging in ihr Zelt zurück.

Tania stand auch auf, um ihrer Schwester zu folgen – um ihr noch mehr Fragen zu stellen. Aber nach zwei Schritten blieb sie stehen. Warum wollte Sancha ihr nicht sagen, wer morgen sterben musste? Wenn sie es wüsste, könnte sie denjenigen vielleicht beschützen oder ihn daran hindern, überhaupt in die Schlacht zu ziehen. Doch dann zuckte ihr ein Gedanke durch den Kopf, der sie erstarren ließ. Wenn das Opfer nun jemand war, der an vorderster Front stehen musste, den sie unter keinen Umständen aus der Schusslinie ziehen konnte?

»Ich bin es«, wisperte sie tonlos. Der Sternenhimmel über ihr geriet ins Wanken, der Halbmond flackerte und schoss Blitze in ihre Augen. »Ich bin diejenige, die sterben wird.«

Benommen stolperte sie in ihr Zelt zurück und fiel aufs

Bett. Dort lag sie eine halbe Ewigkeit, zu elend, um weinen zu können. Irgendwann drehte sie sich auf den Rücken und starrte in die Luft. Stumme Tränen rollten jetzt über ihre Wangen, tropften an der Seite herunter in ihr Haar.

»Wenn doch nur Edric da wäre«, murmelte sie. »Ich möchte ihn wenigstens noch einmal sehen. Nur ein einziges Mal, bevor ich sterbe.«

Schluchzend drehte sie sich auf die Seite, ihr Gesicht in den Kissen vergraben, und überließ sich der Verzweiflung.

XXV

»Was für eine schöne Dämmerung«, sagte Eden. »Und doch ist sie die Künderin eines solchen Schreckenstages.« Sie wandte den Kopf und sah Tania an. »Du bist so still, Schwester – bedrückt dich der Gedanke an die bevorstehende Schlacht?«

»Nein«, antwortete Tania. »Ich bin okay.« Sie tätschelte Tanz den Hals. Darauf trabte er gehorsam los und trottete den langen Osthang der Salisocheide hinunter.

Tania hatte kaum ein Auge zugetan, außer vielleicht ein paar kurze Momente in jener magischen Stunde, in der Tag und Nacht einander berühren und die Welt in ihrem Lauf innehält. Kurz vor Tagesanbruch war eine Dienerin in ihr Zelt getreten, um ihr in die Rüstung zu helfen. Schweigend hatte sie in dem kerzenerleuchteten Zelt gestanden und sich zuerst den Brust- und Rückenharnisch und dann die Arm- und Beinschienen anlegen lassen. Es kam ihr die ganze Zeit über so vor, als geschähe all dies nicht ihr selbst, sondern jemand anders. Selbst als der Schwertgurt um ihre Hüfte gebunden wurde und sie den Griff des Kristallschwerts in der Hand spürte, erschien ihr das Geschehene noch immer vollkommen unwirklich.

Jetzt spürte sie gar nichts mehr, fühlte sich innerlich hohl und leer. Ihr Geist schwebte auf einer weißen Wolke, während ihre sterbliche Hülle sich wie ein Roboter bewegte. Selbst als die Sonne über den Niederungen im Osten aufstieg und das Frühlicht Waffen und Rüstungen der aufbruchbereiten Elfenarmee glänzen machte, löste der Anblick keine Gefühle in ihr aus. Und sie konnte sich auch nicht darüber freuen, dass der Hügel wieder saftig grün und mit Blüten übersät war. Mechanisch stieg sie auf und ritt an die Spitze des Heeres, an den Hauptleuten in ihren Rüstungen vorbei, an ihren Schwestern, die alle auf Pferden saßen, außer Cordelia, die Zephyr ritt.

Tania hielt Tanz am Rand der Heide an und starrte zu den Truppen des Hexenkönigs hinaus. Eden war an ihrer Seite. Das Heer der Grauen Ritter schwärmte ohne jede erkennbare Schlachtordnung auf der Puckheide aus. In Tanias Augen waren sie eine Pest, die das Land überschwemmte. Die Morrigan-Hunde schlängelten sich zwischen den dürren Beinen der Grauen Ritter hindurch und heulten schauerlich. Der Boden unter der Armee von Lyonesse war braun und tot. Das frische saftige Grün, das über Nacht emporgeschossen war, endete in dem Tal zwischen den beiden hohen Heidehügeln.

Tania und Eden ritten ins Tal hinunter, flankiert von zwei Herolden, die die königlichen Standarten des Elfenreichs trugen – eine gelbe Sonne auf himmelblauem Grund und ein weißer Mond auf einem nachtblauen Feld. Als sie ihre Reittiere am Talgrund zum Stehen brachten, dort, wo das grüne Gras in braune Stoppeln überging, brachen fünf Graue Ritter aus dem Gewimmel auf der Puckheide hervor und galoppierten auf sie zu. Vier von ihnen trugen Banner, die eine schwarze Schlange auf rotem Grund zeigten. Der fünfte war in einen Umhang gehüllt, der sich wie ein Flügelpaar bauschte, als er den Hang herabkam.

Die Grauen Ritter zeigten ihr maskenhaftes Grinsen und ihre roten Augen funkelten vor lauter Blutdurst. Doch am schrecklichsten war das Lächeln des fünften Reiters, der sein Pferd nur wenige Meter von Tania und Eden entfernt zum Stehen brachte.

»Sei tapfer!«, wisperte Eden Tania zu, als Gabriel Drake sein Pferd vorwärtstrieb. Unmittelbar vor Tanz hielt er an. Das Einhorn schnaubte und stampfte mit dem Vorderhuf, wich aber nicht zurück.

»Wie schön, Euch wiederzusehen, geliebte Braut!«, hob Gabriel mit aalglatter Stimme an. »Unsere letzte Begegnung bescherte mir einen Schmerz, den ich nicht so leicht vergessen werde.« Er fasste mit einer Hand an seine Schulter und berührte die Stelle, an der ihn Titanias schwarzes Schwert getroffen hatte. »Eure Halbmutter, die Königin, hat Euch von mir ferngehalten, doch sehe ich sie heute nicht. Habt Ihr sie versteckt, weil Ihr hofft, sie schützen zu können?« Er lachte leise. »Eine vergebliche Hoffnung, Mylady. So seid Ihr also gekommen, um endlich das Ehegelübde mit mir abzulegen, Tania? Werden wir jetzt endlich ganz vereint sein?«

Tania hob ihr Kinn und blickte Gabriel Drake herausfordernd in die Augen. Wortlos hob sie den Arm, zum Zeichen, dass der Herold sprechen sollte.

»Die sieben Prinzessinnen des Königshauses Aurealis,

rechtmäßige Herrscherinnen über das Immerwährende Elfenreich, fordern den Zauberer von Lyonesse hiermit auf, dieses Land mit seinen Truppen für immer zu verlassen!«, rief der Herold mit hoher klarer Stimme. »Allen, die ihre Waffen niederlegen, wird sicheres Geleit gewährt. Sollte der Zauberer von Lyonesse jedoch unserer Forderung nicht nachkommen, so werden wir ihn und seine Truppen aus dem Elfenreich verjagen, und alle, die nicht in der Schlacht ihr Leben lassen, werden für alle Zeiten in ein Bernsteingefängnis verbannt.«

Eine bedrohliche Stille senkte sich herab. Gabriel Drake starrte Tania an, als wolle er durch pure Willenskraft ihr Blut zu Eis gefrieren lassen. Aber sie hielt seinem Blick unerschütterlich stand und zum ersten Mal jagten ihr seine silbrigen Augen keinen Schrecken ein. Sie würde heute fallen – entweder durch die Hand der Grauen Ritter oder durch Gabriels Schwert. Sancha hatte es gesehen. Es gab nichts, was sie dagegen tun konnte, außer dem Tod so tapfer zu begegnen, wie sie nur konnte.

Gabriels Lächeln erlosch und ein unbehaglicher Ausdruck trat in sein Gesicht. »Ihr habt Euch verändert, Mylady«, zischte er. »Etwas schirmt Euren Geist gegen mich ab. Es ist kein Zauber, den würde ich erkennen. Es muss etwas anderes sein. Etwas in Euch selbst.« Er richtete sich im Sattel auf und lächelte wieder. »Doch was kümmert mich das? Es ist einerlei, ob Ihr Euch von mir abkapselt. Euer Schicksal ist unausweichlich. Ihr werdet mir gehören, Mylady, mit Leib, Geist und Seele.«

Er wartete auf eine Antwort, ihr Schweigen brachte ihn

sichtlich aus der Fassung. Wütend blickte er zum Hang hinauf, wo die Elfenarmee sich sammelte. »Wie ich sehe, habt Ihr eine neue Verbündete in Eurem Schwesternkreis, Mylady«, zischte er hämisch. »Doch setzt nur nicht allzu viel Vertrauen in Rathina – sie ist nicht mehr Herrin ihrer fünf Sinne.« Er hob die Hand und schnippte mit den Fingern. »Die Prinzessin ist Wachs in meinen Händen. Wenn die Zeit reif ist, muss ich nur ein einziges Wort sprechen, und sie wird sich gegen Euch wenden.«

Tania sagte immer noch nichts, hielt einfach seinem Blick stand, bis er wegschaute.

Dann sprach Eden und ihre Stimme war ruhig und furchtlos. »Sagt, warum zeigt sich Euer neuer Herr nicht? Will er nicht sehen, wie grün das Gras auf der Salisocheide ist?«, sagte sie. »Mit Rathina an unserer Seite wird der Tod niemals in diesem Land triumphieren.«

Gabriel lächelte sie spöttisch an. »Wollt Ihr uns Furcht einjagen mit Eurem grünen Gras, Mylady? Ich kenne die Macht der Sieben. Es ist eine schwache, eine weiche Macht. Nein, Mylady, und wäre jeder Grashalm aus Kristall und jede Blume ein Elfenritter, die Sense von Lyonesse würde sie dennoch niedermähen. Der König wird sich zeigen, Mylady, zweifelt nicht daran – doch bis das geschieht, werden alle Blumen im Elfenreich zertreten sein.« Er hob den Arm und gab einem der Grauen Ritter ein Zeichen.

Die hässliche Kreatur öffnete den Mund und verkündete mit hoher schriller Stimme: »Seine allergnädigste Majestät, der Großkönig von Lyonesse, wird nun, als Wiedergutmachung für seine widerrechtliche Gefangennahme durch

Oberon Aurealis, das Elfenreich in Besitz nehmen. Titania, ehemals Königin, und alle ihre Töchter werden sich seiner Gnade ergeben, und die Truppen, die sich versammelt haben, werden die Waffen niederlegen und sich zerstreuen. Eine Stunde nur gewährt der Großkönig von Lyonesse dem Elfenvolk, um seine Forderungen zu erfüllen, und wer immer sich ihnen widersetzt, wird eines grausamen Todes sterben.«

»Das sind, wie ich finde, großzügige Bedingungen«, sagte Gabriel. »Und es gibt nichts daran zu rütteln.« Zu Eden und Tania gewandt fügte er hinzu: »Gebt Euch nur keinen falschen Hoffnungen hin, Eure Hoheiten – wenn Ihr uns angreift, wird Euer Heer bis auf den letzten Mann vernichtet werden. Und ist die Schlacht erst vorüber, so werden die Ritter von Lyonesse durch das ganze Land ziehen, und niemand wird vor ihrem Zorn verschont bleiben – nicht Mann noch Frau noch Kind. Wir werden das Elfenreich in eine Wüste verwandeln.«

Gabriels Augen funkelten böse. »Nur eine wird ihr Leben behalten«, verkündete er, »meine Braut darf nicht getötet werden. Nein, Mylady, Ihr werdet für immer an meiner Seite leben. Ihr werdet niemals von mir loskommen, wusstet Ihr das nicht? Wir sind für alle Ewigkeit verbunden.«

»Nein, Gabriel«, sagte Tania ruhig. »Das sind wir nicht. Hast du's noch nicht kapiert? Heute ist der Tag, an dem ich das Band zwischen uns für immer zerreißen werde.«

Gabriels Gesicht verzerrte sich vor Wut. Er öffnete den Mund, um etwas zu sagen, aber Tania ließ ihm keine Zeit dazu. Sie wendete Tanz und das Einhorn sprengte den Hang hinauf. Eden und die Herolde folgten ihr.

Lord Gabriel schrie ihr nach: »Nur der Tod wird Euch von mir befreien, Tania, verlasst Euch darauf! Und wenn Ihr es nicht anders wollt, nun, so sei es! Heute noch werdet Ihr sterben!«

Tania lachte bitter auf. »Als ob ich das nicht wüsste, Euer Lordschaft«, murmelte sie.

»Ich weiß, was du fürchtest, Schwester«, sagte Eden, die neben ihr ritt. »Aber, glaube mir, der Tod ist nicht der einzige Weg.«

»Doch, das ist er«, antwortete Tania ruhig. »Aber mach dir keine Sorgen. Ich habe keine Angst.« Sie trieb Tanz an, zog ihr Schwert und schwenkte es in der Luft, während sie zu den wartenden Truppen galoppierte. Einen Augenblick dachte sie an ihre Eltern in der Welt der Sterblichen, die nun nie erfahren würden, was mit ihr passiert war. Aber daran ließ sich nichts ändern.

»Genug geredet!«, rief sie und stürmte auf die Elfenarmee zu. »Im Namen von König Oberon, Königin Titania und der sieben Prinzessinnen des Elfenreichs, folgt mir!«

Tanz warf sich herum, stieg am Rand des Hügels auf die Hinterbeine und wieherte laut. Dann galoppierte er hinab, und hinter ihnen ertönte lautes Rufen und Schwerterklirren. Die Armee der sieben Prinzessinnen hatte sich in Marsch gesetzt und ergoss sich wie eine schimmernde Flut über den Hang.

XXVI

Tania kämpfte mechanisch, bewegte sich geschickt durch das Getümmel, von ihrem Einhorn sicher getragen. Ihr Schild dröhnte unter den Hieben, Schwerter und Speere prallten von ihrer schimmernden Rüstung und ihrem spitzen Muschelhornhelm ab. Pfeile schwirrten ihr um die Ohren, und ihr Kopf dröhnte vom Geschrei der Kämpfenden, vom Wiehern der Pferde und vom wütenden Bellen der Morrigan-Hunde. Unermüdlich schwang sie ihr Schwert, parierte hier einen tödlichen Hieb, stach dort im richtigen Moment zu. Dann stürmte sie weiter, ohne abzuwarten, bis ihr Gegner zu grauem Staub zerfiel, und stürzte sich mit erhobenem Schwert auf den nächsten.

Tanz war eins mit ihr. Todesmutig warf sich das Einhorn ins Gewühl und wehrte mit Hufen, Zähnen und seinem spitzen Horn die Bluthunde und Grauen Ritter auf ihren dürren, untoten Pferden ab. Tania hatte nur einen Gedanken: Gabriel Drake zu finden und zu töten, ehe er sie töten konnte.

Plötzlich entfernte sich das Kampfgetümmel und Tania spürte eine seltsame Leere um sich. Tanz drehte sich langsam im Kreis, schnaubend und stampfend, als könne er es kaum erwarten, sich wieder ins Gefecht zu stürzen. Tania sah, dass die Elfenritter unermüdlich auf die Truppen von

Lyonesse einschlugen, aber der Feind gewann langsam die Oberhand, und das Elfenheer wurde an dem langen Heidehang hinaufgetrieben. Noch wehten die Elfenbanner, doch viele Elfenritter – viel zu viele – lagen im hohen Gras, das sich leuchtend rot von ihrem Blut färbte.

Tania wischte sich den Schweiß aus den Augen. Wo war Drake? Sie hatte nichts mehr von ihm gesehen, seit der Kampf begonnen hatte, und wie lange das her war, konnte sie nicht sagen. Die Zeit spielte keine Rolle mehr in diesem tödlichen Chaos. Tania blickte sich um und sah, dass immer mehr düstere Schlangenbanner aufgezogen wurden. Um eines dieser Banner kreisten Adler und Falken und griffen den Fahnenträger an.

»Cordelia!«, rief Tania.

Cordelia stand in den Steigbügeln ihres wild dahinjagenden Einhorns und kämpfte sich den Weg zu dem Banner frei. Ein Trupp Grauer Ritter preschte auf sie zu, und der Wind trug die gespenstischen Schreie der Kreaturen herüber. Mit einem einzigen kraftvollen Hieb riss Cordelia das hässliche Banner herunter. Tania hielt den Atem an, als die Grauen Ritter ihre Schwester umzingelten. Zephyr und Cordelia kämpften heldenhaft, aber ein Speer durchbohrte die Flanke des Einhorns. Es bäumte sich auf, warf den Kopf zurück und stieß einen hohen, durchdringenden Schrei aus, dann stürzte es zu Boden, und Cordelia verschwand zwischen den Grauen Rittern. Die Vögel flogen in Scharen herbei, um ihr zu helfen. Schwerter hieben in die Luft, Speere stachen in den Himmel. Viele der Vögel stürzten zu Boden, aber es kamen immer mehr.

Zum ersten Mal an diesem Tag ergriff die Angst von Tania Besitz – Angst um ihre Schwester, nicht um sich selbst. Wieder hörte sie Sanchas Stimme in ihrem Kopf: Morgen auf dem Schlachtfeld wird der Tod eine große Seele mitnehmen. *Cordelia! Sancha hat Cordelia gemeint, nicht mich!* Tania war so von der Idee erfüllt gewesen, etwas Besonderes zu sein, die Wichtigste der sieben, dass es ihr gar nicht in den Sinn gekommen war, eine andere könnte das Opfer sein, von dem Sancha gesprochen hatte.

»Tanz! Auf, zu Cordelia!«, schrie sie. Das wilde Einhorn preschte den Hang hinauf, schnell wie der Nordwind. Tania klammerte sich an seiner Mähne fest. Mit aller Kraft kämpften sie sich zu Cordelia durch.

Cordelia stand über ihrem gestürzten Einhorn, ein Schwert in jeder Hand, und schlug in wilder Verzweiflung auf die Grauen Ritter ein, die auf ihren Skelettpferden um sie herumgaloppierten. Schwärme von Vögeln griffen die Ritter an, flogen ihnen ins Gesicht und hackten mit den Schnäbeln nach ihren Augen. Aber die Untoten von Lyonesse konnten nur durch einen Dolchstich mitten ins Herz getötet werden, und Cordelia war jetzt ganz von ihnen umzingelt, sodass sie ihre Schwerter nicht mehr gebrauchen konnte.

Dann sah Tania, wie ihre Schwester zu Boden stürzte. Mit lautem Triumphgeschrei fielen die Monster über sie her. Tania trieb Tanz vorwärts, lehnte sich über seinem Kopf vor und hieb auf die Ritter ein. Plötzlich merkte sie, dass jemand neben ihr war – ein Reiter auf einem braunen

Pferd in schimmernder Elfenrüstung –, der laut brüllend sein Schwert schwang. Sie wandte den Kopf und erkannte Rathina.

»Mir nach!«, schrie Rathina und schlug sich den Weg zu Cordelia frei.

Als Tania hinkam, sprang Cordelia hastig vom Boden auf und schwang sich hinter ihr auf den Rücken von Tanz. Das Einhorn warf sich herum und stürmte aus dem Gedränge hinaus.

»Bist du okay?«, keuchte Tania, nachdem sie sich fürs Erste in Sicherheit gebracht hatten.

»Ich bin unverletzt«, sagte Cordelia. »Aber ihr seid gerade noch rechtzeitig gekommen, sonst hätten sie mich niedergemacht. Der arme Zephyr, ich konnte nichts mehr für ihn tun. Komm, Schwester, wir müssen ein anderes Pferd für mich finden. Das werden sie mir büßen, dieses verfluchte graue Gesindel!«

»Ohne Rathina hätte ich dich niemals rechtzeitig erreicht«, sagte Tania und sah zu ihrer Schwester hinüber, die keuchend im Sattel hing.

»Wohlan«, sagte Cordelia und nickte Rathina zu. »Das war tapfer gehandelt.«

»Wenig genug, angesichts der großen Schuld, die ich abzutragen habe«, antwortete Rathina düster und packte die Zügel. »Doch es gibt noch viel zu tun.« Sie riss ihr Pferd herum und stürmte in wildem Galopp dem Feind entgegen.

Cordelia und Tania blieben allein zurück.

»Hast du die anderen gesehen?«, fragte Tania.

»Das dort unten muss Eden sein«, sagte Cordelia und zeigte auf ein Knäuel von kämpfenden Rittern weiter unten am Hang. Weißblaue Blitze zuckten durch das Handgemenge wie tödliche Speerhiebe. »Zara und Sancha habe ich nicht mehr gesehen, seit Beginn der Schlacht«, fuhr Cordelia fort, »doch Hopie ist auf dem Hügel und versorgt die Verwundeten. Lord Brython hält Wache bei ihr wie ein alter Eichenknorz, und wer sich in ihre Nähe wagt, bekommt seine Doppelaxt zu spüren.«

Die beiden Heere hatten sich inzwischen in kleinere Gruppen aufgeteilt, die über die Heidehügel und das Tal dazwischen verstreut waren. Direkt am Waldrand tobte ein wildes Scharmützel: Herzog Cornelius und seine Söhne griffen ein Schlangenbanner an. Das Tal selbst war ein brodelnder, tödlicher Kessel: Markerschütterndes Kampfgeschrei erfüllte die Luft, und die Ritter hieben verbissen aufeinander ein, während die Hunde herumsprangen und die Pferde zu Boden rissen.

Die beiden Banner des Elfenreichs, das Mond- und Sonnenbanner, waren getrennt worden: Das Mondbanner wurde hinten auf dem Schlachtfeld von Graf Valentyne und seinen Rittern verteidigt, aber das Sonnenbanner war schon auf halber Höhe der Puckheide angelangt, und die Ritter, die sich darum geschart hatten, drängten mit aller Macht voran. Plötzlich stürmte eine kleine wagemutige Gestalt die Puckheide hinauf, das blitzende Schwert hoch erhoben. Zara!

Doch im nächsten Moment jagte ihr ein Trupp Grauer Ritter nach und umzingelte sie von hinten – wie Sturmwolken, die die Sonne verdunkeln –, und der schwarze Umhang des Anführers blähte sich unheilvoll wie ein Paar Fledermausflügel.

»Oh nein – sie haben Zara!«, rief Tania entsetzt.

Cordelia sprang von ihrem Einhorn. »Hilf ihr, schnell!«, schrie sie und gab Tanz einen Schlag auf die Flanke. »Ich suche mir ein Pferd und folge dir, so schnell ich kann.«

Tanz stürmte los und jagte mit wehender Mähne den Hang hinab und zur Puckheide hinauf. Tania kniff die Augen vor dem Wind zusammen, ihr Schwert fest in der Hand und tief über Tanz' Hals gebeugt. Das Einhorn, das schneller lief als jedes Pferd, holte Gabriel Drakes Truppe bald ein. Diese Ritter waren die gefährlichsten Feinde auf dem Schlachtfeld, weil sie mit Schwertern aus Isenmort bewaffnet und von ihren Bernsteinstirnbändern geschützt waren. Aber Tania hatte keine Angst mehr vor Gabriel Drake und seinen Kreaturen. Wochenlang hatte er ihr Albträume geschickt und ihr das Leben zur Hölle gemacht, doch damit war jetzt Schluss. Heute würde sie die Macht brechen, die er über sie ausübte.

Tanz stürzte sich auf Gabriels Pferd und stieß ihm sein Horn mit voller Wucht in die Flanke, sodass Tania von seinem Rücken flog. Erde und Himmel wirbelten um sie herum, aber sie rollte sich geschickt am Boden ab und war kurz darauf wieder auf den Beinen – ein wenig benommen, ja, aber unversehrt, das Schwert erneut zum Schlag erhoben.

Die Grauen Ritter gerieten in Verwirrung, als sie Drakes Pferd stürzen sahen, und ein paar von ihren Schindmähren krachten der Länge nach auf den Boden, andere bockten und warfen sich herum, um dem Chaos zu entkommen. Gabriel war in hohem Bogen über den Kopf seines Pferdes gesegelt und lag reglos am Boden, von seinem schwarzen Umhang bedeckt wie von einem Leichentuch.

Laut brüllend stürzte Tania zu ihm, und ihr Helm fiel ihr vom Kopf, sodass ihr langes rotes Haar hervorquoll und im Wind peitschte. Dann stand sie über Gabriel, ihr Schwert hoch erhoben. Das war der Moment, auf den sie gewartet hatte. Jetzt oder nie! Ein einziger, gut gezielter Streich, und Gabriels Herrschaft über sie wäre für immer beendet.

Doch sie zögerte. In einem fairen Zweikampf hätte sie ihn töten können, aber ihm einfach das Schwert in die Brust zu bohren, während er hilflos am Boden lag? Alles in ihr sträubte sich dagegen. Langsam senkte sie ihr Schwert und trat zurück. Aus dem Augenwinkel sah sie einen Trupp Elfenritter den Hang heraufdonnern, angeführt von Sancha und Rathina. Die beiden Prinzessinnen warfen sich auf Drakes versprengte Ritterhorde und kämpften verzweifelt gegen die Isenmortschwerter. Gabriel kam wieder zu sich. Er richtete sich mithilfe eines Ellbogens auf und schüttelte benommen den Kopf.

»Steh auf!«, schrie Tania.

Gabriel kam wieder ganz auf die Beine, schwankte aber gefährlich in seinem aufgebauschten Umhang. Dann starrte er Tania an, seine Augen blitzten hämisch.

»Heb dein Schwert auf!«, befahl sie ihm.

»Mit dem größten Vergnügen«, sagte er, bückte sich und riss sein blinkendes Metallschwert hoch. »Ihr seid eine

Närrin, Tania. Und jetzt werdet ihr einen Narrentod sterben.« Mit erhobenem Schwert stürzte er sich auf sie.

Tania parierte seinen Hieb, sprang zur Seite, und ihr eigenes Schwert verfehlte ihn knapp, als er an ihr vorbeistolperte. Aber Drake reagierte blitzschnell, riss seine Klinge hoch und schmetterte ihren nächsten Angriff ab. Jetzt standen sie einander gegenüber – seine silbrig glänzenden Augen blickten in ihre goldgesprenkelten grünen. Gabriel ließ sein Schwert herabsausen, aber Tania schmetterte seinen Hieb ab und stieß blitzschnell mit ihrer Klinge zu. Gabriel stieß einen Schrei aus und brach in die Knie. Tanias Schwert war blutbeschmiert.

Im nächsten Moment war Gabriel wieder auf den Beinen und schwang wild seine Waffe. Tania sah, dass sie ihn verletzt hatte – er schwankte, sein Gesicht war kreideweiß. Nur sein böses, wissendes Lächeln hatte er nicht verloren, und das gab ihr die Kraft, immer wieder neu anzugreifen, laut brüllend, mit einer Wut, die sie selbst überraschte.

Endlich ließ Gabriel sein Schwert fallen. Er kniete auf dem Boden, die Arme hingen schlaff an seinem Körper hinab und helles Blut quoll durch sein Kettenhemd. Er starrte sie an und seine Augen waren wie silberne Zwillingsmonde an einem leeren Nachthimmel. Tania hob ihr Schwert, bebend vor Wut.

»Unsere Verbindung endet nicht mit dem Tod, Tania«, flüsterte Gabriel. »Vergesst nicht, wir sind für alle Zeiten vereint. Selbst wenn Ihr mich tötet, werdet Ihr nie frei sein. Ich werde Euch verfolgen durch alle Zeitalter.«

Tania starrte ihn an, zutiefst getroffen von seinen Worten. Plötzlich irrte Gabriels Blick ab und heftete sich auf etwas hinter ihr. Ein Lächeln umspielte seine Lippen. Er wisperte nur ein einziges Wort, so leise wie ein Windhauch: »Rathina.«

Dann ein Schlag von hinten, sie flog zur Seite, das Schwert wurde ihr aus der Hand gerissen und sie selbst auf den Boden geschleudert. Wie in Trance nahm sie eine Bewegung über sich wahr, als ein Reiter aus dem Sattel sprang.

Rathina. Tania lag keuchend am Boden und sah, wie ihre Schwester vor Grabiel Drake hintrat, ihr Schwert mit beiden Händen gepackt. »Ich kann das nicht zulassen«, sagte Rathina. »Lass ab von ihm, Tania – ich will nicht gegen dich kämpfen, aber ich werde es tun, wenn du mich dazu zwingst.«

»Nein!«, stöhnte Tania und starrte die Schwester ungläubig an. »Nein, Rathina!«

»Ich kann nicht dagegen an!«, rief Rathina mit irrer, verzweifelter Stimme. »Ich gehöre ihm!« Sie blickte über die Schulter zu Gabriel. »Kein Blut wird mehr vergossen werden, mein Liebster!«, schrie sie. »Noch ist es nicht zu spät! Lass uns das Schlachtfeld verlassen – aus dem Elfenreich fliehen und für immer vereint sein!«

Drake richtete sich böse lächelnd auf. »Habe ich Euch nicht gewarnt, Tania?«, sagte er. »Habe ich Euch nicht gesagt, dass sie sich gegen Euch wenden wird?« Er stieß Rathina achtlos beiseite und trat mit erhobenem Schwert auf Tania zu, die noch immer am Boden lag.

Tania tastete blindlings nach ihrer Waffe. Aber es war zu spät. Gabriel trat mit dem Stiefel auf ihr Handgelenk, sodass sie ihren Arm nicht bewegen konnte. Und dann, gerade als er sein Schwert hob, schoss eine zierliche kleine Gestalt von der Seite heran und warf sich dazwischen, um den tödlichen Hieb abzufangen.

Auf einmal geschah alles wie in Zeitlupe. Tania sah die Elfenrüstung. Das wehende goldene Haar. Das Schwert, das gegen Drakes Klinge krachte, Isenmort gegen Elfenkristall. Die Kristallklinge zerschellte, das Eisenschwert zischte herab und durchbohrte den Brustharnisch des Elfenritters.

Tania zog sich auf die Knie hoch, als die kleine Gestalt auf sie herunterstürzte, ihr buchstäblich in die Arme fiel. Der Helm fiel ab und enthüllte ihr goldenes Haar, der Kopf sank zurück, und die blauen Augen in dem totenblassen Gesicht starrten blicklos zum Himmel. Tania schrie auf, als sie ihre Schwester erkannte.

XXVII

Zara! Zara, nein!«
Tania nahm dunkel Gestalten wahr, die über ihr aufragten und um sie herumschwebten wie lebende Schatten. Das Kampfgetümmel drang an ihr Ohr, ein quälender Lärm, der ihr gleichzeitig fern und unwirklich schien. Fassungslos blickte sie auf das bleiche, leblose Gesicht hinunter und dachte daran, wie Zara ihr zum ersten Mal begegnet war, in ihrem Zimmer, in einem gelben Kleid, hell und strahlend wie die Sonne. Sie sah ihre Schwester am Spinett sitzen und singen, mit einem schönen Elfenlord in der Großen Halle des Palastes tanzen, die Flöte spielen und jenen Wind heraufbeschwören, der die Segel der *Wolkenseglerin* füllen sollte. Sie sah Zara in der Kymrybucht am Ufer stehen, und auf einmal drang klar und deutlich Zaras Stimme an ihr Ohr:

Wir werden das Böse besiegen, Tania – ich weiß es. Und du und ich, wir werden bald wieder in der Großen Halle des Palastes tanzen und Duette spielen, so wie früher – du auf der Laute und ich auf dem Spinett.

Kalte Wut stieg in Tania hoch und verdrängte ihren Schmerz. Behutsam bettete sie Zara auf den Boden und stand auf. Rings um sie her, an dem lang gestreckten Hang hinunter und bis hinauf zur Salisocheide begann das frische grüne Gras zu welken. Die Macht der Sieben war für immer gebrochen.

Drake stand da, sein bluttriefendes Schwert in der Hand, und beobachtete höhnisch, wie Tania sich bückte, um ihre Waffe aufzuheben. So siegesgewiss war er, dass er ihr erlaubte, das Schwert zu nehmen, ehe er sie angriff. Doch er hatte sich verrechnet. Tania war nicht allein. Sancha stand neben ihr, tränenüberströmt, aber mit erhobenem Schwert. Drake stürzte sich brüllend auf sie und seine Eisenklinge schlug Sanchas Kristallschwert weg. Er rammte seine Schulter gegen die Prinzessin und warf sie zu Boden. Tania wich zurück, wehrte sein blitzendes Schwert ab. Aber dann stolperte sie und fiel rücklings über Zara.

Sofort stand Gabriel über ihr. Doch bevor er zustoßen konnte, kam von der Seite ein Ritter heran und attackierte ihn.

Es war Rathina, die ihr Schwert mit aller Kraft durch die Luft sausen ließ. Sie schrie nur ein einziges Wort: »Mörder!«

Gabriel war schnell und wendig wie eine Schlange. Selbst jetzt, als er halb am Boden lag, von Rathinas wütendem Angriff überrumpelt, gelang es ihm, seine Waffe hochzureißen. Die beiden Schwertklingen klirrten gegeneinander, aber Gabriels Hieb war wuchtiger, und Rathinas Schwert flog davon. Mit dem nächsten Streich setzte Gabriel Rathinas Pferd außer Gefecht. Es stürzte zu Boden, trat hilflos mit den Beinen um sich, und Rathina flog aus dem Sattel. Keuchend und schluchzend wälzte sie sich am Boden.

Gabriel warf ihr einen verächtlichen Blick zu, dann drehte er sich zu Tania um. Diese sah, wie Rathina sich hinter ihm auf die Knie hochzog und nach ihrem Schwert tastete. Als sie es endlich zu fassen bekam, riss sie es hoch und packte es mit beiden Händen. Mühsam richtete sie sich auf, stürzte sich von hinten mit erhobenem Schwert auf Gabriel und schrie laut: »Für Zara!« Dann stieß sie ihm das Schwert in die Brust.

Einen Augenblick blieb Gabriel reglos, das Siegerlächeln auf seinem Gesicht erstarrte. Dann kippte er vornüber und stürzte lautlos zu Boden.

Rathina starrte mit kalkweißem Gesicht auf ihn hinab. »Für Zara!«, schluchzte sie noch einmal. »Und dafür, dass ich jetzt von dir befreit bin. Meine Liebe hätte uns retten können. Sie hätte uns beide erlöst!«

Sancha rappelte sich vom Boden auf. »Rathina!«, rief sie. »Das Schwert – es ist Isenmort! Geschwind, lass es los, sonst stirbst du!«

Tania hatte das Schwert in Rathinas Hand blitzen sehen, ohne zu wissen, dass ihre Schwester das Eisenschwert eines gefallenen Grauen Ritters aufgehoben hatte. Rathina starrte erschrocken auf ihre Hände – auch ihr war nicht klar gewesen, in welcher Gefahr sie schwebte.

»Es brennt nicht«, murmelte sie. Mit einem Blick zu Sancha hob sie das blutige Schwert. »Es brennt überhaupt nicht!«

Sancha starrte sie an. »So hat sich endlich deine Gabe offenbart, Schwester«, sagte sie. »Du besitzt die Macht, Isenmort anzufassen, ohne dass es dir schadet.«

»Ich will keine Gabe! Ich verdiene keine!«, stieß Rathina heftig hervor. Verzweifelt warf sie das Schwert weg und stolperte vorwärts, fiel neben Zaras Leichnam auf die Knie. »Es tut mir leid«, schluchzte sie. »Es tut mir so leid!« Laut weinend nahm sie ihre tote Schwester in die Arme und drückte sie an sich.

Tania stand mühsam auf. Sie hatte geglaubt, sie werde Freude empfinden über Gabriels Tod, doch nun war sie nur von Trauer, Entsetzen und einem tiefen, unbegreiflichen Schmerz erfüllt, als ob ein Teil von ihr mit ihm gestorben wäre. Und Zara war gefallen – Sanchas schreckliche Prophezeiung hatte sich bewahrheitet. Aber jetzt blieb keine Zeit zu trauern, denn auf den Hügeln wurde weitergekämpft, die Schlacht war noch längst nicht gewonnen.

Wie zum Beweis stürmte ein Ritter von Lyonesse, der vom Pferd gestürzt war, mit einem Speer auf sie zu. Tania schlug ihm die Waffe aus der Hand und stieß ihm ihr Schwert in die Brust. Die untote Kreatur zerfiel zu einem Häufchen Staub.

Immer mehr Feinde rannten gegen sie an, und eine Zeit lang hatte sie alle Hände voll zu tun, um ihre Attacken abzuwehren und am Leben zu bleiben. Gleichzeitig musste sie Rathina, die sich verzweifelt an Zaras Leichnam klammerte, aus der Schusslinie zerren. Zum Glück war Tania nicht allein – Sancha kämpfte an ihrer Seite, und zahlreiche

Elfenritter, angeführt von Cordelia und Eden, kamen ihnen zu Hilfe.

Der Ansturm des Feindes schien kein Ende zu nehmen, doch plötzlich war alles vorbei, und Tania stand ungläubig über dem leeren Kettenhemd eines Grauen Ritters, dessen Asche langsam zum Himmel aufstieg. Auf beiden Hängen tobte die Schlacht noch weiter, aber hier, an der Stelle, wo die Prinzessinnen sich versammelt hatten, trat Stille ein, sodass ihnen ein paar Augenblicke Zeit blieben, um ihre tote Schwester zu betrauern. Hopie traf als Letzte ein, mit Lord Brython an ihrer Seite. Weinend sprang sie aus dem Sattel und gesellte sich zu ihren Schwestern, die Zaras Leichnam umringten.

Lord Brython fasste die schluchzende Rathina an den Schultern und zog sie sanft von Zara weg. Dann hob er die tote Prinzessin auf seine Arme, die so leicht war wie ein Kind. Niemand sprach ein Wort, als Lord Brython Zara an seine Brust drückte und mit ihr zu seinem Pferd ging.

Ein Elfenritter nahm den zarten kleinen Körper entgegen und hob ihn wieder in Lord Brythons Arme, als dieser im Sattel saß.

»Ich werde sie in den Wald bringen«, sagte Lord Brython mit erstickter Stimme. »Dort ist sie in Sicherheit, bis alles vorüber ist.« In feierlichem Trab ritt er zum Waldrand hinüber.

Rathina stand endlich auf. »Ich hätte freudig mein Leben gegeben, um Zara zu retten«, schluchzte sie. »Selbst meine Seele hätte ich für sie eingetauscht. Ich bin schuld – ich habe das alles über uns gebracht!« Düster blickte sie auf den toten Lord Drake hinunter. »Ich bin schlimmer als er – ein Ungeheuer. Ich hasse mich selbst.«

Tania trat vor, legte ihren Arm um Rathinas Schulter und drückte sie an sich. »Du bist kein Ungeheuer«, sagte sie. »Du bist meine Schwester.«

»Die Schlacht ist noch längst nicht gewonnen«, mahnte Eden. »Die Luft ist von Schrecken erfüllt und der Boden erbebt vor Grauen.« Ihre Augen weiteten sich und sie zeigte entsetzt zum Palast. »Bei allen Geistern der Erde und des Wassers! Seht nur! Er kommt! Der Hexenkönig kommt!«

Tania fuhr herum. Jetzt erst nahm sie das Grollen im Boden wahr und im nächsten Moment fegte ein heißer Feuerwind von Süden über das Land. Der Hexenkönig von Lyonesse galoppierte auf sie zu. Er saß auf einem riesigen, blutroten Monster, halb Pferd, halb Reptil, haarlos und schuppig, der Rumpf mit Zacken und Kämmen gespickt, die Augen schwärzer als die dunkelste Nacht. Und wo das Untier seine Hufe hinsetzte, qualmte der Boden und blieb verkohlt zurück.

»Sein Hauptmann ist gefallen!«, rief Cordelia und schwenkte herausfordernd ihr Schwert. »Er kommt, um seinen Tod zu rächen. Auf, Schwestern – wir werden ihn gebührend empfangen!«

Tania ließ Rathina los und die sechs Prinzessinnen bildeten eine Verteidigungslinie am Hang. Tania packte ihr Schwert und starrte dem Zauberer entgegen. Ihr Mund war wie ausgetrocknet. Der Hexenkönig von Lyonesse war von Kopf bis Fuß in eine dunkelrote Rüstung gekleidet und sein blutroter Mantel wehte beim Reiten hinter ihm her. Unter dem hohen Helm mit der aufgerichteten Schlange starrten zwei glühende Augen hervor, die tief in ihren Höhlen lagen. Das Gesicht war bleich und knochig wie ein Totenschädel. Als er näher kam, ließ der Zauberer sein langes rotes Schwert durch die Luft sausen, die aufzuschreien schien, als sei sie von seiner Klinge verwundet worden. Tanias Fingerknöchel wurden weiß. Sie fühlte sich, als stünde sie an einem düsteren Strand und drohte von einer riesigen Welle überrollt zu werden.

Schon war der Hexenkönig bei ihnen und hieb mit seiner roten Klinge los, während sein Reittier wutschnaubend die Verteidigungslinie der Prinzessinnen durchbrach. Tania wurde zurückgeschleudert, ihr Schwert prallte klirrend von den eisernen Beinschienen des Zauberers ab, und ihre Arme schmerzten von der Wucht. Cordelia schlug auf das Monster ein und stieß ihm das Schwert in die Kehle. Aber die Klinge zerbrach an seinem Schuppenpanzer, und Cordelia wurde beiseitegeschleudert, als das Untier sich herumwarf. Brüllend bäumte es sich auf und trat mit den Hufen in die Luft. Ein Schlag traf Sancha und warf sie zu Boden. Eden eilte Sancha zu Hilfe, rief mit hoher Stimme Worte in einer fremden Sprache, die Arme erhoben und die Handflächen nach oben gekehrt. Blaue Blitze zuckten aus ihren Fingern, krachten in der Luft und zischten um den Kopf des Monsters, das laut aufheulte vor Schmerz. Das Schwert des Hexenkönigs sauste herunter und zerschnitt Edens Blitze, sammelte ihre Kraft, bis seine Schwertklinge vor blauem Licht vibrierte. Dann richtete er die

Spitze auf Eden und die knisternde Energie traf sie an der Stirn und warf sie zu Boden.

Nur Tania, Rathina und Hopie hielten sich noch aufrecht. Der König stürzte sich auf Tania, sein Schwert sauste durch die Luft. Tania hob ihre Klinge, und plötzlich war Rathina an ihrer Seite und riss ebenfalls ihr Schwert hoch. Mit vereinten Kräften wehrten sie das Isenmortschwert ab und der Zauberer brüllte vor Zorn. Hopie warf sich dem Untier, das direkt auf sie zustürmte, todesmutig entgegen und hieb nach dem Kopf des grausamen Zauberers. Doch ihr Schwert prallte an seinem Helm ab, und sie sprang im letzten Moment aus dem Weg, ehe sein Reittier sie niedertrampelte.

Rathina nahm die Verfolgung auf und galoppierte schreiend hinter dem Hexenkönig her, der abrupt sein Monster zügelte. Mit weit aufgerissenem Rachen warf es sich unter ihm herum, tobend vor Wut. Rathina stellte sich ihm furchtlos in den Weg, ihr Schwert mit beiden Händen über den Kopf hochgerissen, und ehe Tania »Nein!« schreien konnte, stieß sie dem Untier mit aller Kraft ihre Klinge in den Rachen, sodass es auf den Boden krachte.

Der Hexenkönig stürzte jedoch nicht mit ihm. Er erhob sich aus dem Sattel des sterbenden Ungeheuers und schwebte in der Luft. Im selben Augenblick öffneten sich die Schöße seines blutroten Umhangs und bauschten sich hinter ihm. Erst jetzt erkannte Tania, dass der Umhang in Wahrheit ein Flügelpaar war – er besaß die gleichen blutroten, geäderten Fledermausflügel, die der Zauberer Lady Gaidheal angehext hatte.

Mit flammenden Augen schoss er nun herab, sein riesiges Schwert gegen Tanias Herz gerichtet. Rathina warf sich gerade dazwischen und schlug das Schwert weg. Der Hexenkönig schlug ihr mit Macht seine gepanzerte Faust auf den Rücken, sodass sie auf Hände und Knie stürzte. Dann ließ er sich wieder auf den Boden hinabgleiten und landete direkt vor Tania, die Flügel hoch über dem Rücken. Tania wich zurück, ihr Blick war auf sein Gesicht geheftet. Tapfer hielt sie ihr Schwert ausgestreckt, um den nächsten Streich zu parieren.

»Ihr Schwestern liegt besiegt zu meinen Füßen«, donnerte der Hexenkönig. »Eure Mutter hat keine Macht und Euer Vater ist mein Gefangener.« Und mit einem grausamen Lächeln fügte er hinzu: »Willst du mir allein entgegentreten, du Wurm? Willst du sterben?«

»Nein, nicht allein!«, rief eine Stimme.

Als Tania herumfuhr, sah sie Edric, der auf Drazins Rücken den Hang heraufgaloppierte. Bryn jagte mit einer ganzen Herde von wilden Einhörnern hinter ihm her.

Der Hexenkönig zischte wie eine Schlange, schlug mit den Flügeln und stieg in die Luft. Blitzartig sauste sein Schwert herunter und krachte gegen Edrics erhobene Klinge, riss ihn fast von Drazins Rücken. Hasserfüllt stürzte er sich auf Tania, die unter seinen Hieben in die Knie ging. Ihr Fuß rutschte unter ihr weg, und sie fiel um, aber Edric wehrte die tödlichen Schwertstreiche des Zauberers ab. Er war von Drazins Rücken gesprungen und hatte sich dazwischengeworfen.

Tania rappelte sich auf und merkte, dass sich eine seltsame, erwartungsvolle Stille auf das Schlachtfeld herabgesenkt hatte. Als sie sich umblickte, sah sie, dass viele Gesichter nach Norden gewandt waren. Dort, am Waldrand, breitete sich ein goldenes Licht aus, hell wie die Morgensonne. Das Licht wurde immer stärker und strahlender. Und dann traten Oberon und Titania zwischen den Bäumen hervor.

Der König! Endlich war der König gekommen! Aber selbst aus dieser Entfernung sah Tania, wie schwer er sich auf die Königin stützte. War er stark genug, um den Zauberer zu besiegen?

Ein Aufschrei ließ Tania herumfahren. Der Zauberer hatte Edric zu Boden geworfen, stellte ihm seinen gepanzerten Fuß auf den Rücken und holte zum Todesstoß aus.

»Nein!«, schrie Tania und hieb auf ihn ein, aber der Zauberer riss seinen Arm hoch und schlug ihr das Schwert aus der Hand. Dann packte er sie mit seinen Eisenfingern an der Kehle und würgte sie mit aller Kraft. Triumphierend hielt er sie in der Luft, und Tania trat wild um sich, verzweifelt nach Luft ringend, bis schwarze und rote Blitze in ihrem Kopf explodierten.

Im letzten Moment, ehe es dunkel um sie wurde, spürte sie, wie etwas von Norden heranwehte und sie einhüllte wie warmer Sommersonnenschein. Etwas, das wie goldenes Licht durch ihre Adern strömte und ihr neue Kraft verlieh.

Die gepanzerten Hände des Zauberers wurden von ihrer Kehle weggerissen, dann schwebte sie in der Luft, in einer goldenen Aureole, die bernsteinfarbene Strahlen aussandte.

Und wo immer diese Lichtstrahlen auf den Boden fielen, schoss grünes Gras hoch. Als Tania den Kopf wandte, sah sie einen wogenden goldenen Lichtstrom, der von Oberon und Titania ausging, der sie mit ihnen verband und ihr eine ungeahnte Macht verlieh. Tania öffnete den Mund und stieß einen wilden Schrei aus, von der vereinten Kraft des Sonnenkönigs und der Mondkönigin erfüllt. Als sie die Hände hob, schossen goldene Lichtfäden aus ihren Fingerspitzen und bildeten kunstvolle Geflechte, die in alle Richtungen flogen und die letzten Grauen Ritter in Staub auflösten. Die Bluthunde schrumpften in dem gleißenden Licht zu schwarzen Felsbrocken zusammen und das ganze Schlachtfeld hallte vom Lärm der fallenden Rüstungen und dem Gepolter der Steine wider.

Ein goldenes Lichtnetz legte sich um den Hexenkönig und hüllte ihn immer dichter ein, bis er in einer Kugel aus glühendem Gold gefangen war. Tania hörte sein Wutgeheul und sah seinen grotesk verzerrten Schatten in der Kugel. Ein letztes Mal spürte sie die goldene Macht in sich, die ihr aus den Augen schoss und die Kugel in tausend Scherben zertrümmerte, die in die Luft hinaufgeschleudert wurden und nach einer Weile als glitzernder Regen herunterfielen.

Wo der Hexenkönig gestanden hatte, blieb nur schwarzer Rauch zurück und ein finsteres Häufchen Staub, das immer mehr zusammenschnurrte, bis es sich schließlich ganz auflöste.

Tania blickte sich verwundert um. Die Ödnis erwachte zum Leben: Ringsherum breitete sich saftiges Grün aus, wogte hinauf bis zum Wald und verwandelte in einem einzigen Augenblick die eisige Winterstarre in blühende Sommerpracht, fegte zum Palast hinunter und füllte die zerstörten Gärten mit Farbe und Schönheit. Aber das neue Wachstum endete nicht an den Palastmauern – es schwappte als riesige, Leben spendende Welle darüber hinweg, wusch Brand- und Rußflecken fort und löschte alle Spuren der Vernichtung aus, die der Hexenkönig und seine Kriegerhorden hinterlassen hatten. Die zertrümmerten Fenster wurden wieder ganz und die umgestürzten Mauern richteten sich wie von selbst wieder auf.

Aber die Heilung ging noch tiefer, Tania sah es so deutlich, als seien die Palastmauern aus Glas: Die zerstörten Möbel und zerfetzten Bilder setzten sich wieder zusammen, ja, der gesamte Palast erstrahlte in seiner alten Schönheit. Selbst die abgebrannte Bibliothek erstand wieder neu, und Tania beobachtete staunend, wie die Zeit rückwärtslief, Asche und Ruß sich in Papier zurückverwandelten, die Regale sich aufrichteten und mit Schriften füllten, einschließlich der verbrannten Seelenbücher.

Und die ganze Zeit über war Tanias Kopf von Musik erfüllt. Musik, die so schön war, dass ihr der Atem stockte. Die lauteste Melodie kam von der Sonne, die ihre strahlende Stimme über der ganzen Welt erschallen ließ und einen Chor von anderen Stimmen anführte: den tiefen Bass der fernen Berge, den hellen Diskant der Flüsse, die harmonischen Kadenzen von Bäumen, Blättern, Gräsern und Blüten, den Gesang der Luft und der Erde, des Himmels und des Wassers, und das alles mischte sich in Tanias Ohren zu einer überwältigenden Symphonie. Die Macht des Gesangs und des Lichts wuchsen in ihr, bis sie es kaum noch ertragen konnte und spürte, dass ihr Körper gleich zerspringen würde.

Dann, im allerletzten Moment, verblasste der goldene Lichtstrom, der sie mit dem König und der Königin verband, und Tania schwebte zur Erde hinab, während die Weltenmusik langsam verebbte, die mystische Kraft, die sie zu zerreißen drohte.

Und plötzlich stand Edric vor ihr.

»Wow!«, sagte sie. »Das war echt …« Doch bevor sie ihren Satz zu Ende sprechen konnte, stürzte sie in Edrics Arme und versank in einer goldenen Leere.

XXVIII

»Lasst euch nicht zu sehr von eurer Trauer überwältigen, meine Kinder«, mahnte König Oberon sanft. »Der Tod ist bitter für uns, die wir zurückbleiben, aber er ist nicht das Ende aller Dinge, glaubt mir.«

Tania stand neben Edric und den anderen Überlebenden der Schlacht auf einem Grashang mit blühenden Kirschbäumen, der bis zum Ufer der Tamesis abfiel. Der kaum enden wollende Schreckenstag war einem lieblichen Abend gewichen, und der Himmel im Westen war mit rosigen Wölkchen bedeckt, durch die sich die Strahlen der untergehenden Sonne wie riesige Radspeichen bohrten. Am ganzen Ufer entlang waren die Toten des Elfenreichs unter weißen seidenen Tüchern aufgereiht. Dreihundertsiebzehn Ritter waren auf dem Schlachtfeld gefallen und viele andere waren verletzt. Die Verwundeten lagen in einem weißen Pavillon am Flussufer und wurden von einem Heer von Heilkundigen unter Hopies Anleitung versorgt.

Die gefallenen Schlachtrosse des Elfenreichs wurden nicht vergessen. Cordelia hatte einen Rittertrupp organisiert, der die toten Tiere zum Fluss transportierte, wo sie unter weißer Seide aufgebahrt wurden, so wie die anderen Gefallenen. Nur Zephyr war in das Sonnenbanner des Elfenreichs gehüllt und sein Kopf auf das schwarze Schlangenbanner des Hexenkönigs gebettet, das zu erobern er mitgeholfen hatte.

Von den schrecklichen Hunden waren nur ein paar schwarze Steine geblieben, die über die Heide verstreut lagen, und keiner der Grauen Ritter war übrig. Das ganze Heer hatte sich samt der Pferde in Staub aufgelöst und war vom Südwind davongeweht worden. Die Armada von Lyonesse hatte sich zurückgezogen, und die Hexenkönigin Lamia verlor jeden Mut, als sie erfuhr, dass ihr Gemahl nicht mehr lebte.

Gabriel Drakes Leichnam war von der Heide zum Fluss gebracht worden. Er lag unter einem grauen Leichentuch, weit weg von den gefallenen Elfenrittern, und niemand trat in seine Nähe oder sprach von ihm.

Von den Hochgeborenen des Elfenreichs hatten alle überlebt, außer Lord Gaidheal, der sein Pferd ins wildeste Kampfgetümmel getrieben hatte, um seine ermordete Frau zu rächen. Es war, als habe er den Tod gesucht. Herzog Cornelius und Titus waren verwundet, ließen es sich aber nicht nehmen, bei der königlichen Familie zu sein, als diese im goldenen Abendlicht um Prinzessin Zaras Totenbahre stand. Stumme Tränen rollten über Titus' Wangen, und Tania sah, dass er es nicht übers Herz brachte, in Zaras Gesicht zu sehen.

Tania war noch ganz benommen von der mystischen Kraft, die Oberon und Titania ihr verliehen hatten. Sie hatte sich an nichts erinnern können, als sie aus ihrer langen Ohnmacht auf der Salisocheide erwacht war, außer dass sie wie auf weißen Wolkenkissen geschwebt war. Edric hatte ihre Hand gehalten, so wie jetzt, als sie auf Zaras blasses, friedliches Gesicht hinunterblickten.

Oberon und Titania standen mit gesenkten Köpfen an Zaras Seite. Die Prinzessinnen und alle anderen Mitglieder der königlichen Familie bildeten einen Kreis um die einfache weiße Holzbahre. Der König stützte sich auf Titania – er hatte sich vollkommen verausgabt, um den Hexenkönig zu vernichten. Wäre seine Macht doch nur ein paar Minuten früher gekommen!, dachte Tania wehmütig.

Rasch drehte sie den Kopf und sah Eden an, die neben ihr stand. »Können wir sie nicht zurückholen?«, wisperte sie. »Was ist mit der Macht der Sieben? Sancha hat gesagt, es ist eine Macht über Leben und Tod.«

»Zara ist für uns verloren, Tania«, erwiderte Eden. »Wir sind jetzt nur noch sechs. Die Macht der Sieben kann nie wieder angerufen werden.«

»Aber du könntest doch deine eigenen Kräfte gebrauchen, oder?«

Eden sah Tania traurig an. »Einen Elfengeist aus dem gesegneten Avalon zurückzurufen, das wäre eine üble Tat«, murmelte sie. »Oder willst du, dass unsere Schwester als Grauer Ritter von Lyonesse unter uns weilt? Denn in dieser Gestalt würde sie zurückkehren.«

Tania schluckte. »Nein, das will ich nicht.« Sie schaute auf Zara hinunter. »Ist dieser Ort, von dem du sprichst, so etwas wie ... also wie der Himmel?«

»Avalon?«, sagte Eden. »Oh ja, das ist in der Tat das Paradies.«

Tränen traten in Tanias Augen. »Wird sie dort glücklich sein? Wird sie singen können?«

»Lass uns hoffen, dass es so ist«, sagte Eden. »Und jetzt schweig, Schwester. Es beginnt.«

Eine tiefe Stille senkte sich über alle herab, die am Flussufer versammelt waren. Die brennend rote Sonnenscheibe verschwand hinter den fernen Hügeln und das Land war plötzlich in tiefe farbige Schatten getaucht. Im selben Moment vernahm Tania ein zartes Klingen und Singen in der Luft, das aus dem Gras entlang des Flusses aufzusteigen schien. Der ätherische Gesang schwoll an, bis die Luft davon vibrierte. Dann erhob sich eine einzelne süße Stimme aus dem Chor, schwoll an zu einer bittersüßen Melodie von solcher Schönheit, dass Tania die Tränen über die Wangen strömten.

Es war Zaras Stimme, die den Gesang anführte, der immer weiter anschwoll und schließlich den ganzen endlosen Elfenhimmel ausfüllte.

Als der Gesang seinen Höhepunkt erreichte, stiegen wabernde weiße Nebelschwaden von den Toten auf, den Rittern wie den Pferden, schlängelten sich zum Himmel hinauf, verwoben sich ineinander, erfüllten die Luft. Und während der lichte Nebel hochstieg, lösten sich die Körper der Gefallenen auf, und die weißen Seidentücher sanken langsam auf die Stelle herab, an der die Toten gelegen hatten.

Der Glanz jedoch, der von Zara ausging, als sich ihr Körper in reines Licht verwandelte, überstrahlte alles. Es war ein Licht, das in allen Farben des Regenbogens schimmerte. Statt aufzusteigen, schlang es sich um König Oberon, hüllte ihn in einen Mantel aus vielfarbigem Licht ein, der immer schneller um ihn herumwirbelte, bis er als schimmernde Welle von seinem Körper aufgenommen wurde.

Der König rang nach Luft, sein Rücken krümmte sich, und seine Hand ließ Titanias Schulter los, als das Regenbogenlicht ihn ganz erfüllte. Er warf den Kopf zurück und stieß einen langen Freudenschrei aus. Farbige Pfeile schossen aus seinen Augen – rot, blau, grün, gelb, orangefarben und violett – und schmückten die weißen Nebelströme mit blitzenden Juwelen. Und in diesem Feuerwerk aus Saphiren, Smaragden, Rubinen und Topasen sah Tania sekundenlang eine Elfenschar auf edelsteinblitzenden Rössern, angeführt von Zara, die auf einem Einhorn saß. Ganz kurz nur drehte Zara den Kopf, blickte auf sie herunter und lächelte, ehe die Himmelswinde die Vision davontrugen und der weiße Fluss und die farbigen Sterne im Westen verschwanden, gerade als die Sonne unterging.

Auf den Abend folgte eine warme, sternenklare Nacht, die vom süßen Duft der Nachtkerze und dem nächtlichen Hauch der Bäume und Sträucher erfüllt war. Fackeln loderten überall am Fluss, und das Elfenvolk saß in kleinen Grüppchen auf der Wiese, verzehrte ein einfaches Mahl und unterhielt sich leise im Schatten der hohen Palastmauern.

Tania saß neben Edric im Kreis ihrer Elfenfamilie. Eden hatte an der Seite von Graf Valentyne Platz genommen und Hopie neben Lord Brython. Tania beobachtete fasziniert die beiden Paare, die so völlig unterschiedlich waren. Hopie und Lord Brython gingen zärtlich und vertraut miteinander um, während Eden und der alte Graf Valentyne sich wie Fremde benahmen und nur hin und wieder ein paar höfliche Worte miteinander wechselten. Vielleicht war es nie wirklich eine Liebesheirat gewesen, sondern eine Ehe, die auf Edens Respekt vor der großen Weisheit des Grafen beruhte.

Bryn Lightfoot war auch da: Er hatte bereitwillig Cordelias Einladung angenommen, mit der königlichen Familie zu speisen, und die beiden saßen eng beieinander.

Tania erinnerte sich an die Worte des Königs: *Der Tod ist bitter ... aber er ist nicht das Ende aller Dinge*, und sie spürte eine tiefe Wahrheit darin. Zara würde nie wieder singen, sie würden nie wieder miteinander musizieren, aber ihre Schwester war nicht gänzlich verloren – sie lebte weiter, nicht nur in Tanias Erinnerung. Ihre Stimme und ihre Musik waren immer noch zu hören, im sagenhaften Avalon, das gen Sonnenuntergang lag. Es war ein tröstlicher Gedanke, der ihr zwar nicht den Schmerz, aber doch die Bitterkeit nahm.

Tania blickte zum König hinüber, der wieder ganz gesund neben der Königin saß. Titania und Oberon hielten sich an der Hand und schauten einander tief in die Augen, als ob sie ein stummes Gespräch fortsetzten, eine Wiedervereinigung in Geist und Seele nach fünfhundert Jahren Trennung.

Rathina saß zwischen Hopie und Sancha und ihr Blick war unsagbar traurig. Es würde wohl lange dauern, bis sich die dunklen Wolken in Rathinas Herz auflösten, aber Tania wollte alles tun, um ihr zu helfen.

»Woran denkst du?«, fragte Edric. »Du siehst aus, als ob du meilenweit weg wärst.«

Tania drehte sich um und lächelte ihn an. »Ich war mehr als meilenweit weg«, antwortete sie. »Ich war in der Welt der Sterblichen.«

Edric sah sie nachdenklich an. »Heißt das etwa, dass du lieber dort wärst?«

»Ja und nein«, sagte Tania. »Wie lange sind wir jetzt hier? Wie lange ist es her, seit wir London verlassen haben?«

»Ich habe jedes Zeitgefühl verloren«, antwortete Edric. »Aber es müssen ungefähr zwei Wochen sein.«

Tania nickte. »Ja, das glaub ich auch. Meine Eltern sind sicher schon aus Cornwall zurück. Wenn ich mir vorstelle, was das für ein Schock für sie gewesen sein muss – das Haus total verwüstet und wir beide wieder spurlos verschwunden! Diesmal war es garantiert noch schlimmer als beim ersten Mal. Ich hab Angst, dass sie total durchdrehen.«

»Du musst zurück und ihnen sagen, dass es dir gut geht«, bestimmte Titania.

Tania fuhr zusammen, weil ihr nicht klar gewesen war, dass alle ihr Gespräch mit anhörten. »Was in aller Welt soll ich ihnen denn als Erklärung auftischen? Nachdem sie deinen kaputten Wagen im Garten gefunden haben und die toten Vögel überall auf dem Küchenboden und das ganze Chaos im Haus. Wie soll ich ihnen das erklären?«

»Du musst es nicht erklären«, sagte Oberon. »Sag ihnen die Wahrheit, sag ihnen, wer du bist.«

»Das würde ich ja gern«, seufzte Tania. »Aber ich weiß genau, dass sie mir das nicht glauben werden. Sie denken wahrscheinlich, dass ich verrückt geworden bin.«

»Dann wirst du ihnen einen Beweis dafür liefern, dass du nicht verrückt bist«, sagte Titania lächelnd. »Vielleicht glauben sie ja mir, wenn ich ihnen erzähle, wer du wirklich bist?«

Tania starrte sie an. »Ist das dein Ernst? Du würdest mitkommen und mit ihnen reden?«

»Oh nein, niemals!«, rief Oberon gebieterisch. »Die Königin wird nie wieder einen Fuß in die Welt der Sterblichen setzen. Das ist eine Gefahr, der sie sich nicht aussetzen wird, solange Sonne und Mond die Welt regieren.«

»Nein, nein, du hast Recht«, murmelte Tania kleinlaut. »Das verstehe ich ja.«

»Doch gibt es einen anderen Weg«, sagte Titania und legte dem König ihre Hand auf den Arm. »Etwas, das deinen sterblichen Eltern jeden Zweifel nehmen wird, dass du die Wahrheit sprichst.«

Tania wirkte verwirrt.

»Errätst du denn nicht die Antwort?«, fragte Eden. »Du musst deine Eltern zu uns ins Elfenreich holen.«

Tania warf dem König einen fragenden Blick zu. »Kann ich sie wirklich mitbringen?«

»Ja, gewiss«, erwiderte Oberon. »Deine sterblichen Eltern sind ein Teil von dir, wie die Königin und ich. Und darin liegt deine Stärke, Tania: in der Verbindung von Elfenblut und sterblichem Blut, das in deinen Adern fließt. Diese Eigenschaft hat dein Schicksal bestimmt.«

»Die alten Texte sprechen die Wahrheit«, fügte Sancha hinzu. »Weder von einem Elfenwesen noch von einem Sterblichen konnte der Hexenkönig besiegt werden.«

Titania legte ihre Hand auf Tanias Arm. »Es war deine Doppelnatur, die uns den Sieg über Lyonesse brachte. Niemand außer dir hätte das vermocht, Tania. Niemand.«

Tania lächelte. »Kann ich jetzt meine Eltern holen, bitte?«

»Geh, und nimm meinen Segen«, sagte Oberon.

Tania stand schnell auf. Sie wandte sich zu Edric um und fragte: »Kommst du mit?«

Edric lächelte sie liebevoll an. »Worauf du dich verlassen kannst!«

XXIX

Titania schnalzte leise mit der Zunge und zog die Zügel an. Mit einem leisen Klingeln kam der Pferdewagen unter den Espen zum Stehen, die um den Braunen Turm wuchsen. Die Königin drehte sich lächelnd zu Tania und Edric um, die nebeneinander auf dem Rücksitz saßen.
»Ich warte hier auf euch«, sagte sie. »Viel Glück.«
»Danke!«, rief Tania und sprang hinter Edric aus dem Wagen. Der samtdunkle Himmel über ihnen war mit riesigen Sternen übersät, die so nahe wirkten, als müsse man nur die Hand nach ihnen ausstrecken. Würzige Waldgerüche wehten herüber, und irgendwo in der Nähe sang ein Ziegenmelker.
Edric ging zum Eingang des Turms und stieß die Tür auf. Tania zögerte einen Augenblick. »Das wird echt komisch«, sagte sie zu ihrer Elfenmutter, »ich meine, wenn meine beiden Moms und Dads zusammenkommen.«
Titania lachte. »Es wird sehr ungewohnt sein, das ist richtig.« Ihr Gesicht wurde plötzlich ernst. »Bist du dir sicher, dass du im Elfenreich leben willst?«, fragte sie. »Das ist eine schwerwiegende Entscheidung und du kannst es dir immer noch anders überlegen. Niemand hier wird deshalb schlecht von dir denken.«

»Machst du Witze?«, schnaubte Tania. »Ich gehöre hierher, das weiß ich jetzt. Ich habe das Gefühl, dass mein ganzes bisheriges Leben nur eine Art ... wie soll ich sagen ... Vorspiel war, eine Vorbereitung auf mein wirkliches Leben. Und das beginnt hier und jetzt. Verstehst du, was ich meine?«

»Ja, mein Kind«, erwiderte Titania.

»Und es gibt noch so viel, woran ich mich erinnern will, so viel Neues zu erkunden. Ich will das Elfenreich bis in den letzten Winkel kennenlernen. Aber vor allem will ich Leiderdale sehen – Zaras Lieblingsplatz. Ich glaube, es würde ihr gefallen, wenn ich dort hingehe.« Sie warf der Königin einen vorsichtigen Blick zu. »Und ich will auch nach Fidach Ren zurück und noch einmal mit Clorimel sprechen.«

Ein seltsames Licht erschien in den rauchgrünen Augen der Königin. »So?«, sagte sie. »Und worüber willst du mit ihr sprechen?«

»Na ja ... sie hat mir erzählt, dass vor langer, langer Zeit alle im Elfenreich Flügel hatten, und zwar ihr ganzes Leben lang. Ich will mehr darüber erfahren. Ich will wissen, warum sich das geändert hat.«

»Oh.« Titania lächelte. »Eine große Aufgabe, Tania.«

»Weißt du denn, was passiert ist?«

Titania schüttelte den Kopf. »Nein, aber der Legende nach liegt die Antwort im Westlichen Ozean.« Ihre Stimme nahm einen feierlichen, raunenden Tonfall an, als wollte sie eine geheimnisvolle Ballade vortragen. »Jenseits der Flachküste und Heidehügel von Alba, jenseits der Smaragdberge von Erin, dem Reich der verzauberten Wasser, und jenseits der Drachengipfel von Hy Brassail, weit, weit entfernt im Lande Tirnanog, liegt die Antwort, dort, wo der Göttliche Harfner seine Lieder über das Weltenende spinnt.« Titania lächelte zu ihr herunter. »So heißt es in den alten Legenden.«

Tania starrte sie einen Augenblick gebannt an. »Dann muss ich vielleicht dort suchen«, murmelte sie. »Wenn Edric mit mir kommt.«

»Also, ehrlich gesagt, reicht es mir erst mal, dass ich in die Welt der Sterblichen zurückmuss, um deinen Eltern die Wahrheit zu beichten«, rief Edric vom Turmeingang herüber. »Das ist mir abenteuerlich genug.«

»Da hast du Recht«, sagte Tania grinsend. Mit einem letzten, zärtlichen Blick zu Titania trat sie in den Bonwyn Tyr. »Wir sind bald wieder da.«

»Ich erwarte euch!«, rief ihre Elfenmutter zurück.

Hand in Hand stiegen Tania und Edric die Wendeltreppe zum oberen Stockwerk des Wachturms hinauf. Dann standen sie mitten auf dem Holzboden, von Sternenlicht überflutet, und lauschten auf das Rascheln der Espenblätter.

Tania sah Edric an. »Bist du bereit?«

Edric nickte. Dann machte Tania den Seitwärtsschritt und schon standen sie in ihrem dunklen Schlafzimmer in London. Tania ließ Edrics Hand los, ging zur Tür und knipste das Licht an. Auf den ersten Blick sah alles erstaunlich normal aus. Dort stand der neue Computer, und dort war ihre Pinnwand, die Poster – alle ihre vertrauten Besitztümer befanden sich am gewohnten Ort. Tanias Bett war zerwühlt, aber die Matratze, auf der ihre drei Schwestern in ihrer ersten Nacht in der Welt der Sterblichen geschlafen hatten, war weggeräumt und das Bettzeug ordentlich zusammengelegt.

»Dann sind sie auf jeden Fall zurück«, murmelte Tania. Als sie nach der Türklinke griff, sah sie, dass das Schloss kaputt war. Sie riss die Tür auf, und jetzt waren auch die Kratzer und Risse an der Außenseite zu sehen, die von den Schwertern der Grauen Ritter herrührten. Tania holte tief Luft, trat auf den dunklen Treppenabsatz und knipste das Licht an. Sie schlich zum Geländer und spähte in den Flur hinunter. Unten war alles still und dunkel.

Edric stand in der Tür, als Tania sich umdrehte. »Ich glaube nicht, dass jemand da ist«, sagte sie. »Vielleicht war das Chaos hier so schrecklich, dass sie zu Verwandten oder Freunden gegangen sind, wer weiß.«

»Kann sein«, erwiderte Edric. »Und was machen wir jetzt?«

»Wir suchen sie, was sonst?«

Ein gedämpftes Geräusch ließ Tania herumfahren und sie spähte angestrengt über das Geländer. Unten tappte jemand über den Teppich. Dann ging die Schlafzimmertür ihrer Eltern auf, und ihr Vater stand da, im Morgenmantel, und blinzelte ins Licht. Auf seiner Wange war noch der Abdruck des Kopfkissens zu sehen.

»Dad – ich bin es.«

»Anita?«, sagte er mit bebender Stimme und starrte sie ungläubig an. »Anita?«

Tania stürzte zu ihm und warf sich in seine Arme. »Ja,

ich bin's – ich bin wieder da«, sagte sie. »Bitte, bitte stell mir jetzt keine Fragen. Wo ist Mum?«

»Ist das Anita?«, rief ihre Mutter aus dem dunklen Schlafzimmer.

»Ja, ich bin's!« Tania ließ ihren Vater los, stürzte ins Schlafzimmer und packte die Hand ihrer Mutter. »Du musst sofort aufstehen«, sagte sie. »Ihr müsst euch anziehen, alle beide.«

Ihre Mutter schnappte nach Luft. »Was in aller Welt war hier los, Anita? Das Haus! Wir dachten, das waren Einbrecher – aber dann haben wir erfahren, dass du gar nicht mit den Andersons in Florida warst. Wir dachten, du bist gekidnappt oder ermordet worden oder ...«

»Ich bin okay, Mum«, unterbrach Tania ihre Mutter. »Bitte steh jetzt auf, dann erzähle ich dir alles, versprochen!«

»Alles?«, sagte ihr Vater, der in der Tür stand. »Meine Güte, Anita, weißt du überhaupt, wie es hier ausgesehen hat, als wir zurückgekommen sind?«

»Sie kann alles erklären, Sir«, warf Edric ein.

Tanias Vater fuhr herum und sein Gesicht verdüsterte sich. »Du!«, zischte er wütend. »Das hätte ich mir ja denken können, dass du dahintersteckst!«

»Nein, Dad, warte!«, rief Tania. »Ich werde euch alles erklären, ich verspreche es. Aber ihr müsst mir noch ein bisschen Zeit lassen – und vor allem müsst ihr euch anziehen.« Sie holte tief Luft und sah ihre Eltern an. »Ich bringe euch jetzt an einen Ort, wo ihr alles verstehen werdet. Und jetzt zieht euch an, bitte!«

Einen Augenblick dachte sie, dass ihr Vater sich weigern würde, aber schließlich drehte er sich um, und nach einem letzten wütenden Blick zu Edric kam er ins Schlafzimmer zurück und hob seine Kleider auf.

»Ich warte draußen«, sagte Tania. Sie knipste das Deckenlicht an und trat auf den Flur hinaus. Kopfschüttelnd sah sie Edric an.

Er lächelte aufmunternd. »So weit, so gut.«

»Meinst du wirklich?« Tania war ganz schwindlig vor Aufregung.

Nach ein paar Minuten ging die Schlafzimmertür auf und ihre Eltern kamen voll angekleidet heraus. Ihre Mutter war verwirrt und aufgeregt, ihr Vater konnte nur mit Mühe seinen Zorn unterdrücken.

»Und jetzt?«, knurrte er. »Bringen wir's hinter uns.«

Tania ging zu ihrem Zimmer und Edric folgte ihr.

»Hier herein, bitte«, sagte sie.

Ihr Vater runzelte die Stirn. »Was soll dieser Unsinn?«

»Bitte vertraut mir doch.«

»Keine Lügen mehr, Anita«, sagte ihre Mutter. »Ich kann es nicht mehr ertragen.«

»Nein, keine Lügen mehr, Mum«, versprach Tania.

Mrs Palmer kam an die Tür und ihr Vater folgte widerstrebend.

Tania führte sie ins Zimmer. »Es tut mir alles so leid, was ich euch in letzter Zeit angetan habe«, sagte sie. »Aber es gibt eine Erklärung dafür und die werdet ihr jetzt erfahren.« Damit trat sie zwischen ihre Eltern und nahm sie an der Hand.

Ihre Mutter zog überrascht die Luft ein, als Edric ihre andere Hand nahm.

»Okay«, sagte Tania mit klopfendem Herzen. »Wenn ich jetzt einen Schritt zur Seite mache müsst ihr euch mit mir bewegen.«

»Anita!«, rief ihr Vater unwillig.

»Vertraut mir«, bat Tania und nahm ihre Eltern noch fester an der Hand. Dann machte sie den Seitwärtsschritt und führte sie ins Elfenreich.

»Ach du grüne Neune!«, stieß ihr Vater hervor, als die gewölbten Steinmauern des Bonwyn Tyr vor ihm auftauchten. »Du lieber Himmel!«

Ihre Mutter umklammerte krampfhaft ihre Hand und riss ungläubig die Augen auf.

Tania lachte laut vor Freude. »Und das ist erst der Anfang!«, rief sie.

Ravensburger Bücher   **Absolut lesenswert!**

Einfach verführerisch!

Frewin Jones

Die siebte Tochter

Elfennacht, Band 1

Die sechzehnjährige Anita ist ein ganz normaler Teenager. Bis ein mysteriöser Fremder sie in das zauberhafte Elfenreich entführt. Hier wird sie schon sehnsüchtig erwartet – denn sie ist die verlorene siebte Tochter des Königs Oberon ...

ISBN 978-3-473-**35280**-7

www.ravensburger.de

Leseprobe aus:
»Elfennacht – Die siebte Tochter«
(Band 1)
von Frewin Jones
ISBN 978-473-35280-7

Sie schaute in den Spiegel. »Was zum …?«
Da war ihr Gesicht, ihr vertrautes Gesicht, aschfahl vor Schock. Es starrte ihr in absoluter Fassungslosigkeit entgegen. Und da – hinter ihren Schultern – ragte ein Paar schillernder, hauchdünner Flügel auf.

Anita betrachtete sie. Sie waren so schön, fein und zart wie die Flügel einer Libelle. Sie spannte die Schultern an und sofort erzitterten die Flügel, änderten je nach Lichteinfall die Farbe.

»Ich habe Flügel …«, flüsterte sie und strahlte von einem Ohr zum anderen, während die Flügel schneller schlugen und ihr die Haare ums Gesicht wehten.

Im Spiegel sah sie, wie sie höher stieg, und sie fühlte, wie der Waschbeckenrand ihr aus den Händen glitt. Sie blickte hinunter: Ihre Füße hatten vom Boden abgehoben.

So leicht wie eine Feder im Wind schwebte sie auf das Fenster zu. Es war verschlossen, aber als sie den Riegel mit den Fingerspitzen berührte, schnappte er auf und das Fenster öffnete sich weit.

Kühle Nachtluft schlug ihr entgegen.

Ohne darüber nachzudenken, was sie tat, glitt Anita mit

dem Kopf voran durch das Fenster und stieg in den klaren Nachthimmel auf.

Unter ihr funkelten und glitzerten die Lichter der Großstadt, wunderschön, aber irgendwie auch weit entfernt, als würde man aus einem Flugzeug hinausschauen. In den Straßenschluchten bewegten sich Autos in langen weißen und roten Schlangen. Lichterketten umrahmten zu beiden Seiten das gewundene Flussbett der Themse. Brücken, hell erleuchtet wie Partydeko, zerteilten das dunkelblaue Wasser. Schimmernde Boote warfen ihre Schatten auf den schwarzen Fluss.

Anita breitete die Arme aus, hob das Gesicht zu den Sternen und zu der schlanken Mondsichel und bog den Oberkörper nach hinten durch, um höher aufzusteigen.

»Ich fliege!«, rief sie laut.

Als Kind hatte sie oft davon geträumt, fliegen zu können. Über die Baumwipfel zu sausen und Schornsteine zu streifen, kunstvolle Sturzflüge in der Luft zu vollführen, vor den Augen ihrer Freunde, die alle neidisch den Atem anhielten.

Das Seltsamste aber war, dass es sich jetzt, da es wirklich geschah, gar nicht merkwürdig anfühlte.

Während sie über den Dächern Pirouetten drehte, ließ der Nachtwind ihren Schlafanzug flattern und zog an ihren Haaren.

»Bestimmt sehe ich wie ein Engel aus«, sagte sie laut. Sie schlug in der Luft einen Salto und ging dann in einen Sturzflug über. Dabei blickte sie auf die näher kommenden Straßen hinunter.

Kann mich jemand sehen?
Sie winkte. »He! Hier oben!«
Doch niemand sah zum Himmel hinauf.
Sie runzelte die Stirn. »Wie soll ich Mum das nur jemals erklären?«

Plötzlich verzerrte sich die Welt unter ihr wie ein Spiegelbild, wenn man einen Stein ins dunkle Wasser wirft. Die Straßen und Gebäude der Stadt wankten und schwankten und dann gingen mit einem Schlag alle Lichter Londons aus.

Kurzzeitig war Anita so erschrocken, dass sie ganz vergaß, mit den Flügeln zu schlagen.

Sie war schon die halbe Strecke zur Erde gestürzt, bevor sie sich wieder darauf besann, zu fliegen. Sie spannte ihre neuen Muskeln an und verdrängte mit den Flügeln die Luft.

Die Bewegung fühlte sich so natürlich an, als würde sie einen Arm oder ein Bein bewegen, und sie schien instinktiv zu wissen, wie sie ihren Körper ausrichten musste, um höher zu fliegen und das Gleichgewicht zu halten.

Die Stadt war verschwunden!

Über ihr glitzerten noch immer die Sterne, aber unter ihr lag jetzt nur noch tiefe, gähnende Dunkelheit.

Flügelschlagend schwenkte Anita herum, um den runden Vollmond anzuschauen.

Der Mond hatte sich verändert. Über London hatte eine schmale Sichel gehangen, der Neumond in seiner zweiten oder dritten Nacht.

Doch jetzt herrschte Vollmond und er war so nahe, dass sie sogar die dunklen Schatten sehen konnte, die sein weißes Gesicht wie Narben überzogen.

Sie blickte wieder hinunter. Langsam gewöhnten sich ihre Augen an die Dunkelheit.

Die Themse schlängelte sich noch immer durchs Land. Doch die Glitzerlichter von London waren verschwunden. Und die Nacht wirkte nicht mehr ganz so dunkel, es war jetzt mehr ein blaugraues Dämmerlicht, satt, tief und verschlafen.

Am Nordufer des Flusses lag ein riesengroßer Palast mit verschiedenen Eck- und Wohntürmen, Wachhäuschen, Innenhöfen, Zinnen und Säulen, die sich weiter und weiter zu erstrecken schienen.

Über den Fluss führten Brücken und am Südufer standen dicht gedrängt viele Häuschen. Jenseits von ihnen lag ein dichter dunkler Wald.

Fasziniert glitt Anita tiefer, angezogen von den Lichtpunkten, die hier und dort glimmten wie Kerzen, die in unverglasten Fenstern flackerten.

Doch als sie näher kam, sah sie, dass viele Mauern und Gebäude eingestürzt waren. Besorgt ging sie noch tiefer und flog dicht über den Fluss hinweg. Sie kam zu einer Brücke, aber auch die war halb zerstört, die Bögen verfallen. Mauerstücke ragten wie gezackte Zähne aus dem schwarzen Wasser.

Anita flog über den Palast hinweg.

Die Dächer über den großen Sälen waren eingefallen und löchrig, die hoch aufragenden Türme aufgerissen und ausgehöhlt.

Es war, als hätte ein Krieg im Land getobt und nur Zerstörung und Verwüstung hinterlassen.

Tränen brannten in Anitas Augen. So durfte es nicht sein.

So hatte sie es nicht in Erinnerung.

»Nein!« Sie machte eine Kehrtwende und flog wieder in den dämmrigen Himmel hinauf. *»Nein!«*

Da unten hätten Lichter brennen müssen, Tausende hell funkelnde Lichter, die darum wetteiferten, jeden Schatten zu vertreiben. Man hätte Musik, Gesang und Gelächter hören und Paare hätten sich im Tanze drehen müssen. Auf dem Fluss sollten eigentlich Kähne, Barkassen und Boote fahren.

Dort unten hätte Leben sein müssen!

Doch während Anita zum Himmel aufstieg, während ihr Tränen über die Wangen liefen und sie einen furchtbaren Stich der Trauer im Herzen spürte, wurden ihre Flügel immer kraftloser.

Die Muskeln auf ihrem Rücken schienen zu schrumpfen. Erschrocken warf Anita einen Blick über die Schulter: Das in allen Regenbogenfarben schillernde Gewebe ihrer Flügel war glanzlos geworden und die herrlich hauchdünnen Schwingen wurden faltig und welkten.

Vor ihren Augen zerfetzten die Flügel und fielen von ihr ab.

Entsetzt versuchte sich Anita in die Luft zu krallen und sich zu erinnern, welche Muskeln sie angespannt hatte, um aufzusteigen.

Doch sie konnte nicht mehr fliegen. Ihre Flügel waren weg.

Wie ein Stein stürzte sie trudelnd in die Tiefe.